丛书顾
梁由之 策划

徐复观 著

徐均琴 矫庆红 徐帅军 编

徐复观杂文集

万物并作
吾以观复

辽宁人民出版社

ⓒ 徐复观　2019

图书在版编目（CIP）数据

徐复观杂文集：万物并作，吾以观复 / 徐复观著；徐均琴，矫庆红，徐帅军编． —沈阳：辽宁人民出版社，2020.1
ISBN 978-7-205-09705-9

Ⅰ．①徐… Ⅱ．①徐… ②徐… ③矫… ④徐… Ⅲ．①文集—中国—当代 Ⅳ．① I267.1

中国版本图书馆 CIP 数据核字（2019）第 147656 号

出版发行：辽宁人民出版社
地　址：沈阳市和平区十一纬路 25 号　邮编：110003
电　话：024-23284321（邮　购）024-23284324（发行部）
传　真：024-23284191（发行部）024-23284304（办公室）
http://www.lnpph.com.cn
印　　　刷：天津旭丰源印刷有限公司
幅面尺寸：164mm × 234mm
印　　张：18
字　　数：240 千字
出版时间：2020 年 1 月第 1 版
印刷时间：2020 年 1 月第 1 次印刷
责任编辑：娄　瓴
封面设计：主语设计
版式设计：新视点
责任校对：吴艳杰
书　　号：ISBN 978-7-205-09705-9
定　　价：68.00 元

徐复观先生和夫人王世高女士

这是徐复观先生当年从延安带回的毛毯。据徐夫人王世高女士说这毯子是朱德将军送的。

我的母親

● 徐復觀

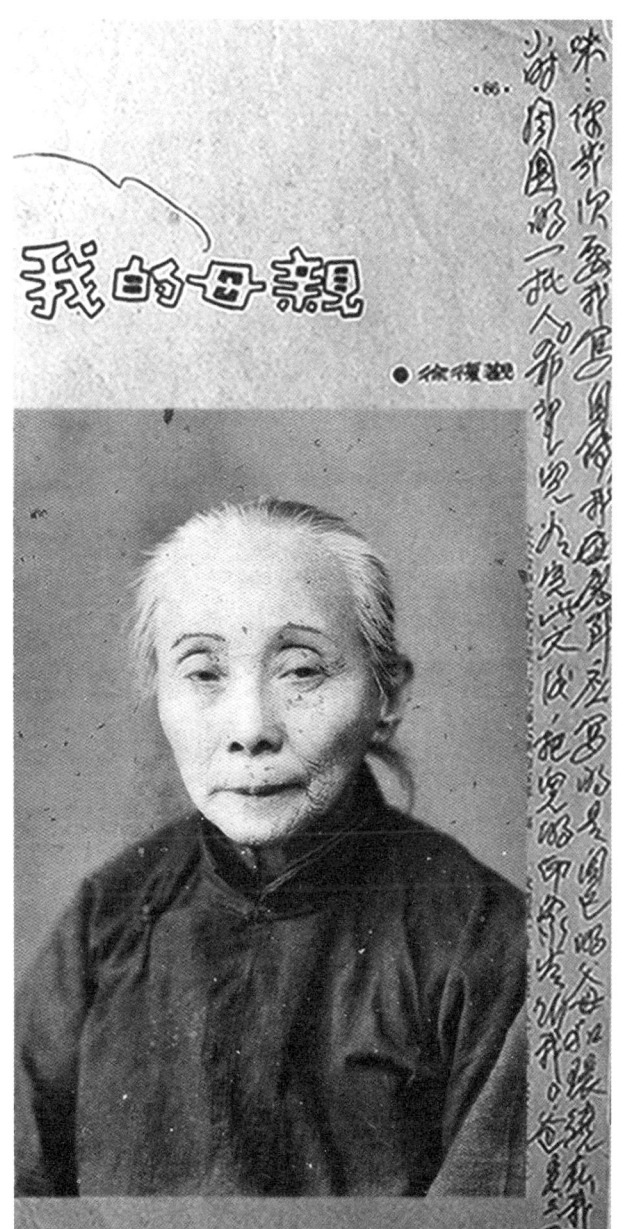

你几次要我写自传，我感到应写的是自己的父母和环绕在我小时周围的一批人。希望儿看完此文后，把儿的印象告诉我。（徐复观先生附给长女均琴的按语）

父亲徐执中

长兄徐纪长

大伯大概大我四五岁；我上学，他挑柴挑米送到学校时，他大概是十四五岁；每次压得他肩颈都是红色带紫，汗透了破布衫，这情形，我怎样也不能（忘）记。（录自1978年8月31日徐复观先生写给长女均琴、次女梓琴和幺儿帅军的家书）

民国二十四年（1935）徐复观先生与夫人在杭州结婚时的喜幛

民国二十四年（1935）徐复观先生于杭州

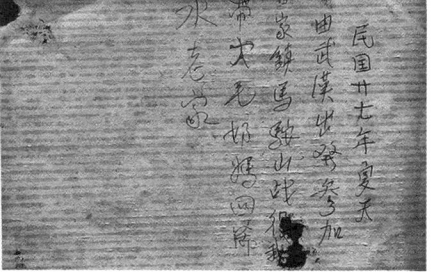

民国二十七年（1938）夏天由武汉出发参加田家镇马鞍山战役，我带大毛奶妈回浠水老家。（徐夫人王世高写在相片后的按语）

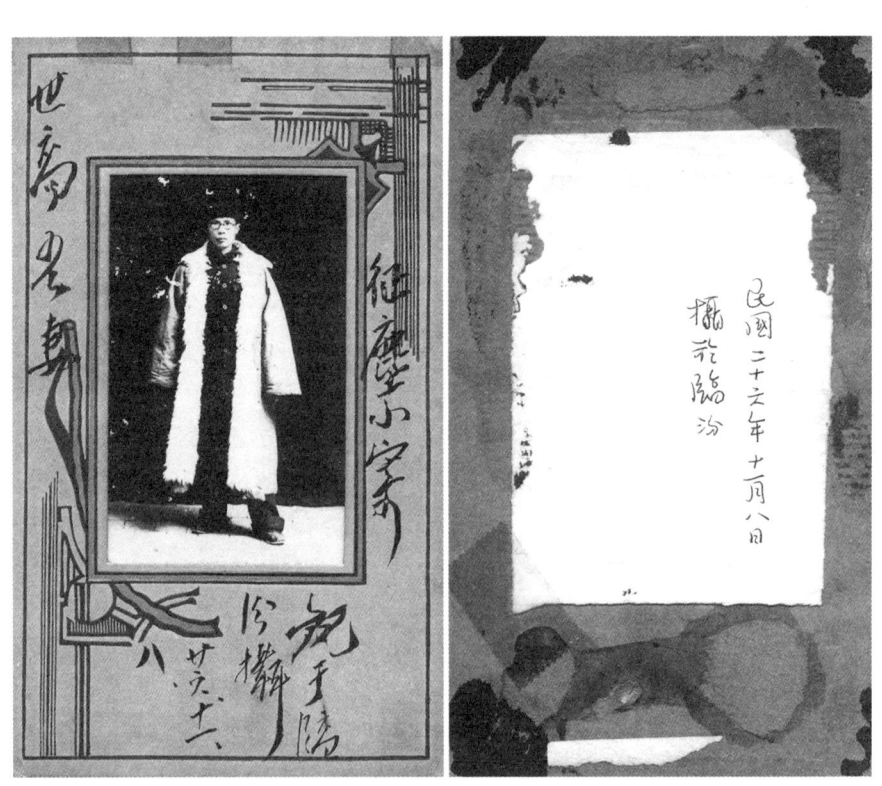

民国二十六年（1937）徐复观先生于山西临汾

"回顾丛书"序

约半年前，艾明秋女士来电，要我"再做点贡献"。小艾是辽宁人民出版社文史编辑室主任，也是我的第一本书《大汉开国谋士群》的责任编辑，我们的合作，非常愉快，进而"成为生活中的益友"（张立宪语）。

对小艾的要求，我一向近乎有求必应。听她谈过初步构想后，觉得挺有意思，可以操作。今年初，辽宁人民出版社副总编辑张洪兄来电，进一步讨论、商定了相关细则。这便是"回顾丛书"的由来。

"回顾丛书"拟每年出一辑，每辑6册左右。以经过时间和市场淘洗的旧书再版为主，新作为辅；以专著为主，文集为辅；以史为主，政治经济军事社会思想文学为辅。入选的各类书籍，都是我所感兴趣的，有料，有趣，有种。回顾的目的，当然是为了更好地前瞻、前行。

太白诗：却顾所来径，苍苍横翠微。2008年初夏，收到首册样书时，欧洲杯激战方酣。去年秋天再版，新书出炉时，我正沿着318国道驱车前往珠峰大本营。此情此景，宛如昨日。我想，再过五年、十年，回过头来看这套"回顾丛书"，又会是什么心境呢？

是为序。

梁由之
夏历癸巳芒种后一日，于深圳天海楼。

大地的儿子（代序）
——悼念我的父亲徐复观先生

徐均琴

"大伯大概大我四五岁。我上学，他挑柴挑米送到学校时，他大概是十四五岁；每次压得他肩颈都是红色带紫，汗透了破布衫。这情形，我怎样也不能忘记。"

"小时候，你祖母放声哭喊的两句话，早上好像又听见了：'给我点亮儿吧！给我条路吧！'"

父亲出身自贫苦的农村。儿时举家在乡土上辛勤求生的经历，在父亲生命中留下了刻骨铭心的记忆，让父亲了解到："我们的人民，及人民所活动的河山岁月，才是祖国的实体；而不限于某些权势。"

此一认定，植下了父亲一生在现实社会的政界、学界中踽踽独行的根基。

父亲是中华大地的儿女，双脚一生踏实在大地的泥泞中。在"本枝百世，瓜瓞緜緜"的情怀下放眼四望，与现世依附在大地之上的人民共呼吸，跟历代孕育自大地之中的子民通脉络。古往今来，世世代代，一切在此山河大地的怀抱中生活的儿女，在权势下常被煎熬成没有面目的群众，在父亲生命中都是有血有泪，有魂有魄，不容诬蔑，不容践踏的生民。

父亲在病床上，忽然提及"天下为公"的思想，他自己过去没有谈到。立足于"天下为公"精神之上的民主体制原是父亲心中、笔下，延续民族命脉的唯一路途。随侍在父亲身畔的最后几天，父亲在昏迷中总是连声呼唤着祖母，神情凄然。

是否濒临生命的终点，父亲回顾平生，觉得对祖母的哭喊交了白卷呢？

然则，我们民族真正得以生存的力量，乃是来自大众社会中胼手胝足、终岁勤苦的儿女。而我们民族在暗夜中的一点亮光，该就是父亲一生所代表的一声声"以百姓之心为心"所呼唤出的历史上的真是真非吧！

一九八二年四月五日父亲大殓火化之日

目　录

当时只道是寻常

"爱情"的内容却经常是混沌、矛盾的，情境是如在醉中，如在梦里，暧昧难明。使人有时觉得它是在自己生命之中，有时又觉得它是远离生命而他去。味道是甜酸苦辣的杂拌，情意是悲欢离合的混合。

旧梦·明天 / 002

和妻在一起 / 006

春蚕篇 / 009

春节怀旧 / 013

话鬼 / 017

我的母亲 / 021

我的父亲 / 030

纸上得来终觉浅

一个人要做写作的准备，如果是文艺方面的，应养成随时观察事物特性的习惯。如果一般文史方面的，应养成随手抄录资料的习惯。

为学习而写作 / 042

应当如何读书？ / 045

哀唐生 / 050

如何开始文艺写作 / 053

我看大学的中文系 / 058

我的读书生活 / 063

我的教书生活 / 071

艺术，时代的嗅觉

怪的东西最容易作伪，平淡天真的东西便无法作伪。古人谓画鬼易而画人难，这是粗线条的比喻。今人乃以画鬼为创造，以画人为模仿，何哉？

摸索中的现代艺术 / 082

与张大千先生的两席谈 / 085

中国艺术杂谈 / 089

看画杂缀 / 093

泛论形体美 / 096

论院派花鸟画——为唐鸿教授画展而作 / 099

我在画学会金爵奖中的答词 / 101

看《梁祝》之后 / 104

永恒的幻想

人类是生活于真实之中，同时也是生活于幻想之中。

弗洛伊德对现代文学的影响 / 108

泛论报纸小说 / 112

偶读偶记 / 115

永恒的幻想 / 120

白话、白话文、白话文学 / 123

敬答中文大学《红楼梦》研究小组汪立颖女士 / 126

老觉淡妆差有味 / 141

契诃夫与鲁迅 / 143

难得糊涂

它所象征的春，正是春的巅峰，而它的凋谢，也正是春的销歇。仿佛春是被它一手包办了。

樱花时节又逢君——东京旅行通讯之一 / 146

不思不想的时代——东京旅行通讯之二 / 151

思想与时代 / 159

什么是传统？ / 163

传统与文化 / 166

一个新的探索 / 170

一个生物学家看人性问题 / 174

不忘初心，方得始终

当时在落日苍黄中分手，先生所说的种种，一直在脑筋中翻腾上下，引起很复杂的感想。迄今二十多年，不仅我个人百无一成，连先生当时叮嘱的郑重的语言，也记忆得模糊不清了。

五四运动的一个角落 / 178

悼念熊十力先生 / 182

有关熊十力先生的片鳞支爪 / 186

忆念刘凤章先生 / 194

王季芗先生事略 / 200

我对何雪公性格的点滴了解 / 204

烧在何公雪竹墓前的一篇寿文 / 207

明代内阁制度与张江陵（居正）的权、奸问题 / 210

军队与学校 / 226

忽然想到

　　杭州西湖，不仅是风景多，而且每一风景，都积累了、染上了，前人所留下的古迹，这便为湖光山色，增加了深度、厚度，而这些深度、厚度的情味，又尝假文化人的妙联妙语，把它指点出来，更使人流连不已。

由秦俑的联想 / 232

风景・幽情 / 237

杰奎琳再婚的若干联想 / 241

不是结婚几次的问题 / 244

书与人生——向有钱者进一言 / 246

在中国最成功的一个美国人——萧查礼博士 / 250

刘备白帝城托孤 / 254

工业江湖 / 257

东与西的心的接触 / 261

沧海遗珠 / 264

当时只道是寻常

　　"爱情"的内容却经常是混沌、矛盾的,情境是如在醉中,如在梦里,暧昧难明。使人有时觉得它是在自己生命之中,有时又觉得它是远离生命而他去。味道是甜酸苦辣的杂拌,情意是悲欢离合的混合。

旧梦·明天

"明天",的确是一个动人的题目。尽管许多人说,"瞬间"、"刹那的瞬间",才是我们生命的实体;伟大的诗人,便在于能把握住自己生命的瞬间,而加以表出。但我不是诗人,对于自己生命在刹那生、刹那灭的每一瞬间,总是糊涂地让它过去;好像用手在水中捉月,到头总是一无所有。因此,我也和许多人一样,把一切的希望,都安放在"明天"。而一说到明天,当下所涌出的便是返归故里的"旧梦"。

我的故里,是出浠水县城北门再走六十华里路的团陂镇黄泥嘴徐琯坳凤形塆。因为"凤形塆"太僻、太小了,所以每向朋友介绍时,已经成为习惯地,在它上面还要加上两个地名。"凤"有一个头,并张着两个翅膀。十一二家的土砖房子,便分布在张着的翅膀里面。一口水塘,淤塞的沙土,似乎从来不曾挑干净过。再前面,便是从右向左,一直延伸到一条小河的"大畈",这是我们一连四个塆子生命所寄的稻田、麦田。正面对着我们塆子的有一个像馒头样的山——"鳣鱼脑";鳣鱼脑上面,便是拔出于群山之上的"落梳峰"。大家都说曾有一位仙女坐在一块平阔的大石板上梳过头,却一个不小心将梳子掉下,所以石板上到今还留有仙女的脚印和梳子的痕迹。这个峰,像一口大钟伏在地下,显得特别秀整。在我以放牛、打柴为生的幼年,这里是经常上下处所之一。此外还有上下得多的是"大山背"。

不过，从我能记事的时候起，四个儿子的人家，很少有一家人能终年吃饱饭。除开春夏天的景色以外，有时，只是荒寒、破落；大家好像整年过着冬天的生活。

我十二岁到县城读高小，十五岁到武昌读师范，这已经是四分之三离开我的故里了。北伐军来后，一直到离开大陆，其中仅有几次，偶尔回去住上两三天。抗战胜利，我真想永远住在故里，过后半生身心干净的生活。但一回去，农村的百孔千疮，简直淹没了天伦之乐和塆前塆后的草木的光辉，便又在自己精神的压力下，逃避出来了。真的，我对自己的故乡，一直是在逃避、抛弃。

但是一说到"明天"，自然感到这必须是和我的生命连在一起的事物。岂仅政治上受骗、骗人的一套，早从我的精神中，绝尘远去；连走遍大半个中国所曾经留恋过的许多名都胜境，也都和我漠不相关。甚至连目前冥心搜讨的所谓学问，也都漂在我生命的外面。我的生命，不知怎样地，永远是和我那破落的塆子连在一起；返回到自己破落的塆子，才算稍稍弥补了自己生命的创痕，这才是旧梦的重温、实现。

父亲、母亲、哥哥都已磨折地死去了。嫂嫂、弟弟不知道是否还在人间？我回去后，把离散了的侄儿侄女，重新团聚在老屋里面，这是一件大事。我和受了现代教育的儿女，应作共同的努力，使我家里乃至塆子里的男女，能过着谷吃完后有麦吃、麦吃完后有谷吃；一年到头有油盐、有酸菜、青菜；客人来了，能买一块豆腐，甚至一小瓦壶酒；每月初一、十五，过年过节，有点猪肉吃的这种生活。这是我们当时所希求的生活，也正是"明天"的本分而正常的生活。假使那时（明天）的政治还有点"人的"气息，我将提议在团陂镇开设一个苗圃，让只要是山，便有树木；只要是隙地，都是果园。还有把半淹没了沙土的池塘，挑得又深又广，里面养满了鲢鱼、鲤鱼乃至大头鱼。假使还有力量的话，要把三里以内的三条小河，在上游筑成水坝，让河水能流进每一家的田里；河岸上都是密密的杨柳树和其他的树。

　　当然，返回故里的第二天，便应去看看在"罗家榜"埋着的祖父、姑母，十六岁便夭折了的姐姐的坟，不知还是否存在？我的父亲母亲哥哥的坟，也预定安放在这里，不知是否得到允许？假定这些坟已经被毁了，我也要做一种象征性的恢复。然后在旁边，为自己和妻，留下两个穴地；并预先吩咐，在我死后的墓石上，刻下"这里埋的，是曾经尝试过政治，却万分痛恨政治的一个农村的儿子——徐复观"三十个字。我流落在外面，常常想到"罗家榜"。这是一个小小山凹，没有风水，也没有值得说的景物。但在我四五岁时，随着父亲到离家二里的"小河"私塾去玩时，从垮子左手青龙嘴，一直顺着半山的小道走去，一定要经过这里。到了八岁，在距家三里的白洋庙正式发蒙读书时，也一定要经过这里。以后将近有七八年时间，寒暑假都起居在小河的村塾，每年有三四个月的时间都要经过这里。每经过一次，眼睛自然会向路上边的坟墓注视一次。十年多的岁月，这个山凹，不仅埋葬的是自己的亲人，并且于不知不觉之间，也注入了自己的生命。假定每一个人，要有一个埋骨之所的话，这就是我"明天"埋骨之所了。

　　当我返回以后，希望还有能认识我的父老；而不相识的儿童，也不会把我当作仇人、敌人。假使还有和我小时同过学的朋友活着，有如"大山背"的陈六哥等人，那便是我明天的真正朋友。故乡的习俗，在上元节的那一天，整年劳动的妇女，一大早，便结伴出外踏青。当我刚读师范时，有一次，偶然在踏青节看到陈家的三位姐妹；一直到现在，我觉得这三位女孩子，才代表了人间所能见到的最圆满的女性。等我回去后，她们当然早已老了，或者已经死了；但我依然要打听一番，或者去凭吊一下。我初看到她们时，回家后瞒着父亲，曾偷偷地做了几首打油诗，现在还记得"古佛拈花唯一笑，痴人说梦已三生"一联。"明天"本来就是梦，我希望能在梦中说梦。

假使还有生活的闲暇，我便要补偿夙愿未偿的故乡山水的游兴。"斗方山"上的庙，石墚石瓦，听说是神仙一夜中吹上去的，我要去。"小灵山"上听说有位和尚种了不少桃树，我要去。"天福寨"的天福寺，我曾经来住过一年；土壤和泉水非常的美好，我要去看看是否已经好好地利用。离我们十多里路的"桃树塆"，有座"狮子山"，以前曾去过一次，看到几个石洞、石壁上刻了许多字和神像；我要再去考证一番，知道一个究竟。至于"四望山"寨的"四望寺"，我要常常去借住的。这里山势崔嵬秀丽，够得上"林泉之胜"；寺和寺里的许多尊铁佛，以及半山上的田产，都是我们先人捐出来的。我父亲在里面教过一年书；在武昌师范学校还没有开学时，我曾住在寺里。有一天，来了一位姓贺的朋友，写得一手好字，于是大家提议，在门、窗、大殿、戏楼的柱子上面，要都贴上对联；初生之犊不畏虎，由我作，由他写，一口气作了写了二十多幅。记得其中有一联是"松菊有缘，半笠烟霞还旧梦；圣芬不远，五洲风雨共斯文。"除了这种"烟霞旧梦"，还有什么值得称为"明天"呢？苏东坡在海外的诗，有"管宁投老终归去，王式当年本不来"两句，每读一遍，辄为之怅惘不禁。但他毕竟是归到他所愿归去的地方了。生于今日，不会"明天"永远是"明天"吧！

一九六三年十二月七日于东大
一九六四年一月《自由谈》十四卷一期

和妻在一起

这是套用孙大妹淡宁的"和幺儿在一起"所定下的标题。但它有自己的两个特定背景。第一,我和妻结婚刚一周年,便爆发了卢沟桥事变;我是军人,由职责而东西奔走所花费的时间,远多过和妻在一起的时间,因此常引起妻的深深怨恨,有时简直难于解释。回想起过去悲欢离合的岁月,才体验到这几年和妻在一起的真正意味。第二,我在台湾的东海大学,教了十四年,在这段安定生活中,当然是和妻在一起,但四个儿女,个个娇惯,妻的精力,几乎完全用在儿女身上,我每当看书写书精疲力尽时,只找着儿女逗了玩,从儿女的戏耍、嬉笑中,得到艺术的最大享受休息。这实际是和儿女在一起,而不能算是和妻在一起,真正和妻在一起,是儿女都已高飞远走,于一九七二年搬来香港以后之事。

和妻在一起的总感觉,是我们都不曾长大,而且将永远也不会长大,反省起来除了妻在厨房,我伏书案的各安生业的时间之外,我们两人相接触的语言、行动,不知不觉的,都带有儿童的意味,有时我在她面前放点小赖,好像她是我的妈妈,有时她在饭桌上吱吱喳喳地这样菜是怎样买的,怎样弄的,又考问我"你知道这是怎样做出来的?"诸如此类,我眯眯笑地听着,又感到她是我的小女儿。有时两人在看电视时不断地抬杠,有如报道节目小姐的眼,是不是正在望着我?武林高手打得飞来飞去,功夫是怎样炼成？侦探连续剧在快结束前的十分钟，我逼她打赌，会不会马上要破案？或者说一两句极端无聊的话乃至我们乡下人所说的粗话，两个人常常莫名其妙的因此而哈哈哈大笑；这样的一对老宝，很难算是长大了，妻也几次向我说"我常常不知道自己有好大年纪"。我亲自看到有几位小姐因敬慕老师而恋爱而结婚像梦一般的故事，在未结婚以前，总是一声"老师"叫得敬爱交加；结婚以后，便把老师的名字叫得庄严冷澈。我有时感到，这位小姐追求老师的目的，似乎就是为了能这样称呼老师的名字。我的妻，是在带封建气氛的家庭中长大的，她从来不叫我的名字而称我为"先生"，小孩儿在一起，她便一切为小孩儿着想，小孩儿离开了，她便一切为我着想，生活上大大小小的事情，都将就我，我几次向她恳求地说"你这样将就我，使我心里很难过"，但妻却坚持并没有什么事情将就我。

当然，我也有许多能得到妻的欢心的地方。她曾几次感叹地说："我们的儿女，没有一个像你这样用功！"妻喜欢用功的丈夫，可能和妈妈喜欢用功的儿女，是同样的心理。

结婚后，我的薪水袋一直是交在妻手上，再由她发零用钱给我，我认为"钱既是由你管，你爱买什么便买什么好了"，所以我过去从外面回家，从来不带东西送给她，这十年以来，我体会到这不合作丈夫的规矩，于是留心她的嗜好，不断地送她小礼物，例如她喜欢吃板栗，我便买一元两元的板栗送给她，她每次都是欢天喜地的接受。

妻有些小气，为了节省石油气，洗澡时舍不得多用点热水，我便抢着为她放洗澡水，我知道她怕我不把盆子弄干净，所以在放热水以前，先大声说一句"我在洗盆子呀"。

早上她只愿做橙汁给我，我便抢先做满满一大杯给她，并且总是用两只手把杯子捧得和自己的鼻子一样高，赢得妻说一句"你何必这样呢"。

我以前放过牛，下过田，做过许多苦活，但确实没有洗过碗，可是到香港后，我常和妻争碗洗。妻总是说："男人为什么要做女人的事情？"或者说："你够辛苦了，为什么还要洗碗？"我心里却想，到美国去留学，不过比土包子多洗洗碗而已。我现在洗碗，也等于到美国去留了学。

日常生活中也不断出现些争执，遇着一分为二的食物时，尤其是争执的焦点；妻要我吃好一点的，还要我多吃一点，我对她，也是一样。三年前，我想出一个好办法，由她分，由我择；她便只好分得很平均。有一次，她分西瓜时，把一块的瓜肉挖了些到另一块上，外表上比另一块大，实际比另一块少。我一眼看透了，便择上虚有其表的一块，把她气得个半死。我说："这是西瓜，不是傻瓜啦！"

每天九份报纸，我看国际大事的标题，把重要的剪下来。妻忙于看小新闻，小方块；这两年，她也注意到国际大事，有时向我发表点意见，有时问我剪报有无遗漏；从去年起，她又常常读诗，读得津津有味，她从来不批评我的朋友，遇着我对朋友在语言上失检时，她便教训我一顿。有时我气起来，向她质问，"你并没有这样的教训过儿女"，她便饶过了。

但是，日子也并非都是这样轻松。我一向马马虎虎，在语言上得罪了她自己并不知道。她总是忍上两次三次；最后发作出来，就会狠狠地数骂一番。幺儿在身边时，他便乘机煽火地说："妈！你这次不要轻易放过爸爸，不要听爸爸说一两句笑话你就心软了。"实际，幺儿这样说，倒是帮了我的忙。我想，一切女人都有个特长，就是男子不记得的事情，女人多半是会记得，所以妻一发了脾气，常把二三十年前的鸡零狗碎的事情都罗织成为当前的罪状，有时真是气死人。但第一，因为她身体不好，我不能反口去刺激她。第二，我知道她发过脾气后，很快就会后悔的，一后悔，就要想方法弄好东西给我吃。"白忍堂前有太和"，所以我和妻在一起，总算过的是"太和"的生活。

一九七七年十二月四日《星岛日报》

春蚕篇

我的故乡，不是蚕桑区域。但一到每年的蚕月，村里的姐妹们，都聚精会神地用小筐小篮，各人养着百把几十个蚕。从孵卵起，她们整天做的，说的，想的，都是为了各人所养的这一撮小动物。有时拿出来互相比较："你看，我这个长得多么旺啊！"她们似乎觉得每一个蚕都是随着自己的希望、喜笑而生长。一直到蚕上了小小的架子，开始摇着头来吐丝，大家心里才感到轻松，但每天还要去看几次。一下子发现已经是亮晶晶的或黄或白的茧了，那种欢天喜地的情形，只有我们陪着帮过闲的小孩子们，到现在还可以在追忆中仿佛一二。茧摘下来以后，到底做了什么用场，我倒说不清楚。因为父母伯叔们，总是把这一个蚕月分给姐妹们做私房（私房是私人的存积），姐妹们可以随意处理，很少打算在家计之内。我们故乡的蚕，与其说是被姐妹们养大的，倒不如说是被她们欣赏大的，更为适当。所以在我心目中的蚕，这是几千年，甚至是几万年，由中国女儿们的心，由中国女儿们的魂，所共同塑造成的最高艺术。是中国女儿们纯洁高贵的心与魂的具象化。没有参加过这一伟大民族艺术塑造工作的摩登女人们，我除了到化妆店里去了解你们以外，你们还能给我了解一些什么呢？

壮年时代，我曾在浙江住过三年，这才是中国有名的蚕丝出产地。我曾看到绿荫似海的桑田，也曾看到高烟囱林立的缫丝工厂，又看到一些改良蚕桑的意见书，却没有看到蚕，更没有看到乡下养蚕的女儿们的实际活动。在我的脑子里，觉得江浙的蚕只是特产，只是经济，只是商场，只是工业，而不是艺术。女儿们纯洁高贵的心魂，早被商人的算盘、经济家的计划，污浊得一干二净；我不能回忆它，我不愿回忆它。在我脑子里的春蚕，永远只许它和"女桑""香闺"绾带在一起的。

春蚕在我生命中另一个永远不能抹掉的痕迹，是由李义山"春蚕到死丝方尽"的一句诗刻上的。这是十几岁似懂不懂的时候所喜爱的一句诗，现当迟暮之年，依然常在无端的怅惘中，无端地想起；而一想起之后，总是不知从什么地方吹来一息凄恻的微风，使我的心情得到一两小时的寂静。这句无题诗，为什么对我有这样一股永恒的魅力呢？我有时也私自嘲笑我是如此的不长进。

春蚕的丝，是从它自己的生命力中化出来的。它的生命力何以不消停在自己的生命之中，而一定要化成一缕一缕的丝，把它吐出在自己躯壳的外面，而且一直要到把自己的生命力化完吐完为止？这真是一个生命的谜，也是一个生命的悲剧性的谜。李商隐便抓住这样的生命悲剧性的谜，来象征他无可奈何的爱情；而爱情的本身，对于任何人，对于任何时代，都是无可奈何的，都是谜的，都是悲剧性的，都是从自己的生命力中化出来随风飘荡，不可捉摸而却又是剪不断，理还乱，并且一直要把它化完为止的。每个人接触到这句诗，每个人便接触到隐藏在自己内心深处的这一部分的生命力，所以这句诗的魅力，只是每个人生命的魅力。生命力的魅力无穷，这句诗的魅力，作为这句诗的春蚕的魅力，也是不尽。

一般人，容易把"爱"和"感情"混淆在一起。其实，不仅"感情"不是"爱情"——所以再好的朋友，也只能说彼此有深厚的感情，却不能说彼此有深厚的爱情，即使是"父子之爱"，"母子之爱"，或"伟大的母爱"，若把"爱"字下面加上一个"情"字，便自然感到不很妥当。在这些地方，"爱"和"爱情"的分别是很显然的。爱与情的混淆，常是来自夫妻的关系。某某夫妻的感情很好，容易误称为某某夫妻的"爱情"很好。其实，再美满的夫妻，也只能有"爱"，而绝不能有"爱情"。爱情与夫妻，是势不两立的两种情景。夫妻一开始，爱情便死亡；继着而来的，只是在"爱情"的尸体上所蜕变而成的一般人所说的"爱"。

　　爱和爱情的分别在什么地方呢？"爱"的内容是单纯的，情境是明朗的，味道是甜甜的，情意是欢笑的；并且爱是可以清楚地意识得到，而又可以把握得住的。美满的爱，好似一篇美满的散文，它的条理、情调，我们可以清清楚楚地说了出来的。"爱情"的内容却经常是混沌、矛盾的，情境是如在醉中，如在梦里，暧昧难明。使人有时觉得它是在自己生命之中，有时又觉得它是远离生命而他去。味道是甜酸苦辣的杂拌，情意是悲欢离合的混合。人永远不会意识到它；当你意识得到它时，它已经随风飘去；人永远想把它抓住，却又永远抓不住它，所以只有化出全部的生命力去作无穷的追逐，一直追逐到生命的天涯。因此，没含有矛盾混乱的不是爱情，没有甜中带苦，笑中带泪的不是爱情；不是如醉如梦，于不知不觉之中，抛掷出自己全部生命力的不是爱情。我们原始的生命力，常常被普通的理智之光而弱化，而浅薄化了，只靠了爱情才能把这种浮光掠影的理智，唾弃在一旁，让原始的生命力和盘托出，以完成它自己。蚕的尸体是用它自己生命力所化出的丝来包裹，这比用其他任何东西来包裹更为庄严。人的尸体也应当用它自己生命力所化出的爱情来包裹，这才证明人性的崇高伟大。歌德为了要表现这一点，所以着手写下一部《少年维特的烦恼》，并且因此而造成少年维特的风潮。其实，十多万字的小说所要表达的、所能表达的，并没有比这"春蚕到死丝方尽"的七个字的诗多出一点什么。现代人的生命,被机器、被权利欲,熏染得已经僵化了。这些人,只有"撒野",绝没有爱情,更不能从原始生命力中流出一滴眼泪。于是春蚕的位置,只好让人造丝、尼龙等等来代替了。

一九五七年三月二日《新闻天地》第十三期第十号

春节怀旧

一

自从各色各样的革命革新人物得势以来，数千年来，与劳苦大众的生活情调，融合在一起的"年节"，被逼得走投无路，先委屈地称为"旧年"，现在再退一步，只好称为"春节"了。春节云者，即是我们劳苦大众过了几千年的年节。

风俗由人民生活的积累而成；人民生活的意味也是具体地浮雕在风俗里面。抹杀社会的风俗，即是抹杀了人民具体生活的意味，使人民只成为工具上的数字，这是很残酷的事情。我出生在穷困的农村。农村自富农以下，都是成天地在生产工具上打转。平时见不到酒肉，见不到娱乐，也没有亲朋来往，甚至脸上也没有笑容。这一切，只有在节日里才有其可能，尤其是"过年"的大节日。人不仅是为劳动而存在，也是为享受自己的劳动而存在。把劳动和对劳动的享受结合在一起，这才是"人的生活"。而农村的劳苦大众，只有在节日里，尤其是在过年的年节里，才有享受自己劳动的机会，才能作为一个完整的人的存在，把生命生活的意义，从各方面表现出来。因此，节日，尤其是年节，是风俗的集结点。

我这里，特别提出农村的劳苦大众，只是说明一个事实，而不是想装作摩登进步的架势。过去的地主豪绅,乃至都市的富商大贾,再加上政府的达官贵人,过的是"天天献岁,夜夜元宵"的生活;年节对于他们,只不过是多余的点缀。有如因糖果吃得太多而闹牙疼的孩子,再请他吃糖时,口头上说声"谢谢",心里面却感到为难。即使是住在大都市的勤劳大众们,可以得到年节的休闲;但五光十色,平时已经见惯,很难领略到年节由热闹而来的一番欢悦。只有成天在田地山林沼泽中工作的劳苦大众,有如一年吃不到一次糖的孩子,偶然遇到的即使是粗糖,对甜味才有真的感情,才有真的享受的感觉。因此,我认为,只有农村劳苦大众所过的年,才真能算是过年。只有农村过年的风俗,才真能表现人民活跃的生命。

过去的诗人文人们,对这类的风俗,远自三百篇,还有的加以歌咏,有的加以记载。到了现在,有的则站在云头上呼风唤雨,破旧立新。有的则在用典雕龙,或装洋画鬼。由勤苦大众的生命生活所形成的风俗,快埋葬以尽了。只有像我这种没出息的人,才偶然飘浮着一点轻岚薄雾。

二

秋收冬藏,照道理说,冬天农村是休闲的季节。但真正有点休闲意味的只是农历的十一月,我们乡下便称为"冬月"。因为此时的豆麦已经播种,即使是半自耕农或佃户,也不愁吃的粮食。但到了农历十二月——腊月,许多人已是开始挣扎在粮食问题、债务问题里面,气氛便非常紧张了;一直要紧张到除夕才松一口气。

即以小康之家而论,为了年节做准备,家长和儿女们的心情,也不一样。下面的一首歌,正是两种不同心情的反映。"新年到,是冤家。男要帽,女要花,媳妇要勒儿走娘家。"男、女、媳妇的这点要求,在一年中,只有新年时才可以提出,家长们只好全力以赴,使儿女们在新年中得到一分喜悦。

到腊月底,要为年节特别准备食物,最特出的是三粑,即是糍粑、印子粑和豆渣粑。糍粑即是年糕,多半做款待客人之用。印子粑是把黏米粉揉好后,按入在各种雕花的模子里印出来的;一做便是几百个,这主要是留给自己吃的。但初一初二初三的三天也用来打发给乞丐。过年做豆腐多下来的豆渣,地主们是用来喂猪的,但富农以下,多当作菜来使用,过年时也做成粑,以补印子粑的不足。

到了除夕这一天,全村的儿童,都欢天喜地地出来做大扫除的工作,贴红纸春联更是大家抢着做的。除夕吃完了"团年饭"后,全家大小都围在火炉边"守岁"。此时讨债的人也不能讨债了。并且各家把大门早早关上称为"封门",以表示这一年的结束。一直等到五更左右,按照日历上所说的吉利时辰在爆竹声中把大门打开,向大吉大利的方向祭天祭地,以庆祝一年的开始。这称为"出方"或"出行",还贴上"大吉大利"的红纸条。我的印象,农村的劳苦大众,只有除夕才是最平安的一晚;有了这样的平安的一晚,元旦才像个元旦,新年才像个新年。而定下一到除夕便不能向人讨债的规矩的人,大概真正是人民最伟大的领袖了。

三

元旦早上是要向亲长们拜年的,从自己村子里,可以拜到邻近的同宗的村子。小孩子开始可以尽情地玩;但最怕一个不小心,见人说出了不吉利的话,坏了人家一年的兆头。因此,新年时口里所说的话和平时有点不一样。好在大家知道,要孩子不乱讲话,是一件难事,所以先贴上"不禁童言"的红纸条,作为一种预防措置。

彼此见面拱手时最吉利的话是"恭喜发财"。还有穷极无聊的人,在新年的头三天，敲着一面小锣，向人家送财神菩萨，人家便得给他一点零钱或食物。印在粗糙黄纸上的财神菩萨也和现世的财神菩萨一样，有些面目可憎，但这是新年中的事物，大家只好忍耐。

　　从初一到十五，是一年中穿得最好的、吃得最好的半个月。头三天什么活也不做；三天过后，也只做点轻松的活。龙灯、采莲船、大头包、打狮子等游艺节目，农村里也只有此时才一起出动。亲戚朋友，只有在这几天才有一番来往应酬。一年的劳苦，换下这半个月的休闲欢愉，所以这是真正的欢悦，是人作为是一个人，所必不能少的一点欢悦。而这些欢悦，只是出乎劳苦大众生命的要求，在集体生活中，日积月累地积累起来的；所以一旦展现出来，便与他们的生命连接在一起，使他们的生活，得到一时的舒展，为了再劳苦，准备了新的精力。假定老百姓连这点欢悦都没有了，连这点欢悦，也受到飞天夜叉的蹂躏，还有什么道理可讲呢？

一九七五年二月十六日《华侨日报》

话 鬼

卜少夫兄忙完了阳明山会谈后,又记起来信向我要文章。并出一道题目是"马谡与廖化",这是《三国志》或《三国演义》上的出典。我不是专门研究《三国演义》的,对少夫所出的考题,只好交白卷。记得王渔洋题蒲留仙《聊斋志异》的诗是"姑妄言之姑听之,豆棚瓜架雨如丝,想因厌作人间语,爱听秋坟鬼哭时"(因手头只有手抄本的《聊斋志异》,而《渔洋精华录》中,对此诗又未加收录,没有这首诗,单凭记忆,文句恐有错误)。在回忆中,觉得这首诗很有点意思。不过我现在的"话鬼",并非出于东施效颦,而系我过去在分尸案一文中,提到少年时曾看见过鬼;于是有的朋友当面问,有的朋友写信来问:"你真看见过鬼吗?"其中有些朋友是不曾相识的。我的答复都是"真的看见过,让我有机会写了出来"。现在便借新天一角之地,向许多朋友了此宿诺。

"见鬼"的故事太短了,让我先从"梦鬼"的事说起吧。离我家一里多路远,有两条小河相会,乡下人便称它为"义河"。义河原有两家铺屋,后来都歇业了;离两家铺屋不远,靠在一个坟山的旁边,有个独立房屋,一共有七间房子,这在乡下,算是相当大的。因为生计困难和人口不兴盛的原因,被我忘记了姓名的房主,不知搬到什么地方去了,便成为没有人住的空屋;我父亲就利用它作私塾之用。我没有进县城的高小以前,固然有两三年在这里读书；即在我进了高小乃至进了武昌的第一师范以后，寒暑假也多半待在这里；这是和我的童年少年结缘最久的一个房屋，后来我们把它称为"学屋"。我要说的故事，主要是以此为中心的。

从我家向左手的青龙嘴走去，绕过这一个山坡，便是一个山凹，我们称之为"大凹"，这是到学屋去必经之路。大凹的山道上首，有一座从来没看见有人祭扫过的相当大的古坟，早晚从那里走过时，多半是低头急走，总有些胆怯。有一天，正是快要黄昏的时候，我从学屋回家，走经大凹，看到古坟前面，坐着两个女人，一个大约三四十岁，一个只有十四五岁，想来是相依的母女。穿着明朝的衣服，静寂寂地凝眺着我。我停下脚，走上几步，彼此攀谈起来，中年妇人说了她的乡里籍贯和她丈夫的姓名，及全家殉难于此的故事，她清丽阴沉的脸上，不时淌下眼泪；十四五岁的女孩子，只静静地在旁待坐着，不出一语。接着，她两人送我回家，送到青龙嘴上坐下来，又叮咛了一番，似乎是希望我能为她们改葬。我快走进大门时，回头去看，她两人还是神情凄楚地站着望我。做这个梦时，大概我有十三四岁。醒来后，幼稚的心灵，感到十分的惆怅。一直继续许多年，对此梦印象的明确，故事条理的清楚，还时时从脑筋中涌起，使我宁信为真，不愿说它是梦。过了三十岁以后，渐渐地模糊起来，今日偶加回忆，却只能重现两人凄清的影子，和我当时惆怅的感情，再记不起她所说的旧事的内容了。在我们村子附近，有一个村子称为"金家冲"，现在住的人们是姓陈，但陈姓祖宗的牌位后面，却供的是金姓的祖宗牌位。另有一个村子，称为"杀二万"。古老的传说，或者是元末明初，或者是明末清初，有姓金的在金家冲起义，在杀二万战死，因为当时被杀了两万人，所以便称为杀二万。我二十多岁的时候，有一次同朋友们不知为什么在杀二万的山上玩，偶然发现一块岩石上刻着"金将军死难处"六个字；再找，在相距不远的地方，又发现一块岩石上刻着"金小姐死难处"六个字。两个岩石大部分都埋没在土里面，字形约有两寸大小，刻得深而形体整齐，似为仓促间刻成。当时我们没有历史知识去稍加发掘，看有没有其他遗物，或年月的记载。但这一点，却可以证明故老相传的故事，是有其真实的来历，而我们附近，是曾经过一次大劫难的。可惜地方史乘缺略，今日无从查考。然则我的梦，如何能一定判断它是幻呢？但即使是真的，连自己将来葬身何处，尚不可知，又如何能为她母女二人践改葬之约？

大概在十六七岁的时候，我已上了武昌第一师范，过了元宵，我还在乂河学屋里温习功课。有一天，来了一位客人，在学屋吃晚饭；吃完晚饭后，在右首一间长套房里，和我父亲隔着条桌对坐谈天，我便站在条桌的头边静听。这间长套房，中间摆着四五个条桌，成一直线形。靠右手向外有两个窗子，每一个窗子下面放一张方桌。靠左首，又是两间较小的套房。隔着谈天的条桌是这一排条桌的第一张；条桌头边点一盏油灯，我在油灯的背面，灯光射向一排条桌的另一端，并照到另一端的窗下的方桌。我正站着听父亲和客人闲聊的时候，突然感到身上一紧，看见方桌底下，有一个小孩儿，好像是在地下捡字纸。我心里想："真正有鬼呀！"集中精神地去看，但舌根好像有点发僵，不能出声。黑影子在桌子下大概活动了分把钟，突然向上一掠，没有了，我的舌根也恢复了原状。过了一下，父亲要我到堂屋另一边的套房去读书，我说："我害怕，一个人不敢过去。""怕什么呢？"父亲很惊奇地问。"我刚才看见那一张桌子底下，有一个小孩子捡字纸，一下子，又不见了。""你为什么不喊？""我当时舌头僵了，喊不出来。""胡说，是你自己的眼睛放花。"客人补充说："可能是狗子。"于是拿起灯来四处照了一番，没有看到狗。父亲便坚持眼睛放花的理论，送我到对面去读书了。

一张方桌规定坐两个学生。那张方桌坐的一个姓樊，名字已经记不清楚。另一个姓陈，名字叫作春生，头上蓄着半月形的头发。第二天，陈春生没有来，说是病了，我听说，心下一冷。过了两天，陈春生死了。因为有这样的巧合，我便一直相信是见过鬼。

十七八岁的时候，乡下还在过年，邻村的夜晚唱花鼓戏度岁，父亲是不准我们去看的。哥哥偷偷去看，半夜回来，不敢从大门进，小声把我叫醒，从我睡觉的后房进来。我为他打开后门，让他溜走后，翻上床去再睡。不一会儿，突然后门哗啦的一声响，我心里着急想："怎么忘记闩上门让狗进来了呢？"接着便是一阵女人木跟底鞋的走路声音，笃笃地，一步一步向我的床面前走。我心想，"这下糟了"，赶快把身子侧着睡，把两膝弯起，双手握拳，拱卫在胸前，做迎敌准备；但紧紧闭起眼睛，生怕看见了什么，吓坏了。说时迟，那时快，木跟底鞋的声音走到床前了，仿佛有一阵风掠过，便从我脚上一直向身子的上部压下来；快压到胸口时，我便两拳奋平生之力，向上猛突，身子随着坐起，寒毛简直根根竖起，汗水也流了出来。此后更不见动静。大概经过了两三点钟，我疲倦极了，要睡又不敢睡。突然，又仿佛一阵风掠过，笃笃的木跟底鞋的声音，奔向后门去，哗啦一声后，便寂静下来；恰巧开始了叫晓的鸡声，我迅速躺下睡着了。大天亮跳起来去看后门，却是闩得好好的。这似乎是听到了鬼。

看见鬼，听到鬼，都是非常讨厌的事。但年轻时一共两次梦见的鬼，却似看过了两次感人极深的电影，形成了我少年时代艺术生活的宝贵的一页。二十岁以后，再没有见过鬼，听过鬼，连梦也没有梦过。这或许是因为自己的灵性泊没得太多，因而与灵界完全隔绝了。也或许是鬼的世界，已经与人的世界合了家，所见、所听的都是鬼，反而不觉其为鬼，更用不上形之梦寐了。（九月九日寄）

一九六一年九月二十三日《新闻天地》

我的母亲

位于台中市大度山坡上的东海大学的右界,与一批穷老百姓隔着一条乾溪。从乾溪的对岸,经常进入到东海校园的,除了一群穷孩子以外,还有一位老婆婆,身材瘦小,皱纹满面;头上披着半麻半白的头发。她也常常态度安详地,有时带着一个孩子,有时是独自一个人,清早进来,捡被人抛弃掉的破烂。我有早起散步的习惯。第一次偶然相遇,使我蓦然一惊,不觉用眼向她注视;她却很自然地把一只手抬一抬,向我打招呼,我心里更感到一阵难过。以后每遇到一次,心里就难过一次。有一天忍不住向我的妻说:"三四十年来,我每遇见一个穷苦的婆婆时,便想到自己的母亲。却没有像现在所经常遇见的这位捡破烂的婆婆,她的神情仿佛有点和母亲相像,虽然母亲不曾捡过破烂。你清好一包不穿的衣服,找着机会送给她,借以减少我遇见她时所引起的内心痛苦。"妻同意我的说法,但认为"送要送得很自然,不着形迹"。这种自然而不着形迹的机会并不容易,于是有一次便请她走进路旁的合作社,送了她一包吃的东西。这位婆婆表示了一点惊奇的谢意后,抬起一只手打着招呼走了。

现在我一个人客居香港,旧历年的除夕,离着我的生日只有三天。不在这一比较寂静的时间,把我对自己母亲的记忆记一点出来,恐怕散在天南地北的自己的儿女,再不容易有机会了解自己生命所自来的根生土长的家庭，是怎么一回事。但现在所能记忆的，已经模糊到不及百分之一二了。

一

浠水县的徐姓，大概是在元末明初，从江西搬来的。统计有清一代，全县共有二百八十多名举人，我们这一姓，便占了八十几个。我家住在县城北面，距县城约六十华里的徐珰坳凤形塆。再向北十五华里，是较为有名的团陂镇。团陂镇过去三里，是与黄冈县分界的巴河。巴河向上十多里又与罗田县分界，便称为界河。据传说，徐姓初迁浠水的始祖，是葬在古田畈附近的摩泥（泥鳅的土名）地，古田畈及县城附近的徐姓，最为发达；许多举人进士，都是属于这一支的。我们这一支，又分为军、民两分（读入声），这大概是由明代的屯卫制而来。在界河的徐姓是民分，而我们则是军分。

军分的祖先便是"珰"祖。村子的老人们都传说，他是赤手起家，变成了大地主的人。因为太有钱，所以房子起得非常讲究，房子左右两边，还做有"八"字形的两个斜面照墙，这是当时老百姓不应当有的，因此曾吃过一场官司。八字形的斜面照墙，在我们小时，还留有右边的一面。而早经垮掉的老大门，石头做的门顶梁和石头柱子，横卧在地上，相当的粗大，上面的传说，可能有些根据。

珰祖死后，便葬在后面山上。在风水家的口中，说山形像凤，所以我们的村子便称为凤形塆。珰祖有六个儿子，乡下称为"六房"。我们是属于第六房的。由珰祖到我，大概是十二代，所以珰祖应当是明末的人。若以凤形塆为基准，则凤形塆右前方的村子，我们称为"对面塆"，又称"老屋"；这是第六房原住的村子，在曾祖父时才搬过来的。隔一道山冈的左后方村子是"楼后塆"住着第三房的子姓。从左前方的田畈过去的村子，住着二十多家的杨姓人家，我们就称他们的村子为"杨家的"。

大概在曾祖父的时候，因太平天国起义，由地主而没落下来，生活开始困难。祖父弟兄三人，伯祖读书是贡生，我的祖父和叔祖种田。祖父生二子，我的父亲居长，读书；叔父种田。伯祖生三子，大伯读书，二伯和六叔种田。叔祖生二子，都种田。若以共产党所定的标准说，我们都应算是中农。但在一连四个村子，共约七八十户人家中，他们几乎都赶不上我们；因为他们有的是佃户，种出一百斤稻子，地主要收去六十斤到七十斤，大抵新地主较老地主更为残刻。有的连佃田也没有。在我的记忆中，横直二三十里地方的人民，除了几家大小地主外，富农中农占十分之一二，其余都是一年不能吃饱几个月的穷苦农民。

二

我的母亲姓杨，娘家在离我家约十华里的杨家塆。塆子比我们大；但除一两家外，都是穷困的佃户。据母亲告诉我，外婆是"远乡人"，洪杨破南京时，躲在水沟里，士兵用矛向沟里搜索，颈碰着矛子穿了一个洞，幸而不死，辗转逃难到杨家塆，和外公结了婚，生有四子二女；我母亲在兄弟姐妹行，通计是第二，在姐妹行单计是老大。我稍能记事的时候，早已没有外婆外公。四个舅父中，除三舅父出继，可称富农外，大舅二舅都是忠厚穷苦的佃农。小舅出外佣工，有很长一段时间，在下巴河闻姓大地主（闻一多弟兄们家里）家中当厨子。当时大地主家里所给工人的工钱，比社会上一般的工钱还要低，因为工人吃的伙食比较好些。

母亲生于同治八年（1869），大我父亲两岁。婚后生三男二女。大姐缉熙，后来嫁给姚儿坳的姚家。大哥纪常，种田，以胃癌死于民国三十五年（1946）。细姐在十五六岁时夭折，弟弟孚观读书无成，改在家里种田。一九四九年十月左右，我家被扫地出门，母亲旋不久死去，得年约八十岁。

三

父亲读书非常用功。二十岁左右,因肺病而吐血,吐得很厉害;幸亏祖母的调护,得以不死。祖母姓何,是何家铺人,听说非常能干,不幸早死,大概我们兄弟姐妹都没有看到。可能因为父亲的天资不高,所以连秀才也没有考到。一直在乡下教蒙馆,收入非常微薄。家中三十石田(我们乡间,能收稻子一百斤的,便称为一石),全靠叔父耕种,勉强维持最低生活。所以母亲结婚后,除养育我们兄弟姐妹外,弄饭、养猪等不待说,还要以"纺线子"为副业,工作非常辛苦。她的性情耿直而忠厚。我生下后,样子长得很难看,鼻孔向上,即使不会看相的人,也知道这是一种穷相;据说,父亲开始不大喜欢我。加以自小爱哭爱赌气,很少过一般小孩子欢天喜地的日子。到了十几岁时,二妈曾和我聊天:"你现在读书很乖,但小时太吵人了。你妈妈整天忙进忙出的,你总是一面哭,一面吊住妈妈上褂的衣角儿,也随着吊出吊进,把你妈妈的上褂角儿都吊坏了。我们在侧面看不过眼,和她说,这样的孩子也舍不得打一顿?但你妈妈总是站住摸摸你的头,儿上几声,依然不肯打。"真的,在我的记忆里,只挨过父亲的狠打,却从来没有挨过母亲一次打。有一回我在稻场上闹得太不像话了,母亲很生气,拿着一枝竹条子来打我;我心中一急,便突然跑到她怀里去,用脸挨着她的胸口,同时用手去抢住竹条子,原来是一枝大茅草梗,母亲也就摸着我的头笑了。这一次惊险场面,至今还记得清清楚楚。

四

叔父只有夫妇两人,未生儿女。他一人种田,要养活我们兄弟姐妹"这一窝子",心里总有一股怨气;但他不向我父亲发作,总是向我母亲发作，常常辱骂不算，还有时动手来打。我印象最深的一次是：叔父在堂屋的上边骂，母亲在堂屋的下边应，中间隔一个天井。一下子，叔父飞奔而前，揪住母亲的头发，痛殴一顿。母亲披着头发叫，我们一群小孩儿躲在大门角里哭。过了一会儿，才被人扯开。父亲是很爱自己的弟弟的。加以他到黄州府去应考，一百二十里路，总是由叔父很辛苦地挑行李。考了二十多年，什么也没有考到，只落在乡间教蒙馆，对叔父会有些内疚。所以在这种场面，还要为叔父帮点腔，平平叔父的气。

叔父这样打骂我母亲的目的，是要和父亲分家，结果当然只好分了。叔父分十五石田和一点可以种棉花的旱地，自种自吃，加上过继的弟弟，生活当然比未分时过得很好。但我们这一家六口，姐姐十三四岁，哥哥十一二岁，细姐十岁左右，我五六岁。父亲"高了脚"，不能下田。妈妈和姐姐的脚，包得像圆锥子样，更不能下田；哥哥开始学"庄稼"，但只能当助手；我只能上山去砍点柴；有时放放牛，但牛是与他人合伙养的。所以这样一点田，每年非要请半工或月工，便耕种不出。年成好，一年收一千五百斤稻子，做成七百五十斤米，每年只能吃到十二月过年的时候；一过了年，便凭父亲教蒙馆的一点"学钱"，四处托人情买米。学钱除了应付家里各种差使和零用外，只够买两个多月的粮食，所以要接上四月大麦成熟，总还差一个多月。大麦成熟后，抢着雇人插秧，不能不把大麦糊给雇来的人吃。大麦吃完后，接着吃小麦；小麦吃完后要接上早稻成熟，中间也要缺一个月左右的粮；这便靠母亲和大姐起五更睡半夜的"纺线子"，哥哥拿到离家八里的黄泥嘴小镇市去卖。在一个完全停滞而没落的社会中，农民想用劳力换回一点养命钱，那种艰难的情形，不是现在的人可以想象得到的。大姐能干、好强，不愿家中露出穷相，工作得更是拼命。村子的人常说"他家出女儿不出儿子，几代都是这样"。因为早死的姑母也是如此。我还记得的一次，家里实在没有任何东西可吃了，姐姐又不肯向人乞贷，尤其是不愿借叔父的；她就拿镰刀跑到大麦田里，找快要成熟的，割了一抱抱回家,把堂屋的一张厚木桌子侧卧下来,用力将半黄的大麦穗,一把一把地碰击到侧卧的桌面上,把麦子碰击下来;她一面碰击,一面还和我们说着笑着。母亲等着做麦糊的早饭。

五

我们四围是山,柴火应当不成问题。但不仅因我家没有山,所以缺柴火;并且因为一连几个村子,都是穷得精光的人家占多数,种树固然想不到;连自然生长的杂木,也不断被穷孩子偷得干干净净。大家不要的,只有长成一堆一堆的"狗儿刺"及其他带刺的藤状小灌木。家里不仅经常断米,也经常断柴。母亲没有办法,便常常临时拿着刀子找这类的东西,砍回来应急;砍一次,手上就带一次血。烧起来因为刚砍下是湿的,所以半天烧不着,湿烟熏得母亲的眼泪直流。一直到后来买了两块山,我和父亲在山上种下些松树苗,才慢慢解决了烧的问题。分得的一点地,是用来种棉花和"长豆角"的。夏天开始摘长豆角,接上秋天捡棉花,都由母亲包办。有时我也想跟着去,母亲说"你做不了什么,反而讨厌",不准我去。现在回想起来,在夏、秋的烈日下,闷在豆架和棉花灌木中间,母亲是怕我受不了。我们常常望到母亲肩上背着一满篮的豆角和棉花,弯着背,用一双小得不能再小的脚,笃笃地走回来;走到大门口,把肩上的篮子向门蹬上一放,坐在大门口的一块踏脚石上,上褂汗得透湿,脸上一粒一粒的汗珠还继续流。当我们围上去时还笑嘻嘻地摸着我们的头,拣几条好的豆角给我们生吃。在我的记忆中,只有当我发脾气,大吵大闹,因而挨父亲一顿狠打时,母亲才向父亲生过气。却不曾因为这种生活而出过怨言,生过气。她生性乐观,似乎也从不曾为这种生活而发过愁。当她拿着酒杯,向房下叔婶家里借点油或盐,以及还他们的一杯油一杯盐时,总是有说有笑地走进走出。母亲大概认为这种生活和辛苦，是她的本分。

六

辛亥革命的一年，我开始从父亲发蒙读书，父亲这年设馆在离家三里的白洋河东岳庙里。在发蒙以前，父亲看到我做事比同年的小孩子认真，例如一群孩子上山砍柴（实际是冬天砍枯了的茅草），大家总是先玩够了，再动手。我却心里挂着母亲，一股劲地砍；多了拿不动，便送给其他的孩子。放牛决不让牛吃他人的一口禾稼，总要为牛找出一些好草来。又发现我有读书的天资，旁的孩子读《三字经》，背不上，我不知什么时候听了，一个字也不认识地代旁的孩子背。所以渐渐疼我起来。

这年三月，不知为什么，怎样也买不到米，结果买了两斗豌豆，一直煎豌豆汤当饭吃，走到路上，肚子里常常咕噜咕噜地响，反而觉得很好玩。到了冬天，有一次吹着大北风，气候非常冷，我穿的一件棉袄，又薄又破了好几个大洞；走到青龙嘴上，实在受不了，便瞧着父亲在前面走远了，自己偷偷地溜了回来。但不肯把怕冷的情形说出口，只是倒在母亲怀里一言不发地赖着不去。母亲发现我这是第一次逃学，便哄着说："儿好好读书，书读好后会发达起来，要做官的。"我莫名其妙地最恨"要做官"的话，所以越发不肯去。母亲又说："你父亲到学校后没有看到你，回来会打你一顿。"这才急了，要母亲送我一段路，终于去了。可是这次并没有挨打。父亲因为考了二三十年没有考到秀才，所以便有点做官迷，常常用做官来鼓励我；鼓励一次，便引起我一次心里极大的反感。母亲发现我不喜欢这种说法后，便再也不提这类的话。有时觉得父亲逼得我太紧了，所以她更不过问我读书的事情。过年过节，还帮我弄点小手脚，让我能多松一口气。十二岁，我到县城住"高等小学"，每回家一次，走到塘角时，口里便叫着母亲，一直叫到家里，倒在母亲怀里大哭一场；这种哭，是什么也不为的。十五岁到武昌住省立第一师范，寒暑假回家，虽然不再哭，但一定要倒在母亲怀里嗲上半天的。大概直到民国十五年（1926）以后，才把这种情形给革命的气氛革掉了，而我已有二十多岁。我的幼儿帅军，常常和他的妈妈嗲得不像样子，使他的两个姐姐很生气，但我不太去理会，因为我常常想到自己的童年时代。

以后我在外面的时候多，很难得有机会回到家里。即使回去一趟，也只住三五天便走了。一回到家，母亲便拉住我的手，要我陪着她坐。叔婶们向母亲开玩笑说："你平时念秉常念得这厉害；现在回来了，把心里的话统统说出来吧。"但母亲只是望着我默默地坐着，没有多少话和我说；而且在微笑中，神色总有点黯然。我的世面见得多了，反而形成母子间的一层薄雾，这就是我所能得到的文化。

七

民国三十五年（1946）五月初，我由北平飞汉口，回到家里住了三四天。母亲一生的折磨，到了此时，生命的火光已所余无几，虽然没有病，已衰老得有时神志不清。我默默地挨着她一块儿坐着，母亲干枯的手拉着我的手，眼睛时时呆望着我的脸。这个罪孽深重的儿子，再也不会像从前样倒在她怀里，嗲着要她摸我的头，亲我的脸了。并且连在一块儿的默坐，也经常被亲友唤走。我本想隐居农村，过着多年梦想的种树养鱼的生活。但一回到农村，亲戚朋友、左邻右舍，都是千疮百孔。而我双手空空，对他们，对自己，为安排起码的生活也不能丝毫有所作为。这种看不见的精神上的压力，只好又压着我奔向南京，以官为业。此时我的哥哥已经在武昌住医院。我回到南京不久，哥哥死在武昌了，以大三分的利息借钱托友人代买棺材归葬故里，这对奄奄一息的母亲，当然是个大打击。此后土崩瓦解，世局沧桑，我带着妻子流亡到台湾。当时估计，我家此时已由中农升进到富农，但绝对没有资格当地主。弟弟和侄儿侄女们，应当凭劳力在自己的故乡生存下去；而我的内心，是深以出外逃亡为悲痛的；所以劝他们都安心留在故乡不动。等到知道后来他们被扫地出门，使全家"白天无一碗一筷，夜间无一被一单"（弟弟辗转寄到的信上的话），母亲当然迅速倒下，而我也由此抱终天之恨，与乡土永隔，连母亲有没有坟墓，也不得而知了。

一九七〇年三月《明报月刊》

到香港后，与弟弟侄儿们联络上了，才慢慢知道，我们的土砖房子，拆了做"水库"；从祖父祖母起葬在山上的坟，一起被挖掉了。

一九八〇年六月十一日　补志

我的父亲

一

每次回忆到我的父亲时，感情多少有些复杂，和回忆到母亲时有点两样。

我曾从界河的总祠堂外面经过一次，从黄泥嘴小镇附近眠牛地的分祠堂经过无数次，但没有在祠堂里面参加春、秋二祭的资格。堂屋供"天地君亲师位"的神龛的一旁，有个竖立的木箱，里面装着好几十册《徐氏宗谱》。十二岁时，曾好奇地偷偷拿几册出来翻过，只见上面印着○─○─○│二○这类东西，莫名其妙，赶快归还原处，怕被发现时挨大人的骂，等于不曾看过。以后出门读书、做事，在家的时间很少。所以对我们这一支徐氏，除了偶然从大人口中听到些片断外，没有正确的了解。据说，从江西迁到浠水县的第一代，是住在县城东面约五十里的洗马畈。再由洗马畈分一支到浠水、罗田交界的界河。这一支又分为"军分""民分"，我们是属于"军分"。把老百姓分为军、民两分，应当来自明初的屯卫制。由此推测，从江西迁到浠水、洗马畈，可能是元代的事情。在传说中，我们的故里，实沉埋着一段惨烈的战争历史。距我们村二三里的地方有一山村名金鼓冲，相传在山冲里埋着有金犁金耙；一直传到我小时的民谣是"金犁金耙，挖到的人可得天下"。住在金鼓冲的老百姓姓陈，但一般人说，他们的祖宗牌有前后两层，前面一层是"陈氏门中宗祖"，后面一层却是"金氏门中宗祖"。另一距我们村子约二里有一不太高的山岗，名"杀二万"，相传在这里杀过两万人。我在十七八岁时放暑假回家，有一天和几个朋友游山游到这里，偶然在草丛中发现一块露出的岩石，上面刻着"金小姐殉难处"六字。大家惊疑之下，又在山上寻找，在离此石十多丈的地方，又在一块岩石上，刻着"金将军殉难处"。而刻石字迹粗劣，乃仓促中所成。把上面的几个片断传说与两石刻结合起来，可以推定我的故里当时曾经受过一场很大的劫难。这可能和徐寿辉在浠水起义有关。

徐氏由洗马畈分到界河的一支，大概是在此次劫难之后。界河分一支到我们现住地的"徐琯坳"。开支的祖人徐琯（我们称为琯祖），有六个儿子，称为六房。我们便是第六房的子孙，前面说到的眠牛地祠堂，即是六房的祠堂。琯祖下来的辈分，是用从一到十来分别。我父亲的辈分是"十"；由此推测，琯祖应当是明末清初的人。

父亲辈分的名字我不记得。学名执中，号可权。祖父弟兄三人，伯祖是一个优贡，曾在下巴河闻一多的上两代教过书，听说八股做得很好。我年幼时在旧书柜中，曾发现他手抄的几厚册诗；字写得很秀，但由他老人家抄诗的取材，及有一册后面附录的自作的几首诗来看，在诗的造诣上并不太高明。

我的祖父行二，和行三的叔祖，都是种田的。曾祖父听说是个举人。曾祖父以上，便更不清楚。在我十多岁时，伯祖父的三个儿子，即是我的大伯、二伯、六叔，已经很穷困。大伯读书连秀才也不曾考到，却不事家人生产，更是穷得顾不了"书香门第"。有一次，我清理七八个破旧书柜，除了有一柜完全是医书外，其余的都是八股文、试帖诗；虽然有的被蠹虫吃得一塌糊涂，但都印得相当讲究，有的还是套色板。大概从康熙时代起，一直到废八股以前，都收罗得有。我约了几个年龄差不多的堂兄弟，仅把医书保留下来，此外都抬到河边烧掉了。

有一次修补屋漏，在屋梁上发现有两部书，一部是明版讲律吕的（名字记不清楚），一部是吕晚村的集子，这不知是哪一代留下的比较有意义的两部书。其所以放在屋梁上，当然和吕晚村所遭文字之祸有关。这两部书以后也一齐丢掉了。由上述情形推想，曾祖父以上，大概有好几代是与八股有关系的。但我们的"世代书香"，却与学问并没有什么关系。

二

当时的风气，一个中人之家如有两个以上的儿子，总尽可能地让一个儿子读书。伯祖三个儿子，伯父读书。我祖父两个儿子，我父亲读书，叔父种田。我小时听到母亲和其他伯叔们说，父亲读书非常用功。整天坐在书桌边，椅子脚下面的地磨成了四个小洞。到二十岁左右，吐血吐得很厉害；全靠非常能干的祖母的照顾，才不曾死去。但天分大概很低，八股文一直做不好；考来考去，考不到一名秀才，只好靠教蒙馆为生。种田的叔父耐不住，吵着分了家。

蒙馆的收入是正月元宵后第一天上学时的"见师礼"，这只等于香港过年时的"利是"。再便是年终时的"学钱"。收入的多少，决定于学生人数的多少、年龄的大小及家长的经济情形。

蒙馆的地方，多半借用祠堂、庙宇、及人家的空宅。起一个蒙馆，先要有一两位热心的人士发起，借地方、邀学生。我父亲连秀才的头衔也没有，大概有很长一段时间，教的是不到十个穷苦的儿童。但他做人很正派，不"管闲事"，教书很认真，讲解得很清楚。到我发蒙的一年，即是辛亥革命的这一年，设馆在白洋河东岳庙里，已经有近二十名学生；其中有几个已经有十七八岁，做整篇的文章，在当时便称为"大学生"。后来有一年，县里"劝学所"（后来的教育局）举行全县师资考试，我父亲考了第一名，他自己高兴得不得了，邀学生时比以前更容易，他的蒙馆应当被称为"私塾"了。及民国六年（1917）县中学招考，我正在县城住高等小学，也私自报名投考（当时并不严格限定资历），头一场考了个第一名。当时考中学的年龄都在二十岁上下，我年十三岁，又矮又瘦，在旁人眼睛里，是地道的穷孩子。高小的同学，给我取了两个诨名：一是"逃水荒的"，鄂中沔阳县一带，遇着大水灾时，便成群结队，向外县逃亡乞食，称为"逃水荒"；一是"卖油果子的"。我们县内只有县城里才有油条卖，城里人称油条为"油果子"，穷苦的小孩子，提着竹篮里装的上十根油条，在小巷里大声喊着"油果子啊！""油果子啊！"的叫卖。但一旦由我考了个第一名，在科举气氛还十分浓厚的情形下，简直轰动了。

下巴河的闻、陈（陈沆的后人）两大世家及暴发户汤化龙家的子弟们，联合起来要和我打架。因为这些关系，父亲教书的行情也提高了，虽然不是教书中的"大先生"，但学生人数增加，收入也增加。到民国七八年以后，家庭生活，渐由春季缺粮而进到谷麦相接；再进到只吃谷，不吃麦，可以称为富农了。民国十五年（1926）以后，公立的初、高级小学，慢慢发达起来，社会也把科举的观念转向到大、中、小的学校教育，私塾受到自然淘汰。但我父亲的私塾教书生活，一直继续到抗战末期。

三

科举改八股为策论，同时提倡数学；数学好的也可以"进学"为秀才。我不知道我父亲从什么时候起，练习起数学来。到我七八岁时，他已经不常练习了。但我还发现厚厚的竹纸算草本子，保留了十几二十册，用的不是阿拉伯数字，而是用的中国数字；但零和点都已用上了。除了加减乘除外，还有一两册是勾股（三角）的算草。这一切，都是为了考试。考试不用了，我父亲也就放弃了。但他教书时，也教一点数学。

我父亲一生精神上最大的压力，是科举中考试的失败。自己没有完成的志愿，当然寄托在儿子身上。开始是我哥哥上学，但因生活的紧迫，哥哥到十一二岁时便改学种田。我四五岁时，父亲在小河口的一间空下的铺房里教书，离家只有两里路，有时便带我去玩。有一次，一个小孩儿背《三字经》，背了两句接不下去；我一面玩，一面替他接下去。这时还未教我认字，大概听到旁的小孩儿读，便和儿歌一样的记下了。隔壁的屠户老板跑过来再要我背，我也胡乱地背下去，我父亲开始发现我有点聪明。但一连两三年，蒙馆改在较远的地方，所以直到辛亥年才正式发蒙。父亲开始有了点"新"的观念，从"人""山水""耳目""手足"的教科书第一册教起。第一册读完后，读第二册及《小学韵语》和《论语》，而没有读《龙文鞭影》及《小学琼林》这类的故事入门的书，因为考试时不消作诗赋的缘故。当时儿童在开始作文以前，先教联字。两字一联时，老师在写出的一个字的上面或下面，画一个圆圈，教学生填进一字，看与老师所写的字，在意义上是否联得上。再进一步便是四字一联，以成一句。这大概要发蒙一年以后，才作这种训练。我发蒙后的三四个月，有一天大家围在一张圆桌子边，我父亲写"日入"两字，再圈上两个圈，让大家填。有的说"过夜"（我们乡下，吃晚饭称过夜），有的说"困醒"（称睡觉为困醒），等等，我父亲都不满意。我挤进去说"而息"，我父亲和几位大学生都大吃一惊，因为并没有教我读"日出而作，日入而息"两句话；追问起来，我也不知道从什么地方听来的。这年下季，便开始作文，几十个字写得承接清楚。这样一来，把自己害苦了；我父亲把两代没有达到的希望，都寄托在我身上，恨不得能"一锄头挖一口井"。

回忆起来，我从小就是任天而动，毫无志气的孩子。不仅要我立志做官，使我发生反感；实际是懵懵懂懂，什么志向也没有。

假定当时诱导向做学问的路上去，情形可能两样；但在长期八股迷的家庭里,这是不可能的事。父亲用科举鼓励我的千言万语,只当作耳边风。这越发使父亲焦急起来,逼得越紧。我每早背完《论语》《孟子》《论说入门》这类的东西以后,都要讲一遍给他听,错一点,轻则用手揪脸皮,重则在头上打"栗壳"。字的好坏,和考试有关系,每天练字时,他站在旁边,一笔不对,便一栗壳打下来,打得我泪眼模糊,越写越坏。有时我被打得性起,把纸笔一丢,索性不写,这样便要大打一顿,我就大哭一场,他再百样地哄我。晚上带我睡觉,在我睡意正浓时,突然考我某一句书或某一段文章;若是睡着不醒,或答得不对,便用手扭小腿肉。旧历年放假,但我没有假放。除夕村中儿童从事大扫除,我非常想参加,却不准我参加。有时母亲看到我坐呆了,叫我出去遛一遛。我前面走出去,父亲便从后面追出来,逼着我回到书桌边去。大年初一,可以玩一天;有一次,我挤在一群孩子中间,也陪着"跌钱"玩,父亲来了,就是几栗壳。在旧书柜中找到一部版本精美的《聊斋志异》,惊为奇书;还未看完,被父亲发现了,投之于火。小时非常喜欢读诗,十岁左右便弄清楚了平仄。但因此时考试不出诗题,也不准读。在十二岁进县城高小以前,所读的是四书、五经、《纲鉴易知录》、《东莱博议》、《古文观止》、《闱墨》(选印考举人进士所作的策论)等。父亲听到举人高锦官姻长说《困学纪闻》《廿二史劄记》很有用,买回给我看,我一点不感兴趣。一直到前年(一九七一年)偶然在《困学纪闻》中找一项材料,方惊叹王伯厚氏以抄书为著书中的鸿裁卓识,欲写一文加以发明而无暇进一步用力。总之,父亲教我的都是以应付他所经历、所想象的考试为目的,此外不准旁骛。

四

十二岁送到县城住高等小学,把我拜托给一位国文教员高少庵先生。

他和我的伯父是儿女亲家；虽然此时伯父及三堂兄已死，高小姐并未过门，但总算有点亲戚关系。高先生在当时很有点名望，听说他的诗、古文词做得很好；但性情傲慢而懒散，人一提到"高八先生"或"高八麻子"，总有几分敬惮之意。父亲带我到他的房间里，首先磕了一个头，说了一番恳笃拜托的话，看到有旁的客人来，便走了。高先生回头给我一支铅笔，一张十行纸，叫我作一篇《学而时习之》的作文；我站在他的桌子头边，大概写了两三百字，把铅笔放下，站在原地不敢动。客人走了，高先生问："你为什么还不作？"我说："已经作好了。"把写好的一张纸送到他面前，他看完后，向抽屉里一放，不说一字的好或坏，只指着窗子下的一张小长方桌说："你可以在这里坐。"过了几天，有位相当有名的拔贡严恩露先生来看高先生，高先生从抽屉里拿出我的作文给严拔贡看，并小声说："这个小鬼比徐味三强。"徐味三是离我们十五六里路的一个大地主，又是举人，做了几任知县（县长），在我们族中，威灵显赫，家里曾听人多次讲到。突然听了高先生这句话，心里感到莫名其妙的自负："原来我比他强啊！"这句话，再加上第二年在中学招考时考了个第一，还有位亲戚私下向人说："这孩子在科举时代已经是举人了。"可以说，把我的幼年时代完全葬送掉了。

我到了县高小后，吃饭是由哥哥送米送菜，把米用饭碗量给学校请的厨手，菜交给厨手回锅，再算点柴钱给他。同学们的菜有很大的差别。我家里除了偶然送点豆腐乳以外，实在送不出甚么菜来，零用钱更少。我经常吃的菜，是一块豆腐剖作两边，上面洒点盐，在饭上蒸一蒸，做午晚两餐之用。我不在乎吃得好和坏，只是一脱离了父亲的掌握，除了每次回家把没有读完的《左传》，按照指定的页数，背给他听以外，完全过糊涂日子，并不好好做功课。开始有点怕高先生，以后发现他并不管我，玩的胆子越来越大。回想起来，没有进高小以前，我虽然也有些调皮，但是一片纯朴、真诚，没有丝毫的坏念头。一进了高小以后，除了不用功外，各种坏习惯，坏念头，都慢慢沾上了。我常常想，受不够水准的学校教育，完全是人生堕落的过程。

在家里不准看《聊斋志异》，此时便放胆地看章回小说。所有小说都是手掌大小的本子，油光纸上印着小得不可再小的字。有一次，晚上自习的时间，我把功课摆在桌面上，抽开抽屉，把小说放在抽屉里偷偷地看。突然一只手从我背膀上伸了下来拿住我的小说，回头一看，原来是高先生，真把我吓坏了。他一言不发地把其余的三本一起拿走。过了几天，他又一言不发地归还给我，大概他知道我是向人借的。好像黄梨洲不反对人看小说，今人也多鼓励看小说。住三年高小，把可以找得到、借得到的章回小说，几乎看完了。我在小说得到了甚么好处，真是天晓得。

不久，有另外四位同学，在一块儿玩得最好，结拜成兄弟，这是当时的风气。一位姓陈的是老大，他专门出些坏主意。有位李鼎同学，后来大学毕业，当中学校长当得不错，但当时文字不通，是一个小地主的独生子。他父亲来送东西给他，穿得相当地破烂；但这位李同学告诉我们，他父亲的钱，都是装在瓦罐里放在床底下，床底下的钱罐子简直塞满了；陈老大便出主意叫他偷，偷来我们"打平和"（此间所谓"打牙祭"，我们县里称为"打平和"），我们都赞成。自此以后，李同学回去一次就偷一次。有一天，我们在李同学房里，关着门开始大花脸来大蹦大跳，突然校监来拍门，我们藏在门后，李同学把门一开，我们便一冲而出，逃到烧热水的地方洗脸。洗完后，回头伏在窗子外面窥看，学监扭着李同学的耳朵，扭到房内每一脏乱的地方便打上几栗壳，总打了十多次；我们忍不住又哄笑起来逃掉了。

其中有位王同学步云，年龄和我不相上下。功课方面，我只有作文一样出色，他的作文，决不在我之下；但我的字写得乱七八糟，他的大小字已经有个样子；此外英文、数学等科，无一不行。人生得很秀气，一看就是小说中的才子乃至是天才型的人物，读书又比我用功。高小毕业后，我们便分了手。一直到我住国学馆，有一次放假特别绕道从兰溪去看他。沿路经过秋风岭等景物绝佳的山地,到他的风景如画的村子里住了两天,他的祖父是位进士,留下有印的诗集,曾送我一部,早已丢掉;父亲早死,母亲守节抚养他成人。家境应当是小地主,家里藏有不少的书;他感叹地对我说:"你已有点名气了(其实并没有),但我在家里也读了不少的书,只是没有方法出外去闯闯。"说后把《皇清经解》他看过的地方翻给我看。我对学问完全外行,对他除了少年时的一番怅惘之情外,也说不出点什么。再过几年,知道他因到县城狎妓等等,不到三十岁便死去了。在一个沉闷腐烂的旧社会中,像我和王步云这种有希望的孩子,不知不觉中都糟蹋掉了。

我虽然在中学入学考试时考了个第一,但为了避免纠纷,由县长路孝植出一面告示,把我夸奖一番,结语说因我年龄太小,应俟高小毕业后再进入中学。但我在高小越来越不像话了。中学和高小都在莲池校舍之内。中学有位潘临淮学监,因为人很和善,学生便送他一个诨名叫"潘糍粑",糍粑即是由糯米所做的年糕。有一天,我和一个同学打了玩,潘学监从旁经过;我说:"不要打,漫打出黑糍粑来了。"加一个"黑"字是讥笑他不通文理的意思。潘学监气急了,告到我们校长前面,校长的意思,打两下手板,敷衍潘学监一下面子也就算了。谁知我连校长也骂起来,弄得下不了台,挂牌把我开除学籍。这时已快放寒假,离毕业只有一学期。我回到家后,当然不敢直说,只在父亲面前把学校批评得一钱不值,认为没有住到毕业的价值,不如在家自己用功。父亲看到我进高小后,并没有一点进步,觉得我的话也不错,我便安心"过年"了。哪里知道,过年以后,父亲从一位亲戚口中,知道我是被开除掉的,气得要死,对我说:"现在也不打你,你过了十五(元宵)后,要回到学校去。回不去,再狠狠地打。"这样一来,只有再去,点名册子上根本没有我的姓名,但我依然嘻嘻哈哈地跟着同学一起上课。一直到毕业考试的前两个月,册子上又突然有了我的姓名。以最优秀的学生入校,以倒第六名毕业。这是民国七年(1918)的六月初的事情。

五

小学毕业的时候，父亲已成为我乡横直三四十里内有数的教书先生。但对我毕业后应做什么，实在说不出一个办法来。升学，经济情形绝对不许可。教蒙馆又年龄太小。我便提议学中医，并约一位姓陈的同学打伙开中药铺，父亲都赞成；并把药柜也买好了。我对药柜的许多抽屉是早已感到兴趣的。七月初到县城去拿毕业文凭，听说武昌有个省立第一师范，五年毕业，住食等项都由公家供给，回家后告诉父亲，父亲便四处为我借盘费，这样便在民国七年（1918）考进武昌省立第一师范。

师范校长是黄陂刘凤章（号文卿）先生，讲阳明之学，提倡知行合一，校规严肃，读书风气很盛。同时，同学的国文水准很高，图书馆藏书也相当丰富，请的教师也相当整齐；这样，在精神上不知不觉地把我向上提了一步。这时我看的书，乃至写文章的能力，可能比父亲要高一点了。但寒假回家，还一定要我每星期作一篇文章给他改。我虽不敢反抗，但总是作他最不喜欢的翻案文章，父亲看了也无可奈何。

父亲在学问上没有成就，对时代一点也不了解（乡下从来没有报纸）；精神上始终脱不了科举的枷锁。但在家庭内，孝悌出乎自然的本性。对儿女的慈爱和教养，用尽了他的心血。他虽然常常打我，有的是来自我的别扭，有的是来自他的希望太切，有的是来自他的识见所限；他爱我，和爱我的姐姐、哥哥、弟弟，完全没有两样。在乡里间，除了竭心尽力教书以外，决无旧式读书人喜欢干预农村他人生活，从中讨便宜的心理与行为。二十岁左右吐血，四十、五十岁之间，经常患头风，发时痛得直叫唤。加以生计寒苦，营养不足，所以身体很瘦弱。但五十以后，反而非常健康。生于一八七一年（同治十年），死于一九五六年，以高年身经巨变，依然活了八十五岁。这有两个原因。第一，他生活非常有规律，凡医生认为不应吃的东西，便绝对不吃。不抽烟、不沾一滴酒。在我全村中，一年三百六十五天,他是起得最早的一个人。第二,除教书所消费的时间外,勤于体力劳动。一有空,便村前村后,收捡猪粪牛粪,作农田的肥料。一生没有沾一分不义之财,没有做一件败德之事。他很希望我能升官发财,这一点,也隐伏着父子思想与感情的差距。但有几个旧式读书人真能跳出千余年的科举遗毒呢?从某一方面说,我父亲是旧社会中的牺牲者。从另外方面说,他是一个堂堂正正的农村里的读书人、教书人。

癸丑旧历正月三日于九龙

载一九七三年三月《明报月刊》第八卷第三期

纸上得来终觉浅

　　一个人要做写作的准备，如果是文艺方面的，应养成随时观察事物特性的习惯。如果一般文史方面的，应养成随手抄录资料的习惯。

为学习而写作

这里所说的写作，不是仅指文艺的写作而言。凡是一个人，把他所见、所闻、所思、所感，用文字表达出来，我在这里都称之为写作。

各人写作的动机并不一样。有的是为了换稿费，有的是为了扩大自己存在的范围，有的是为了自己内心的一股不容自己之情，有的则是出于对天下后世的责任感。这里不必评断各种动机的高下，并且一个人写作时的动机，也常常不仅是出于一种。我仅想特别指出，在上述各种动机之外，还有一种动机，即是把写作当作自己学习的过程，当作自己做学问的一种手段。我在这里所要谈的正是这种动机的写作，因为这对于有志做学问的青年特为重要。

做学问最基本的工作，首在收集资料，整理资料，把资料加以消化。当以某一问题为中心而开始收集资料时，由此一资料而涉及彼一资料，辗转牵涉，便会头绪纷繁，出入互见；此时写一篇文章以便把头绪加以清理，把出入加以比较，这是整理资料的一种最切实而妥当的方法；经过这番手续之后，对某一问题，或某一问题的某一层次，即可随之告一段落，而我们便可顺理成章地去做第二步工作。这便把自己向前推进了一步。还有，每个人都有一种惰性；因此明知资料的重要，但常常怠于去搜寻，或东涂西抹地找不出一个头绪。假定你现在要写一篇什么文章，便逼着非去找资料不可；并且你想写的题目，同时就指示了找资料的目标，而不至泛滥无归。由这种自己逼自己的方法，一个人的蓄积便慢慢丰富起来了。

其次，做学问进一步的工作，是要养成自己的思考能力。思想才是做学问的灵魂。有思考能力，才能真正消化资料，因而每一资料也都能赋予一种新的生命。中国由有些人所领导的历史研究工作，只知道前面的一点，而不知道这一点。所以花很多人力财力，所成就的，只是没有灵魂的饾饤之学；严格地说，这根本不能算是学问。思考的起码表现便是对某些东西的"感想"。这些感想，不仅须要经过进一步的思考始能辨别其对不对，并且即使是对的感想，也只有经过不断的思考才能长成、充实，否则只是停留在朦胧的状态之中，不久便会顺着生命之流而消失。只有当你有某种感想，经过初步的思考而觉其值得写出，你便决心将它写出时，你的思考力便随着文章的展开而展开，随着文字的锻炼而锻炼。就我个人的经验来说，在写的经历中对问题所发掘的深度和广度，决非开始拿笔时所能想到。并且常常在开始以为是对的，结果发现不对；开始以为不对的，结果发现是对。所以"写"是发展锻炼思考的重要方法。因为它提供了思考力一条线索，而思考总是要凭借一条线索的。若把整理资料比譬为自然科学研究中的实验，则以写的方法来发展思考、锻炼思考，有同于自然科学研究中的演算。我不赞成多产作家，因为这种作家大抵都不能满足上述的两种要求，而只是在一篇文章的空格中填满些废话。但我近几年才了解一生读书而不肯轻写一字的人，站在做学问的观点来说，是最吃亏的事。因此，我深悔过去的太懒于写作。

一个人要做写作的准备，如果是文艺方面的，应养成随时观察事物特性的习惯。如果一般文史方面的，应养成随手抄录资料的习惯。我觉得抄书是写文章的起点。因为你想抄某一篇某一段东西的时候，已经是初步发生了选择的作用。所以也是在收集资料时的初步整理工作。

青年人已经有勇气写作了，最紧要的一点是，不管你的文章写得怎好、怎样结实，但在自己的心目中，只能认这不过是一种假定的说法；不仅准备随时被人家推翻，也要准备随时被自己推翻，更要准备随时被新发现的材料推翻。一个人的进步，就表现在自己不断地推翻自己的结论之上。专心做学问的人，对于自己所说的，总要过了四十岁以后才能稍有自信。自然也有若干例外，但谈一般问题时，可以不涉及例外的问题。我为什么要说这一点呢？因为有许多聪明人，年轻时候对某一问题有某种看法，把它写了出来，这并非坏事。但以后便以一生之力，去辩护他的看法；于是对前人或外人的著述，不惜采用断章取义的手段征引，来作自说的根据。这样一来，便再不能客观地读一本书，再不能平实地吸收一种道理，而只是把自己的精神完全封闭在自己不成熟的感想中，使其成为染上特殊颜色的染色体；任何学说，一经此种染色体反映出来，无不改形变样，而自己尚矜为独特之见，就这种人自己说，是非常的可怜；就社会说，这种似是而非的东西必标新立异，最易为浅薄自甘的人所接受，而成为学术文化发展的一种阻力。所以古人对于自己的诗文，都要严加裁汰，不轻易保存少年的作品，何况著书立说？现时中国文化界、学术界，到处充满了成熟太早、永无进步的人物。真正有志于学术的青年，不仅不可被这类的人物吓唬住，并且应以这类人物为大戒。

归结地说，由青年以至老年，皆是为了学习而写作，皆是以学习的心情来写作，可能是流弊最少的写作。

一九五六年六月一日《大学生活》第二卷第二期

应当如何读书？

在二千四百多年以前，子路已经说："何必读书，然后为学。"在今日，读书在整个为学中所占的分量，当然更见减轻。可是，读书固然不是为学的唯一手段，但世间决没有不读书而会做出学问，尤其是在大学里的文科学生。所以对于青年学生而言，"应当如何读书"，依然不失为重要的发问。

我是读书毫无成绩的人，所以只有失败的经验，决无成功的经验。但从失败的经验中所得的教训，有时比从成功的经验中所得的，或更为深切。同时从民国三十六年办《学原》起，在整整的十二年中，读过各个方面、各种程度的许多投稿，也常由作者对问题的提出和解决，而联想到各人读书的态度和方法问题，引起不少的感想。这便是不足言勇的败军之将，还敢提出此一问题的原因。

不过，我得先声明一下：我的话，是向着有诚意读书的青年学生而说的。所谓有诚意读书，是恳切希望由读书而打开学问之门，因而想得到一部分的真实知识。若不先假定有这样的一个起点，则横说竖说，都是多事、白费。

首先，我想提出三点来加以澄清：

第一，读书的心情，既不同于玩古董，也不同于看电影。玩古董，便首先求其古；看电影，便首先求其新。仅在古与新上去做计较，这只是出于消遣的心情。若读书不是为了消遣而是为了研究，则研究是以问题为中心，不论是观念上的问题，或是事实上的问题。问题有古的，有新的，也有由古到新的，问题的本身便是一种有机性的结构。研究者通过书本子以钻进问题中去以后，只知道随着其有机性的演进而演进，在什么地方安放得上古与新的争论、计较？

第二，"读书应顺着各人的兴趣去发展"的原则，我认为不应当应用到大学生的必修课程上面。一个人的兴趣，不仅须要培养，并且须要发现。人从生下来知道玩玩具的时候起，因生活接触面的扩大，每个人的兴趣，实际是在不断地变更修正。就求知识的兴趣来说，大学各院系的必修课程，正是让学生发现自己真兴趣的资具。假定一走进大学的门，便存心认为哪一门功课是合于我的兴趣，哪一门却是不合的，这便好像乡下人只坐过板凳，就认定自己坐的兴趣只是板凳一样。就我年来的观察所得，觉得真正用功的大学生，到了四年级，才能渐渐发现自己真正兴趣之所在。凡在功课上，过早限定了自己兴趣的学生，不是局量狭小，便是心气粗浮，当然会影响到将来的成就。何况各种专门知识，常须在许多相关的知识中，才能确定其地位与方向，并保持其发展上的平衡。所以认真读书的大学生，对大学的必修课程，都应认真地学习。并且课外阅读，也应当以各课程为基点而辐射出去。对于重要的，多辐射出一点；其次的，少辐射或只守住基点。随意翻阅，那是为了消磨时间，不算得读书。

第三，一说到读书，便会想到读书的方法。不错，方法决定一切。但我得提醒大家，好的方法，只能保证不浪费工力，并不能代替工力。并且任何人所提出的读书方法，和科学实验室中的操作手续，性格并不完全相同。因受各人气质、环境的影响，再好的方法，也只能给人以一种启示。并非照本宣科，便能得到同样的效果。真正有效的方法，是在自己读书的探索中反省出来的。师友乃至其他的帮助，只有在自己的探索工作陷于迷惘、歧途时，才有其意义。希望用方法来代替工力的人，实际是自己欺骗自己。

谈到方法，或者有人立刻想到胡适先生"大胆假设，小心求证"的有名口号，尤其是最近正对此发生争论。其实，假设与求证，无疑地，是科学解决问题的两个重要环节；把这两个环节特别凸显出来，也未尝不可以。但是将杜威的《思考的方法》及《确实性的探求》两部三十多万字的著作，乃至许多与此同性质的著作，简化为两句口号，这是从中国人喜欢简易的传统性格中所想出的办法。简易，有其好处，也有其坏处，我不愿多说下去。不过有一点我得加以指出，即是读书和做自然科学研究，在一下手时，便有很大的差异。自然科学的研究，是从材料的搜集与选择开始。材料只能呈现其现象于观察者之前。至于现象系如何变成，及此现象与彼现象之间有何相互关系，材料自身，并不能提出解答。于是研究者只好用假设来代替材料自身的解答，并按研究者的要求，来将材料加以人工的安排、操作，即系从事于实验，以证实或否定由假设所做的解答。但我们所读的书，除了一部分原始数据外，绝大多数，其本身即是在对某问题做直接的解答。因此，读书的第一步，便不能以假设来开始，而只能以如何了解书上所做的解答来开始。在了解书上所做的解答遇到困难，或对其解答发生疑问，亦即是遇到问题，解决问题时，大体上用得到假设；但一般地说，在文献上解决问题，多半是以怀疑为出发点，以相关的文献为线索，由此一文献探索到彼一文献，因而得到解决。在此过程中，如有假设，则其分量也远不及在自然科学研究中的假设的重要。有时可能只有疑问而无假设，并且这种对文献所发生的疑问、解决，只是为了达到读书目的的过程，而且也不是非经过不可的过程；我们可能读某一部书，并不发生此类疑问，或者前人已解决了此类的疑问。如读此一部书觉得不满意，尽可再读其他的书来补充，犯不着去假设什么。读书真正的目的，有如蜜蜂酿蜜，是要从许多他人的说法中，酿出新的东西来，以求对观念或现实作新的解释，因此而形成推动文化的新动力。在此一大过程中，分析与综合的交互使用，才占了方法上的主要地位。方法，实际即是一种操作；操作是要受被操作的对象的制约的；被操作的对象不同，操作的程序亦自然会因之而异。许多人似乎忽略了这一点，于是无意中把方法过于抽象化。不仅将文献上的求证，混同于自然科学中的实验，忽略了在中国文化中不是缺乏一般的求证的观念，而是缺乏由实验以求证的观念，并且将自然科学研究中的假设，以同样的分量移用到读书上面来，于是产生了：（一）读书专门是为了求假设，做翻案文章，便出了许多在鸡蛋中找骨头的考据家，有如顾颉刚这类的疑古派。（二）把考据当作学问的整体，辛苦一生，在文献中打滚，从来没有接触到文化中的问题，尤其是与人生、社会有关的文化问题。这种学者，才真是不生育的尼姑。（三）笨人将不知读书应从何下手假设，聪明人为了过早的假设而耽搁一生。因此，我觉得胡先生这两句口号，可以有旁的用场，但青年学生在读书时，顶好不必先把它横亘在脑筋里面。

现在，我简单提出一点积极的意见。我觉得一个文科的大学生，除了规定的功课以外，顶好在四年中彻底读通一部有关的古典，以养成良好的读书习惯，并借此锻炼自己的思考能力，因而开辟出自己切实做学问的路。读书最坏的习惯，是不把自己向前推动、向上提起，去进入到著者的思想结构或人生境界之中，以求得对著者的如实了解；却把著者拉到自己的习心成见中来，以自己的习心成见作坐标，而加以进退予夺。于是读来读去，读的只是自己的习心成见；不仅从幼到老，一无所得，并且还会以自己的习心成见去裁诬著者，裁诬前人。始而对前人做一知半解的判断，终且会演变而睁着眼睛说瞎话，以为可以自欺欺人。这种由浮浅而流于狂妄的毛病，真是无药可医的。所以我觉得每人应先选定一部古典性质的书，彻底把它读通。不仅要从训诂进入到它的思想，并且要了解产生这种思想的历史社会背景；了解在这些背景下著者遇到些什么问题，他是通过怎样的途径去解决这些问题；了解他在解决这些问题中，遇到些什么曲折，受到了哪些限制，因而他把握问题的程度及对问题在当时及以后发生了如何的影响；并且要了解后来有哪些新因素，渗入到他的思想中，有哪种新情势对他的思想发生了新的推动或制约的力量,逐步地弄个清楚明白,以尽其委曲,体其甘苦,然后才知道一位有地位的著者,常是经历着一般人所未曾经历过的艰辛,及到达了一般人所未曾到达的境界。不仅因此可免于信口雌黄的愚妄,并且能以无我的精神状态,遍历著者的经历,同时即受到由著者经历所给予读者的训练,而将自己向前推进一步,向上提高一层。再从书本中跳出来,以清明冷静之心,反省自己的经历;此时的所疑所信,才能算是稍有根据的。自然这须要以许多书来读一部书,必须花费相当的时日,万万不可性急的。但是费了这大的力来读一部书,并非即以这一部书当作唯一的本钱,更不是奉这一部书为最高的圭臬;而是由此以取得在那一门学问中的起码立足点;并且由此知道读这一部书是如此,读其他的书也应当如此;以读这一部书的方法,诱导出读其他书的方法。钻进到一部书的里面过的人,若非自甘固蔽,便对于其他的书,也常常不甘心停留在书的外面来说不负责的风凉话。读书的大敌是浮浅,当今最坏的风气也便是浮浅。说起来,某人读了好多书,实际却未读通一部书;这才是最害人的假黄金、假古董。我过去有三十年的岁月,便犯过这种大罪过。读书有如攻击阵地,突破一点,深入穷追,或者是避免浮浅的一条途径。至于进一步的读书方法,我愿向大家推荐宋张洪、齐熙同编的《朱子读书法》。朱元晦真是投出他的全生命来读书的人,所以他读书的经验,对人们有永恒的启发作用。

一九五九年一月《东风》第一卷第六期

哀唐生

我的大孩子从军中服役短期休假回来,谈到他有一位成功大学姓唐的同学,因考赴美留学失败而自杀,在遗书中并希望将他的骨灰带到美国去,余闻而哀之。写此短文,聊作对唐生,及对此一时代的知识青年的悼念。

一个人,只有感到他的前途已完全无望,他的生存价值已完全毁灭,才肯决心自杀。唐生的自杀,是反映出今日知识分子的前途和他生存的价值,全系于美国。美国,才是台湾知识分子的现世天堂。许多人因为他住在美国,依然消耗的是中国人民的血汗,有如什么庚款之类,所以偶然把头伸进台湾来瞄一瞄,但他的尻部一定要留在美国,以便随时向后转。一个大学毕业的青年,在此土此民中,没有任何官阶、享受、事业,足以使他留恋,则他希望把他死后的骨灰带到美国去,等到一个人死后上到天堂,这岂非合情合理之至?

一到了美国,除那些要人外,普通人物质生活便有改善的可能,哪怕是一年半载,剩下几百乃至千把美金,便可以解决在台湾永世所不能解决的现实问题,因此而亦向美国万流竞进,这是理所当然的。要上进的青年,在台湾绝少有上进的机会,研究所的数量及研究所的设备,都还不足以满足一般青年的期待。而进本国研究所,却远难于进美国研究所,研究的结果，当然更无法相比拟，则青年人把他的前途完全寄托在留美之上，这更是理所当然。在台湾有地位，在美国无职业的人，尚且非留美不可，根本不求知求学，根本是假借名义，消耗公帑的人，尚且非赴美不可，政府花了庞大的招待费，给了最高的光宠与最大的宣传力量的电影明星，尚且非入美国籍不可，最低限度，也非入英国籍不可，则许多为了求知、求学、求名誉、求地位的青年，为什么不把他的一切寄托在留美之上？尤其是，在过去我们的社会里面，尚有若干傻子，拼一生的精力，做他范围以内的一件事情，即使那件事情很微末、渺小，有如一个小学、一块农场或一种手工业，但只要得出了一点小小的结果，社会便可给以适当的评价、承认，他本人也可以得到精神上的安慰、满足。现在，则先从文化上彻底推翻了人格自我完成的观念，否定了人格自身的价值，更进一步否定了此土此民一切同有东西的任何价值，连谈到道德，谈到人与人的关系，也非要在洋名称、洋玩意儿身上去出花头不可。中国今日的许多知识分子，一切只有靠现实的势力来填补内心的空虚，装饰精神的卑贱，则今日最有现实势力的无过于美国，青年不以死去争取留美，更有何其他办法？

在历史任何黑暗时代，学术这一部门，总要就学术的本身来评定学术的价值。但在今日，除了官大好吟诗以外，一个人在书斋里几十年的努力，若无外在因缘，便会当作一钱不值，只要有机会在飞美的飞机上爬上爬下一次，便立即可以名满天下。虽然今日的天下只有这样一点点。在这种风气之下，幸而我们的教育是每况愈下，幸而美国的签证手续有许多刁难，否则台湾将永远找不到一个大学毕业生，而我们的教育机关，将真成为美国在台的文化工作站。

上面，我只是把造成今日青年畸形心理的政治社会各种原因，略加叙述。但若有人误会我是把青年出国求学，和要人绅士们的美国狂，混为一谈，那我便应当被神佛打下十八层地狱。这种混淆，将有过于把一个初出茅庐的天真少女，混淆于风尘半世的娼门。并且我认为公正而有计划的留学政策,在目前依然是非常重要的留学考试,不能否认它应占计划中的重要部分。

谈到考试,问题便多了。哪一个学校的先生出考试题目,哪一个学校的学生就占便宜。甚至有人以出题目来推销他半文不值的参考书之类。而看卷子,中间出入最大的,莫过于国文。但台北的阅卷集团,有的人只求多分阅卷费,既无共同评分标准,对青年的命运更无丝毫责任心。我听说,有的人起码打上六十分,有的人却最高是打五十四分,有的人可以几小时内看完三百本卷子。像这种情形,可以说是作成圈套来陷害青年,应当负刑事责任的。教育行政当局,为了保障这许多良心上的犯罪者,便采取不准查试卷的办法,这等于是一种共同犯罪的行为。我在这里所说的,不仅指的是留学考试,所有考试者是一样。尤其严重的是大专的升学考试。因此,我为了此一代的青年能得到比较公平的看待,试作下面几点建议:

(一)一切考试、一切考试的科目,应由三个不同的学校,各推一人,成立一个出题小组共同商量出题。凡编有参考书的人都不可请其参加。

(二)在开始阅卷时,应商定共同标准,如错字、小数点、笔误等等,商定一致的扣分或不扣分的办法。初阅完十本卷子后,将各人所发现的具体问题,再做一次商讨。此种商讨的结论,应见之于记录,交由考试委员会备查。

(三)发榜后应准查对试卷。如计分或评分有显著错误的,除应公开改正外并应作法律上之追诉。

最后,我恳切希望,如有文化绅士,赴美安居乐业时,可否真的把唐生的骨灰带在美国移民局的边缘扬化,以完成此一时代的悲剧呢?

一九五九年十月十日《新闻天地》第六〇八期

如何开始文艺写作

二十世纪，除了建筑一门以外，就整个艺术而论，文学而论，可以说是一个荒凉的世纪。而我们中国，从辛亥起义，经过北伐、抗战，以迄今日，五十年间，经过了无数波澜壮阔的世变，但似乎也不曾产生过与这些世变的分量相称的文学作品。内中的原因，不是我所能解释清楚的。假使容许我大胆说出自己的感想，则就西方世界而论，二十世纪，科学知识因分得愈细愈专，而其一身也走上了技术化的道路。知识技术化的程度越深，离着有血有肉、有哭有笑的现实人生社会愈远；而艺术，尤其是文学，它是立根于现实的人生社会，将人生社会作为一个统一体（这点正与科学家的趋向不同）来加以感受、把握、提炼，因而加以表出、净化的；这不是主导二十世纪的文化精神。所以二十世纪的作家只能从文学结构的技巧上提供读者以"兴趣"，很少能从内容、气氛、情调上给读者以"感动"。再就中国的情形来说，一方面是高据文史王座的饾饤考据学风，既打断了中国知识分子对于人生社会负责的传统，又接不上西方重思辨、条理的学统。他们真正的成就，我尚不十分清楚，不敢多说；但这些先生们已对国家、民族、社会、人生，失掉了真切的感受性；因而不会启发艺术、文学的心灵，却是可断言的。另一方面，则思想上的教条主义，使人的精神僵化；而政治上的现实主义，又使人的精神庸俗化；这自然也不适于文学的营养。但是，人生的教养，生命的滋润，还是离不开艺术、文学。今日世界病态之一，是教养与技术，成反比例的发展；在精巧新奇的技术下面，活动着干枯卑俗的人生；美国正可作为这一时代的代表。所以世界需要更大的艺术家、文学家；中国更需要更大更多的艺术家、文学家。我在这种感想之下，除了对于已经成名的作家，寄以无限的期待和敬意外，更不能不期待新作家的诞生。

新作家诞生的条件，首先有赖于已成名的作家的提携鼓舞。第一个要求，更是不要以自我为中心来划分壁垒，不要以自我为中心来树立标准绳尺。这是说来容易而实现不很容易的事。更重要的，当然还在想成为新作家的青年们，应当如何去努力。对于这，我想贡献一点意见。

文学特性之一，是在于它对人生社会所表现的统一性、完整性。哪怕只写人生社会的一个片段，但在这里面所蕴藏的，还是统一的、完整的东西。因为每一个生命都是一个完整的统一体，而文学正是以人生社会的生命为自己的生命的。把有情的东西看作无情的东西来处理，这是科学；把无情的东西看作有情的东西来表出，这才是文学。一般人常常说，伟大作家的作品里面，有他的人生观、世界观；换句话说，即是文学中常有他的哲学；这是不错的。但更进一层去研究，站在作者的立场来说，他的人生观、世界观，只是他作品中所反映的人生社会的统一性、完整性。这种人生社会的统一性、完整性，固然有时是从哲人的著作中得到若干的启发；但这不过是间接性的东西，因而在形成创作动机上，是没有多大力量的。它的最直接的却又是最有力的根源，还是来自作家们对社会人生的观察、体认；并且把这种观察、体认，与自己的心灵连接在一起，而得到某种不知其然而然的感动；在这种感动中，把外在的、客观的人和事，和自己的血和肉融合在一起，这便形成了创作的题材及创作的冲动。他和一般社会科学工作者不同之点，不仅在表现的形式上，而是在社会科学工作者，只顺着观察来收集、整理、分析资料，并不夹杂有心灵感动的内在化的过程。即使偶然涌出此一心理现象，社会科学工作者，也会立刻意识地使它如云烟过眼地过去，依然恢复到冷静的、无颜色的精神状态中去。文学家则是要抓住此种感动的刹那，而将其加深扩大，以形成一个作品的生命。所以缺乏对人生、社会的感受性的人，乃至对这种感受性轻易予以放过，而不加珍惜、凝定的人，便不易成为一个作家，更不易成为一个好的作家。作品的价值，是以由感受而来的感动性的大小深浅来决定的。因此，一个稍有表现能力的青年，应经常保持对社会、人生的关心态度，由冷静的观察、体认，而酿成心灵的感动，并珍视此种心灵的感动。这一刹那的感动，可能并不会构成一个作品的内容、结构；但也应迅速用最直接表现的方式，把它记录下来，使它以一种"随感"式的东西保留下来，作为更大创作的准备。否则境过情迁，此种感动会不留痕迹地消逝掉，自己永远不能蓄积一点精神的资产。

凡真正富于感受性的人，也一定会由感受而引发心灵的感动。但有人耳目虽然很聪明，但是他的感受性常失于浅薄迟钝。这种原因，我愿引《管子·心术》篇的两句话来解答，即是"嗜欲充益（按：当作'溢'），目不见色，耳不闻声"的两句话。这两句话的意思，是指一个人若把自己生活上的小利小害，乃至生理上的若干直接要求（嗜欲），填满了脑子，他心灵的感受性，便受到这些东西的阻滞遮蔽而失掉作用。所以《文心雕龙》的《神思》篇便说"陶钧文思，贵在虚静"；虚是心里没有填满这些嗜欲，静是精神不受这些嗜欲的干扰。虚才能容纳，静才能观察、体认。苏东坡的诗说："欲令诗语妙，无厌空（虚）且静，静故了（了解）群动（社会人生的各种动态），空故纳（容纳、感受）万境。"这都是从很深的经验中说出来的话。因此，一个有志成为作家的青年，在精神上首须从自己生活的小圈子中解放出来，使自己的心灵，能直接和广大的社会人生照面。《文心雕龙》在上引的两句话的下面，紧接着便是"疏瀹五藏，澡雪精神"的两句话。五脏（生理）沉浸在嗜欲中，弄得肠肥脑满；精神陷在现实的泥淖里面，卑近庸鄙，不能自拔，不会有深而且广的感受性。（同时，我觉得男女的爱情，及有限度的烟和酒，这也是嗜欲，大概对文学而言，是不大碍事，甚至有某方面的意义的。）所以"无我"是宗教、道德、科学、艺术所共同要求的最高精神境界。许多艺术家、文学家，在日常生活中，常有其不与世俗斤斤计较的一面，甚至对自己的生活，常有其糊里糊涂的一面，应当从这种地方去加以解释。凡是喜欢"见小"，爱占小便宜的人，极其至，只能写点小幽默，或尖酸刻薄的东西，不会写出真有文学价值的作品。因为这种人的精神，和人生社会经常居于隔离的状态。

其次，我想对初学写作时的态度讲几句话。大凡希望成为作家，并有成为作家可能的青年，都是极聪明的人。聪明人写作时最易犯的毛病，便是喜欢一挥而就，不加斧削，立刻寄出去，希望赶快刊出来；这是不容易得到进步的。初学写作，大体上应从短篇写起。几千字的短篇文章，本可以一口气写成功；但未动笔以前，应经过长期的酝酿。所谓酝酿，是指有了写的材料与动机以后，并不立刻动笔，而把它放在脑筋里转来转去的一种情形。假定白天有其他工作，则在早上醒而未起，乃至走路、坐车，都可以利用作酝酿的时间。酝酿了三天五天，甚至于十天八天。第一，要写的主题慢慢地明确了。第二，环绕着题材的烟雾、渣滓，慢慢地淘汰掉了。第三，初次所得的感动，慢慢加深，而且自然有若干修正了。第四，写作的气氛、气势，慢慢地积蓄浓厚了。酝酿成熟之际，即天机畅达之时，此时的一挥而就，方能发挥出自己的力量。在酝酿的阶段，要注意的是自己的毅力；因为一个题材，常常在酝酿中即发现了困难，这正是要驱策自己由浅入深的征候。假定没有毅力而中途抛弃，这即是在快要进步时即逃避退却，这他便一生也无法写成一篇好东西。所以遇着困难不妨暂时放下；过了一天，又重新在脑筋里拿起来，一定可以峰回路转，另扩出一层意境，让它转来转去，非写成篇即不放手。经过酝酿以后，大体已经有了个轮廓了。但在动手的时候，需要保持对此轮廓的弹性，千万不要忘记：写的过程，即是创造的过程。在酝酿中所形成的轮廓，只不过是一点引子，不仅随着写时的思考、想象的深化而可加以修改，并且也可以有勇气地完全加以放弃，搁下笔来重新酝酿。在动笔以前及动笔中间的酝酿工作，这是自己向自己所具有的潜力的发掘。创造的能力，便是在此种自我发掘中培养出来的。

　　文章不论写得如何顺手，千万不应一成篇便把它寄出去，或塞在抽屉里不再理它。我的经验（我只有写评论性的散文经验），一篇短文总要经过三次修改，并且修改最好是在隔天以后行之，才能勉强没有字句上的大毛病（小毛病是一定会有的）。我常常在写的时候，觉得是很精彩的地方，隔天再看，会幼稚得使人汗下。有的应当多说的，却随便带过；有的应当少说的，却又拖泥带水的一大堆；至于颣字颣句，常在一篇短文中层出不穷。多留一天，多改它一次，便多减去一分内心的惭愧，多使手法熟练一点。总结一句，一个人要在酝酿中培养自己的创造能力，要在修改中培养自己的写作技巧。能耐心地改，忍痛地改，改得改头换面，以至字斟句酌，这才真是功夫，这才真是本领。我知道这点甘苦，但迟暮之年，尚不能完全做到，所以很诚恳地向青年们提出。唐人皮日休说"百炼成字，千炼成句"，这两句话是指作诗而言，但同样可以应用到青年学习写作上面。有人问我："胡适之先生的成就是什么？"我经过仔细考虑后，谨慎地答道："他的成就就是白话文。"我觉得他的白话文，写得清楚而干净，这确非易事。以胡先生天资之高，他的这种成果，得来也很艰辛；即是他写时的认真，卖力，肯花下时间。世上不论干哪一行业，有成就的总是归于珍重自己行业的人。从社会看来，尽管文章是一钱不值，但我们自己看它，依然是一字千金。轻率下笔，轻率成篇，这是不珍重自己的行业，不会真正有成就的。肯下功夫的二十几岁的青年，一年中辛勤垦殖，能收获到经过长期酝酿，再改过的四五篇短文，我认为已经不错了。以后的生产力，自然会慢慢地加速加多。千万不可一开始即以多产作家的姿态而出现。台湾的桂花，远没有大陆上的桂花香，因为它一年四季，开的次数太多了。

　　上面所说的，不仅不周衍，恐怕都是出于假装内行的话；只好就此搁笔。

一九六〇年四月十六日《人生》第十九卷第十一期

我看大学的中文系

东风社的学生,看到梁容若先生在《自由青年》上发表了一篇谈中文系的文章,认为写得太好,也要我对此发表一点意见。去年(也或许是前年)在香港出版的《大学生活》,一连发表了大约有十多篇讨论中文系的文章,多半是出于各大学中文系的学生之手。当时我几次动念想写一篇文章,解答他们所提出的问题,但结果,我没有写。因为中文系要有价值,必须中国文化有价值。关于中国文化的价值问题,我们年来正在做若干探讨的工作。探讨的结果,我们认为中国文化在许多方面,不仅有历史的价值,并且也有现代的价值。但许多人,甚至许多在中文系教书的人,却认为并没有价值,这便须把话从头说起,已经是不容易长话短说的。再则纵使承认了中国文化的价值,若由此而便说中文系有价值,我依然是于心不忍。因为许多中文系,只有"告朔之饩羊"的意义,很少有学术上、文化上的意义。这便更不容易动笔了。不过,今日各大学的中文系办得好不好,是一个问题,中文系本身有无价值,又是另一问题,二者不应混为一谈。所以那篇文章不曾写,有时还觉得于心耿耿。及我读到梁先生的大义,稍为松一口气,因为我想说的许多话,梁先生居然在一篇短文中说出来了。现在东风社的学生要我为梁先生的文章添点注脚,只好在这里再简单地提出三点。

第一，我应首先提出一个大逆不道的主张，即是"中学为体，西学为用"，这是颠扑不破的道理。当张之洞提出这两句话以调和中西文化冲突时，成为当时很有力的文化口号。到了民国初年，开始有人认为西方文化，自有其体与用，而且体、用是不可分的。以中国文化之体，接上西洋文化之用，不论没有方法接得上去，即使勉强接上去，也是非驴非马的东西。自从此论一出，这两句话便成为反中国文化的人们打击敌人的神秘武器，只要说敌人是中体西用论者，便不再需要任何理由，而即宣布了敌人的死刑。其实，这是一般人不能用思考所表现出的、非常可笑的说法。文化可以分为两大系统：一是知识科学的系统，这是无颜色的世界性的文化。一是价值的系统，这是有颜色的（有态度、有倾向等），是世界性而又同时是民族性的（有人把二者作绝对性的分开，根本是错误的；只要想到莎士比亚是英国的，同时也是世界的……便慢慢可以明了。此处不能详讲）文化。两个系统的文化，密切相关，而又互相影响。但大体上说，知识系统的文化，是价值系统文化完成自己的工具、手段；而价值系统的文化，则是知识系统文化所要达到的目的，及其主宰。张之洞所说的"中学"，实际系指在我们中国历史中所形成的价值系统的文化而言。他所说的"西学"，实际是指西方近三百年来所成就的科学、技术，即知识系统的文化而言。假定是如此，则基督教在欧洲中世纪，是学问的全体，到了近代，却可以说西方文化是以基督教为体，以科学、知识为用。然则中国有由五千年历史所形成的价值系统的文化，为什么不可以中学为体，西学（科学、知识）为用呢？近代的欧洲，并非去掉了中世纪的基督教而始产生科学；苏俄、印度及诸伊斯兰教国家，并不要以欧洲文化之体为体，而一样可以接受科学。然则中国若不应，也不能全盘西化，则只有接受"中学为体，西学为用"的观念，并以之作为发展文化的指针。假定指知识活动时的精神状态为体，知识活动的成果为用，因而认为体、用不可分，这是当然的。但知识活动的精神状态，与价值活动的精神状态，同时具备于每一人之身，在现实生活中，不断地作相互的转换。一个人，可以从教堂走到实验室，为什么又不可以从祠堂、庙宇走进实验室？大家应养成好学深思的习惯，不可被浮浅之徒所喊的口号吓唬住。由此，你们可以进一步去了解，梁先生所说的中文系是大学中的第一系，也同于英文系是英国大学中居于第一系的意义。没有中文系的大学，是没有中国人的灵魂的大学。这类的大学，只有在文化意识最没落的时候才会出现。

第二，我再强调，今日研究中国文化，较研究西方人文科学方面的东西远为困难；但个人收效，却较研究西方人文科学的为容易。自己认识自己，并不是一件容易事。两百年来，中国知识分子，很少能了解中国文化是什么。除了古典或半古典的东西以外，几乎找不出一部可以诱导青年了解中国文化的现代著作。许多青年不满意中国文化，这是我们老一辈的不负责任，在学问上太无成就之过，而不是青年之过。所以今日研究中国文化，较之研究西方文化，每一门学问，都建立有可靠的基础的，要困难得多。但也正因为是这样，所以只要摸到了门径，下三五年工夫，便能提出新的贡献，在学术上可以站了起来。因为从现代学术的观点来说，中国文化还是原料而不是制成品。把原料作成制成品，比以新制成品去压倒旧制成品要容易得多。不过，要达到此一目的，应养成思考、判断的能力，要多作比较的研究。这除了要先精读几部中国古典，而不可一知半解地浏览以外，还要彻底弄通一种外国语言，切实读点西方的古典，并不断与时代有关的思想保持接触。在西方典籍的阅读中，培养治学的方法；在西方的文化问题、思想问题中，反映出中国文化自身的问题，及其在世界文化中的地位与贡献。这在东海大学的中文系，能向这一方面走的可能性较大。从进大学起，按部就班，不躁不怠地努力十年，应当可以奠定学问的基础。即使受到什么障碍，乃至职业上的分心，到三十五六岁时，也应当能站了起来，大约到了四十岁左右，便可以对国家、对人类，开始有贡献。并且我可以断言，假定中国今后能出现伟大的人物，不论是属于人文哪一方面的，他一定是"中学为体，西学为用"的人物。村学究不会变成伟大人物，但我相信中国永远不会出现假洋人（只懂点西方的，而不懂中国的，完全抹煞中国的，我方便称之为假洋人，决不含有轻蔑之意）的大政治家、大军事家、大文学家、大艺术家、大史学家、大哲学家。从"中体西用"中产生的伟大人物，在世界上也将是第一流的人物，有如孙中山先生。假洋人最大的成就，在世界上也不过是二三流以下的。我的理由很简单，有如植物一样，一定要先生下根，才能向上生长，不生根或根生得太浅的东西，其生长力也就有限。在人文方面，任何国的学人，只能生根在他本国的文化土壤里面。所以我初来东海大学时，看到资质好的学生，就想劝他住中文系，即是基于上述的观点。

第三，上面主要是从学术成就的立场来看中文系。但学术上的成就，多少要靠点天资和机会。然则天资不够、机会不好的人，住进中文系，不一定在学术上有大成就，那又将如何呢？西方各国大学中对古典的学习，主要在于得到人文的教养。因此，中文系的学生在道理上说，每一个人，都应当能成为最有教养之人。只要能把古典中的道理，验之于社会生活，验之于自己生活，因而得所启发，有所信守，则纵然在学术上没有大的成就，但以人文的教养从事于社会任何工作，尤其是从事于教育工作，其影响所及，实在可以形成一个国家里面的精神支柱。国家的兴衰强弱，常随此种支柱的有、无、大、小为转移。这一点，是每一位大、中、小的国文先生所应有的觉悟。中文系的学生，只求为社会服务，不必求为社会的领袖。但一个人的教养的积累，久而久之，很可能自然形成社会各阶层的领袖。并且只有这种有教养的人成为社会各阶层的领袖，才是社会之福。这是任何中文系的学生，可以做得到的。

为学首须立志。今日中文系的学生，在现时风气之下，尤须能立志、能有恒、能有远见。假定一个从中文系毕业的学生，在社会上变成为零余的存在，我敢断言，这不是中文系害了他，而是他无志气、无恒心、无毅力害了他。这种人,住什么系也会得到同样的结果。不过,中文系的学生,若是和现时的若干人一样,假"民族文化"之名,行罔世诬民之实,这便是断送国命,罪通于天。所有中文系的学生,当引此为大戒。

一九六二年六月《东风》第二卷第七期

我的读书生活

我从八岁发蒙起,即使是在行军、作战中间,也不能两天三天不打开书本的。但一直到四十七八岁,也可以说不曾读一部书,不曾读通一本书。因为我的读书生活是这样的矛盾,所以写出来或者可以作许多有志青年的前车之鉴。

我不断地读书,是来自对书的兴趣。但现在我了解,兴趣不加上一个目的,是不会有收获的。读了四十多年的书,当然涉猎的范围也相当的广泛。但我现在知道,不彻底读通并读熟几部大部头的古典,仅靠泛观博览,在学问上是不会立下根基的。这即是我在回忆中所得的经验教训。

我父亲的一生,是过一生的考,却没有考到一个功名的人;我父亲要我读书的目的,便是希望我能考功名。这一点曾不断引起我的反感,也大大地影响了我童年的教育。一发蒙,即是新旧并进。所谓"新",是读教科书,从第一册读起,读到第八册。再接着便是"论说模范"。接着就读"闱墨"。所谓闱墨,是把考举人、进士考得很好的文章印了出来的一种东西。在这上面,我记得还读过谭延闿的文章。

所谓旧的,是从《论语》起,读完了四书便是五经;此外是《东莱博议》《古文笔法百篇》《古文观止》《纲鉴易知录》,后来又换上《御批通鉴辑览》。除《易知录》和《辑览》外,都是要背诵,背诵后还要复讲一篇的。上面新旧两系统的功课，到十三岁大体上告一段落。这中间，我非常喜欢读诗，但父亲不准读。因为当时科举虽然早废了，但父亲似乎还以为会恢复的。而最后的科举，是只考策论，并不考诗赋。有一天，我从书柜里找出一部套色版的《聊斋志异》，正看得津津有味的时候，被父亲发现了，连书都扯了烧掉。等到进了高等小学，脱离了父亲的掌握，便把三年宝贵的时间，整整的在看旧小说中花掉了。这也可以说是情绪上的反动。

十五岁进了武昌省立第一师范学校，还是那样的糊涂，当时我们的国文程度，比现在大学中文系学生的国文程度，大概高明得很多。尤其是讲授我们国文的，是一位安陆的陈仲甫先生，对桐城派文章的功力很深，讲得也非常好。改作文的是武昌李希哲先生。他的学问是立足于周秦诸子，并且造诣也很高。他出的作文题目，都富有学术上的启发性。两星期作一次文，星期六下午出题，下星期一交卷，让学生有充分的构思时间。他发作文时，总是按好坏的次序发。当时我对旁的功课无所谓，独对作文非常认真，并且对自己的能力也非常自负。但每一次都是发在倒二三名，心里觉得这位李先生，大概没有看懂我的文章；等到把旁人的文章看过，又确实比我做得好，这到底是什么道理？好多次偷流着眼泪，总是想不通。有一次，在一位同学桌子上看见一部《荀子》，打开一看，原来过去所读的教科书上"青出于蓝而胜于蓝"的一段话，就出在这里，引起了我的好奇心，便借去一口气看完，觉得很有意思。并且由此知道所谓"先秦诸子"，于是新开辟了一个读书的天地，夜以继日地看子书。因为对《庄子》的兴趣特别高，而又不容易懂，所以在图书馆里同时借五六种注本对照看。等到诸子看完后，对其他书籍的选择，也自然和以前不同。有过去觉得好的，此时觉得一钱不值；许多过去不感兴趣的，此时却特别感兴趣。此后不太注意作文而只注意看书，尤其是以看旧小说的心情来看梁任公、梁漱溟和王星拱（好像是讲科学方法），及胡适们有关学术方面的著作。到了第三学年，李先生有一次发作文，突然把我的文章发第一；自后便常常是第一第二。并且知道刘凤章校长和几位老先生，开始在背后夸奖我。我才慢慢知道，文章的好坏，不仅仅是靠开阖跌宕的那一套技巧，而是要有内容。就一般的文章说，有思想才有内容；而思想是要在有价值的古典中孕育启发出来，并且要在时代的气氛中开花结果。我对于旧文章的一套腔调，大概在十二三岁时已经有了一点谱子，但回想起来，它对于我恐怕害多于利。

我对于线装书的一点常识，是五年师范学生时代得来的。以后虽然住了三年国学馆，但此时已失掉了读书时的新鲜感觉，所以进益并不多。可是奇怪的是：在这一段相当长的读书期间，第一，一直到民国十五年（1926）十一月底为止，可以说根本没有看过当时政治性的东西，所以对于什么主义，什么党派，完全没有一点印象。我之开始和政治思想发生关涉，是民国十五年十二月陶子钦先生当旅长，驻军黄陂，我在一个营部当书记的时候，他问我看过《孙文学说》《三民主义》没有，我说不曾；他当时觉得很奇怪，便随手送我一本《三民主义》，要我看，这才与政治思想结了缘。第二，我当时虽然读了不少的线装书，但回想起来，并没有得到做学问的门径。这是因为当时虽然有好几位老先生对我很好，但在做学问方面，并没有一位先生切实指导过我。再加以我自己任天而动的性格，在读书时，并没有一定要达到的目的；也没有一个方向和立足点；等于一个流浪的人，钱到手就花掉；纵然经手的钱不少，但到头还是两手空空。

从民国十六年（1927）起，开始由孙中山先生而知道马克思、恩格斯、唯物论等等。以后到日本，不是这一方面的书便看不起劲，在日本陆军士官学校的时候，组织了一个"群不读书会"，专门看这类的书，大约一直到德波林被清算为止。其中包括了哲学、经济学、政治学等等，连日译的《在马克思主义之旗下》的苏联刊物，也一期不漏地买来看。回国后在军队服务，对于这一套，虽然口里不说，笔下不写，但一直到民国二十九年（1940）前后，它实在填补了我从青年到壮年的一段精神上的空虚。大概从民国三十一年到三十七年（1942—1948），我以"由救国民党来救中国"的呆想，接替了过去马恩主义在我精神中所占的位置。从日本回国后，在十多年的宝贵时间中，为了好强的心理，读了不少与军事业务有关的书籍。这中间，现在回想起来还觉得十分怅惘的，即是民国三十一年军令部派我到延安当联络参谋，住在窑洞里的半年时间，读通了克劳塞维茨所著的《战争论》，但又从此把它放弃了。这部书，若不了解欧洲近代的七年战争及法国从革命到拿破仑的战争，以及当时德国从康德到黑格尔的哲学背景，是不可能完全了解它的。在延安读这部书，是我的第三次。这一次偶然了解到它是通过哪一种思考的历程来形成此一著作的结构，及得出它的结论；因而才真正相信它不是告诉我们以战争的某些公式，而是教给我们以理解、把握战争的一种方法。凡是伟大的著作，几乎都在告诉读者以一种达到结论的方法，因而给读者以思想的训练。我看了这部书后，再回头来看杨杰们所说的，真是"小儿强作解事语"。当时我已写了不少的笔记，本来预定回重庆后写成一书的，但因循怠忽，兴趣转移，使我十多年在军事上的努力，竟没有拿出一点贡献，真是恨事。但由此也可知道对每一门学问，若没有抓住最基本的东西，一生总是门外汉。

我决心叩学问之门的勇气，是启发自熊十力先生。对中国文化，从二十年的厌弃心理中转变过来，因而多有一点认识，也是得自熊先生的启示。第一次我穿军服到北碚金刚碑勉仁书院看他时，请教应该读什么书。他老先生教我读王船山的《读通鉴论》；我说那早年已经读过了；他以不高兴的神气说："你并没有读懂，应当再读。"过了些时候再去见他，说《读通鉴论》已经读完了。他问："有点什么心得？"于是我接二连三地说出我的许多不同意的地方。他老先生未听完便怒声斥骂说："你这个东西，怎么会读得进书！任何书的内容，都是有好的地方，也有坏的地方。你为什么不先看出它的好的地方，却专门去挑坏的；这样读书，就是读了百部千部，你会受到书的什么益处？读书是要先看出它的好处，再批评它的坏处，这才像吃东西一样，经过消化而摄取了营养。譬如《读通鉴论》，某一段该是多么有意义;又如某一段,理解是如何深刻;你记得吗?你懂得吗?你这样读书,真太没有出息!"这一骂,骂得我这个陆军少将目瞪口呆。脑筋里乱转着,原来这位先生骂人骂得这样凶!原来他读书读得这样熟!原来读书是要先读出每一部的意义!这对于我是起死回生的一骂。恐怕对于一切聪明自负,但并没有走进学问之门的青年人、中年人、老年人,都是起死回生的一骂!近年来,我每遇见觉得没有什么书值得去读的人,便知道一定是以小聪明耽误一生的人。以后同熊先生在一起,每谈到某一文化问题时,他老人家听了我的意见以后,总是带劝带骂地说:"你这东西,这种浮薄的看法,难道说我不曾想到?但是……这如何说得通呢?再进一层,又可以这样的想,……但这也说不通。经过几个层次的分析后,所以才得出这样的结论。"受到他老先生不断地锤炼,才逐渐使我从个人的浮浅中挣扎出来,也不让自己被浮浅的风气淹没下去,慢慢感到精神上总要追求一个什么。为了要追求一个什么而打开书本子,这和漫无目标地读书,在效果上便完全是两样。

自一九四九年与现实政治远缘以后,事实上也只有读书之一法。我原来的计划,要在思考力尚锐的时候,用全部时间去读西方有关哲学这一方面的书,抽一部分时间读政治这一方面的。预定到六十岁左右才回头来读线装书。但此一计划因为教书的关系而不能不中途改变。不过在可能范围以内,我还是要读与功课有关的西方著作。譬如我为了教《文心雕龙》,便看了三千多页的西方文学理论的书。为了教《史记》,我便把兰克、克罗齐及马伊勒克们的历史理论乃至卡西勒们的综合叙述,弄一个头绪,并都做一番摘抄工作。因为中国的文学史学,在什么地方站得住脚,在什么地方有问题,是要在大的较量之下才能开口的。我若不是先把西方伦理思想史这一类的东西摘抄过三十多万字,我便不能了解朱元晦和陆象山,我便不能写《象山学述》。因此,我常劝东海大学中文系的学生,一定要把英文学好。

当我看哲学书籍的时候，有好几位朋友笑我："难道说你能当一个哲学家吗？"不错，我不能，也不想。但我有我的道理：第一，我要了解西方文化中有哪些基本问题，及他们努力求得解答的经路。因为这和中国文化问题，常常在无形中成一显明的对照。第二，西方的哲学著作，在结论上多感到贫乏，但在批判他人，分析现象和事实时，则极尽深锐条理之能事。人的头脑，好比一把刀。看这类的书，好比一把刀在极细腻的砥石上磨洗。在这一方面的努力，我没有收到正面的效果，即是我没有成为一个哲学家。但却获到了侧面的效果。首先，每遇见自己觉得是学术权威，拿西化来压人的先生们时，我一听，便知道他在什么地方是假内行，回头来翻翻有关的书籍，更证明他是假内行（例如胡适之先生）。虽然因此而得罪了不少有地位的人，使自己更陷于孤立；但这依然是非常重要的；因为许多人受了这种假内行的唬吓，而害得一生走错了路，甚至不敢走路，耽搁了一生的光阴、精力。其次，我这几年读书，似乎比一般人细密一点，深刻一点；在常见的材料中，颇能发现为过去的人所忽略，但并非不重要的问题；也许是因为我这副像铅刀样的头脑，在砥石上多受了一点磨洗。

在浪费了无数精力以后，对于读书，我也慢慢地摸出了一点自己的门径。第一，十年以来，决不读第二流以下的书。非万不得已，也不读与自己的研究无关的书。随便在哪一部门里，总有些不知不觉地被人推为第一流的学者或第一流的书。这类的书，常常是部头较大，内容较深。当然有时也有例外的。看惯了小册子或教科书这类的东西，要再向上追进一步时，因为已经横亘了许多庸俗浅薄之见，反觉得特别困难；并且常常等于乡下女人，戴满许多镀金的铜镯子，自以为华贵，其实一钱不值；倒不如戴一只真金的小戒指，还算得一点积蓄。这就是情愿少读，但必须读第一流著作的道理。我从前对鲁迅的东西，对河上肇的东西，片纸只字必读。并读了好几本厚的经济学的书。中间又读了不少的军事著作；一直到一九五二年还把日译拉斯基的著作共四种，拿来摘抄一遍。但这些因为与我现时的研究无关，所以都等于浪费。我一生的精力，像这样的浪费太多了。垂老之年，希望不再有这种浪费。第二，读中国的古典或研究中国古典中的某一问题时，我一定要把可以收集得到的后人的有关研究，尤其是今人的有关研究，先看一个清楚明白，再细细去读原典。因为我觉得后人的研究，对原典常常有一种指引的作用；且由此可以知道此一方面的研究所达到的水准和结果。但若把这种工作代替细读原典的工作，那便一生居人胯下，并贻误终身，看了后人的研究，再细读原典，这对于原典及后人研究工作的了解和评价，容易有把握，并常发现尚有许多工作需要我们去做。这几年来我读若干颇负盛名的先生们的文章，都是文采斐然。但一经与原典或原料对勘，便多使人失望。至于专为稿费的东西，顶好是一字不沾。所以我教学生，总是勉励他们力争上游，多读原典。第三，便是读书中的摘抄工作。一部重要的书，常是一面读，一面做记号。记号做完了便摘抄。我不惯于做卡片。卡片可适用于搜集一般的材料，但用到应该精读的古典上，便没有意思。书上许多地方，看的时候以为已经懂得，但一经摘抄，才知道先前并没有懂清楚。所以摘抄工作，实际是读书的水磨功夫。再者年纪老了，记忆力日减，并且全书的内容，一下子也抓不住，摘抄一遍，可以帮助记忆，并便于提挈全书的内容，汇成为几个重要的观点。这是最笨的工作，但我读一生的书，只有在这几年的笨工作中，才得到一点受用。

其实，正吃东西时，所吃的东西，并未发生营养作用。营养作用是发生在吃完后的休息或休闲的时间里面。书的消化，也常在读完后短暂的休闲时间；读过的书，在短暂的休闲时间中，或以新问题的方式，或以像反刍动物样的反刍的方式，若有意若无意地在脑筋里转来转去，这便是所读的书开始在消化了。并且许多疑难问题，常常是在这一刹那之间得到解决的曙光。我十二三岁时，读来易氏，对于所谓卦的错、综、互体、中爻等，总弄不清楚，我父亲也弄不清楚。有一天吃午饭，我突然把碗筷子一放："父，我懂了。"父亲说："你懂了什么？"我便告诉他如何是卦的错综等等，父亲还不相信，拿起书来一卦卦地对，果然不差。平生这类的经验不少。我想也是任何人所有过的经验。

  一个人读了书而脑筋里没有问题，这是书还没有读进去，所以只有落下心来再细细地读。读后脑筋里有了问题，这便是叩开了书的门，所以自然会赶忙地继续努力。我不知道我现在是否走进了学问之门，但脑筋里总有许多问题在压迫我，催促我。支持我的生命的力量，一是我的太太，及太太生的四个小孩；一是架上的书籍。现在我和太太都快老了，小孩子一个一个的都自立了，这一方面的情调快要告一结束。今后只希望经常能保持一个幼稚园的学生的心情，让我再读二十年书；把脑筋里的问题，还继续写一点出来，便算勉强向祖宗交了账。

一九五九年十二月《文星》第四卷第六期

我的教书生活

一

用一个基本概念来解释历史的发展，便是历史哲学。用一个基本概念来解释人生的态度，便是人生哲学。假定能用一个基本概念来解释一个时代的性格，或者也可以称为时代哲学。虽然很少看到时代哲学的名称，那只由于当代的人，总是匆匆地过去，并不曾停下脚来思考自己的时代；等到下一代的人来思考他的上一代，而可归纳为一个概念时，却已经划入历史哲学范围里去了。不过若是历史哲学的名称可以成立，则又何妨有所谓时代哲学？因此，我常常想，许多先生们实际上早已在有意无意之间，提出了我们的时代哲学；这即是"糊涂官打糊涂百姓"的一句非常流行的基本概念。并且，假若这一说法可以成立，则我正是此一时代的宠儿、骄子；因为我的人生哲学与这一时代哲学是恰相配合的。我由教室走上战场（这名词对我有点夸张的意味），再由战场走进教室，这些一波三折的人生，只有用糊涂官打糊涂百姓的哲学才能加以解释。

我是八岁发蒙读书的。有一次，当穿着又薄又破的棉袄，实在抵不过冬天的北风，而身上有点发抖的时候，很有些逃学的意思。慈爱的母亲，摸摸我的头说："儿，好好地读书，将来会发达起来做官的。"我当时虽然勉强上了学,但对于"做官"两字,却发生莫名其妙的反感,这种反感,一直保持到十年前与官场绝缘时为止。仔细回想,反感的来源,并不是由于秉性的高洁,而是不愿有一个什么明显的目标压在自己的精神上,使自己不能任天而动。我的老朋友,都会承认任天而动,是出于我的天性。几十年来,始终想不出做官的好味道,大概也是植根于此。

二

我能从县高小毕业,家庭实已受尽了千辛万苦。但毕业后的打算,则是想在乡下一面学中医,一面开一个小中药铺。我对于中药铺的药香和装上许多抽屉的药柜,从初次遇到时便有点神秘之感。而乡下的郎中(我们乡下人对医生的称呼),从东村走到西村,总受到农家恭敬的招待,无拘无束,也有点使我羡慕。但结果以一个偶然的机会,糊里糊涂地考进了武昌的第一师范,只好放弃原有计划。不过我还私人借了点债,和一位姓陈的同学好友,顶下一个小中药店;于是我的初步志愿,完全由这位好友担承过去了。

民国十二年(1923)暑假,师范毕业。但当时不仅休想在武汉找一个小学教员,连回县里找一个县立小学教员,也是难于上青天。于是我们同学联合起来,向县的劝学所(后来的教育科或教育局)所长汤老四大吵大闹。汤老四是汤化龙的堂弟,是以"狠"著称的;但吵闹的结果,我们每人以半价待遇的教员分发到一个位置。我分发在县城里的第五模范小学。当年同事的师范前辈詹伯阶先生,现在还在台北金瓯商职任教。小学教员,什么都要教的;音乐一课,我可以按风琴,但唱不出声音来;图画一课,我只会勉强在黑板上画一枚树叶子。最得意的是向学生讲《左传》,这不仅在现在想起来是笑话,在当时也只是适应少数学生的要求。所以这场面弄得相当的尴尬。尤其难堪的是，读师范虽然是公费，但零花钱是由家庭辛苦筹措出来的。现在毕业当教员了，对家庭的生计，总要有点交代。可是，合五块半到六块银洋的待遇，维持个人生活，还要私下借债。这种经济窘境，简直逼得我无路可走。当时听说武昌创办专门研究国学的国学馆，我于是铤而走险，跑到武昌去参加考试；我当时只是在无路可走中，以暂能脱离窘境为快，并没有什么堂皇的目的。

三

参加考试的有三千多人，我的卷子是黄季刚先生看的，他硬要定我为第一名。他在武昌师大和中华大学上课时对学生说："我们湖北在有清一代，没有一个有大成就的学者，现在发现一位最有希望的青年，并且是我们黄州府的人……"当旁人把这些话告诉我的时候，我并不是得到鼓励，而是心里又抱愧又好笑。因为我一向喜欢逛旧书铺；当考的前一天，在一家旧书铺里拿起张惠言的文集看了半天；第二天入场，我选择的题目是"述而不作"，不知如何从张惠言谈礼的文章中受了些暗示，写上一两千字，居然把这位国学大师蒙混住了。平生辜负了许多师友的期望，黄先生正是我抱疚的恩师之一。因为自己太不成才，所以从来不敢公开说是他的学生。

在上述的一阵兴奋之下，只有住进国学馆，生活完全靠考课的奖金维持；我从来不用功，考课的成绩，时好时坏，生活得朝不保夕。有一次，原系第一师范学校的校长，此时也在国学馆教《周易》的刘凤章先生把我找去说："我知道你很穷。但不要灰心。像你这一支笔有一天露了出来，一定会名动公卿，还怕没有饭吃吗？……我现在介绍你到汉川分水咀周家办的私立小学去教书，每月四十串钱，暂时维持生活，你愿意吗？"刘先生是真正知行合一的阳明学者，对《周易》很有研究，我们平时很怕他，不敢和他接近。突然听到他这一番恳切的话，精神上得到的鼓励，超过了季刚先生所给我的鼓励。于是一面为了穷，一面受到刘先生的感动，便在民国十四年（1925）下季，又到汉川当上四个月的小学教员。

四

维新小学，设在周家祠堂里面；周家是大姓，除了一个姓黄的和一个姓什么的学生以外，都是周姓子弟。校外是一片广大的棉田。教员除我以外，还有姓周、姓李的两位，一位是孝感人，一是黄陂人，都是师范的先后同学。我在应付上课之余，用功看郝懿行的《尔雅义疏疏证》，这是季刚先生吩咐我的。此外，便和那位周先生闲聊。我和周先生，根本不曾把小学放在脑筋里面，整天以开玩笑的态度胡混；而那位李先生却一本正经的非常认真。于是三个人分成两派，我和周先生非常亲密，把李先生孤立起来。对他的一股干劲，总是暗中好笑。当然是不欢而散的。

民国十六年（1927）十月，我当了省立第七小学校长，那位周先生已死，我四处打听李先生的下落，请他来当教员。当时省立小学教员，每月可以拿到七十到一百二十银元的待遇，比各县小学的待遇好得多。所以和李先生再见面时，他以惊喜的眼光问我："老徐，你当时这样讨厌我，为什么现在又特地请我呢？"我开玩笑地答复："当时讨厌你太认真，现在希望你能像那时一样的认真。"原来我在国学馆读书时期，渐渐浮出了自己的两大愿望，一是当图书馆馆长，一是当大学教授。在三四个月的小学校长期间，又浮出了第三大愿望，即是要娶一位湖南小姐做太太。当时教员中的两位湖南小姐，使我时常想到世上除了咸汤、甜汤、辣汤以外，应该还有一种由易牙秘传下来的甜辣汤，给人的味觉以庄严的感动。

五

十七年三月间，突然由当时湖北清乡会办陶子钦先生，叫我和他的弟弟、侄儿及当时清乡督办胡今予先生的弟弟们到日本去留学。这真是喜出望外。到日本后，我的兴趣是经济学。对于河上肇的著作，片纸只字必读。但学经济学便得不到学费的帮助，于是糊里糊涂地进入到日本的陆军士官学校。

九一八事变发生，反抗、入狱、退学，怀抱满腔救国的热望，和同学们从日本回到上海，这时才真正和社会接触。一个多月的呼号奔走，所得的结果是冷酷、黯淡。于是同学们各奔前程，再不谈什么救国大志。我随孔雯轩先生回湖北，便住在他家里；他为我向当时省主席夏斗寅找工作，没有成功。同时我不知怎地突然想组织一个国共之间的政党，即是要以唯物辩证法来完成三民主义理论的发展，以发展完成了的三民主义来指导中国的革命。说干就干，当时也集结了十几个年轻的人，开了两三次会，研究宣言和纲领，并取了一个"开进社"的名称。"开进"是进入作战位置，完成作战准备的军用术语。不到一两个月，组织也要钱，恋爱也要钱，而我已经一钱莫名了。为了生存，只好放下一切，跑到广西去当营附，正式过起丘八生活。我以后常常回想，当时一同组党的十几位青年，从何而来？分手后二十多年的时间，为什么没有再遇到过其中的一位；因而不仅记不起他们的名字，连姓也一个记不起；这在我的一生中，真是一直到现在还想不透的谜。假定说我一生中有过政治梦，大概就是这一两个月的时间。十多年后，在旧皮箱底下，偶然找出当时拟就的宣言底稿，文章写得不坏，我看后笑了一笑就扯掉了。

我的丘八生活留在将来再写。

六

抗战胜利,三十五年,我回南京的第一件事,便是呈请志愿退役。当时正要裁军减员,退役正符合政府的政策。但退役后还是在南京瞎忙一阵。自民国三十年(1941)起,对时代暴风雨的预感,一直压在我的精神上,简直吐不过气来。为了想抢救危机,几年来绞尽了我的心血。从三十三年到三十五年(1944—1946),浮在表面上的党政军人物,我大体都看到了。老实说,我没有发现可以担当时代艰苦的人才。甚至不曾发现对国家社会,真正有诚意、有愿心的人物。没有人才,一切都无从说起。难道说这样大的国家民族,就此完事吗?于是我假定,国家的人才恐怕是藏在党政军以外的学术界,尤其是各大学的教授先生里面。因为我自己想当大学教授而无法当到,所以对大学教授的评价非常的高,以为这些人正是真才实学、血性良心结合在一起的国家元气。于是由我内心所蕴蓄的二十年来的憧憬,及由对时代责任感而来的迫切期待,便急于想和这些先生们通通声气。但隔行如隔山,一个丘八凭什么和他们来往呢?我在奉化蒋公那里要来一笔钱,和商务印书馆合作,办一个纯学术性的刊物《学原》。我是想以此为桥梁,有机会和教授先生们接近,由此来发现国家的新希望;同时也是我想回到学术圈里的一个尝试。

七

在十六岁到二十岁之间,湖北的老先生们,说我的古文写得不错。但不久因受二周文字的影响,见了之乎者也的文章便头痛。后来除了偶然的机会外,很少写文章。一九四九年六月《民主评论》在香港出刊,不仅其势非写文章不可;同时,也实在有说不尽的话,以稍能一吐为快。当时有的朋友在背后说,"徐复观的文章,是钱宾四唐君毅这些先生捉刀的"。一年以后,又有朋友说,"徐复观的文章写得不坏,可惜只能写政论,不能写学术性的"。这倒是事实。不过,在我个人,只是因为要了解问题而认真找材料,因找材料而落下心来读书,因读书而开始衡断当代的所谓学术,一天一天的,把我的精神,引导向另一方向去了。因我个人的社会经验与历史,越是熟的朋友,对我的评价越差;一生中在军事上的知己,只有一位老德国顾问;在政治上的知己,只有〇〇〇〇。于是也有朋友为我叹息说,"优孟得时皆贵客,英雄见惯亦常人",但我总是想:在乱世能做一个常人而不做反常的人,已经是难能可贵了。何况发蒙读书时,我父亲给我起的学名正是"秉常"二字呢?

八

从一九四九年到一九五一年,常往来于港台之间,且去过两次日本。一九五二年起,住在台中简直动弹不得。当时台中省立农学院院长林一民先生,不知听了谁的吹嘘,跑到我家来要我教新设课程"国际组织与国际现势",这完全是我意想不到的。当时我告诉他,我是丘八出身,并没有进大学去教书的资格。林先生以为我是骗他的,硬说我在大陆上是武大的教授,并开玩笑地说:"你若不答应,我便跪下了。"我太太在旁说:"你就答应林院长吧!"这样便踏进了大学的门。第一年是兼任,第二年改专任。我接受专任的条件是不教国际现势,改教大一国文。因为我对与时事有关的东西,开始发生了衷心的厌恶。

假使不是有"国际组织与国际现势"这门新课,假使不是林院长对朋友过分热心而把我估计错误,更推远一点,假使不是办刊物、写文章,一个退役丘八，不会有机会走进大学的教室的。这一切都是偶然中的偶然，不用糊涂官打糊涂百姓的哲学，如何能加以解释？在农学院教授会的欢迎会上，我说："平生三大志愿，竟然达到了一件，所以我真是以感激的心情来接受农学院的聘书。可惜娶湖南小姐做太太的志愿，真是此生休想。"说完后，名植物生理学家易希道教授马上说："徐先生把湖南小姐说得这样好，可是有的人却觉得吃不消，时常感到不自在呢？"大家哄堂一笑，简直把我弄得莫名其妙。事后才知道易教授正是典型的湖南小姐，而山东佬罗清泽教授，对自己的学人太太，虽礼敬有加，但因专心学问，以致温情蜜意，或稍减于昔日东京追求角逐之时，难怪我们的易大姐，不免含颦带恨地发出一点牢骚来。不过，罗公当时的神情，似乎很是得意。这是当然的。辣味比甜味有时更能满足人的口福啊！

因为我是半路出家，所以把全部时间，都用在功课的准备上面。教国文，最大的准备工作，便是把预备的材料读得烂熟。对前人文章的好坏，只有在熟读中衡量得出来。我曾经选过几篇近代人的名作，初看一两遍，觉得有声有色；但细声一读，便读垮下来了。经不起读的文章，讲时感到非常窘迫，学生听得也没精打采。有几篇古人的短文章，初看很平淡，但越读越觉得深厚，越觉得有精神。讲的时候，不是在对学生作字句的解释，而是自己在作文学的欣赏，学生们只不过在旁边见习；这便自然会使教者听者，都感到兴味。我开始以为读文章是我国的老习惯，这两年看些西方文学理论的书，知道他们也常提出同样的方法和经验。同一篇文章，有不同层次的讲法和领受。只要教的人出于真正的责任心，则许多中学国文课本所选的文章，在大一国文中一样可以选用。我教大一国文，似乎稍能收到一点效果。但农学院的学生本不是学国文的，所以从结果上说，总不免有空虚之感。

九

当我听说私立东海大学会设立在台中时，我的确曾动过念头；因为它有文学院，有中文系，可以教出一点结果。等到和与我有相当友谊而又是东大创办人之一的两位朋友随便谈谈后，知道他两位似乎都不约而同地暗示我的能力还不够，我便立即对此断念了。一九五五年七月间，突然接到台大文学院沈刚伯先生来信，说东大曾约农校长托他征求我到东大的同意，这当然是由于曾校长听过了沈先生的推荐而来。我当时非常高兴，因为这在我的一生中，是唯一的受到朋友善意援引的一次。当时我的好友张研田先生，极力反对我来东大，并且因为看到我在日本时所读的经济学书籍，便说："你如不愿教国文，可以到农经系教经济学。"农经系系主任宋勉南先生也这样劝我。我说："已经是四不像了。这样一来，更成为四不像。"研田兄才因此接受台大训导长的聘书而同时离开农学院。这一段友情，真有点像男女热恋中的难分难舍。

到东大后，听说有某要人曾以两次长途电话要曾前校长解我的聘。也有人说，我们讲中国文化，影响了基督教义的宣扬。但这些先生们却忘记了最基本的一个事实，我只是竭心尽力，教学校分配给我的功课的精神劳动者。假使因我们的教课而能使中国的学生，不以当一个中国人为可耻，那只有归功于中国文化精神的伟大，及主持校务者的努力、认真。我们除对功课本身负责外，一切都是多余的。所以我现在辞去中文系系主任的兼职。

十

到东大已经四年，我教的功课，由大一国文而转换到大二国文，这是东大重视本国文化所特设的一门功课，它的内容，主要是思想史的材料，所以涉及先秦及宋明的重要思想家。讲授的方法，是在某家的整个思想轮廓中讲解他重要的一篇或两篇文献，所以范围是相当广泛的。另外，我开了《文心雕龙》及《史记》两种专书。初开时，也有朋友为我担心，不过，我是以自己的研究工作来带着学生研究。以后我还准备开一门"经学发展史"。我把这些功课，都当作通向某一门学问的钥匙来教。假使因此而能提供东大中文系的学生以做学问的钥匙，为中国文化开辟出一条新途径，一个新面目，则我想当教授的愿望，或稍有点意义。但这是关系于以后个人的精力和学校的环境的。

没有追求到手的小姐，永远是最美丽的小姐；没有追求到手的职业，可能也是最理想的职业。大学教授，对于我，已经是结了婚的主妇了；只能希望以道德的责任心，补偿一天一天消逝掉的桃色美梦。进入到这一圈子以后，使我深深感到"教书三年成白丁"的话，是一个事实的真理。我要想从白丁中逃出来，须有相当的毅力。同时，我和这已经结了婚的职业，不会再离婚吗？这也在未定之天。但"糊涂官打糊涂百姓"的人生，配上"糊涂官打糊涂百姓"的时代，一切都是偶然。因此，我的任天而动的生活性格，正和我的人生哲学及时代哲学相配合，用不上多作盘算的。

一九五九年八月一日《自由谈》第十卷第八期

艺术，时代的嗅觉

怪的东西最容易作伪，平淡天真的东西便无法作伪。古人谓画鬼易而画人难，这是粗线条的比喻。今人乃以画鬼为创造，以画人为模仿，何哉？

摸索中的现代艺术

一位日本的美术评论家，应美国"日本协会"之邀，在美国几个学校里，以"广岛以后的日本艺术"为题，做了五个月的巡回讲演。讲演的结果他觉得有三种反应：第一种反应是，百分之九十九的美国人，一提到日本，便想到禅、书法、庭园、富士山、浮世绘。日本的现代艺术，在他们（美国人）的眼睛中，自然流露出一种幻灭之感。第二种反应是，除了纽约一小撮人以外，广大的美国人，连他们自己的艺术大家蒲诺克的姓名也不知道。对于独自模仿纽约破布艺术的篠原有司男的模仿品，却认为这是模仿欧美的美术。在这种听众之前，讲现代艺术的创造性问题，当然使他们茫然不知所谓。第三种反应是，在讲演中，恰有两个日本艺术展览在美国巡回展出。美国主持其事的人们的意见，感到日本的作品，是一种很好的画匠作品，因为太注重技巧、情绪。美国人很欣赏日本作品的工艺性；而美国的奔放、卑俗、直接表现的作风，也给日本的年轻人以一种刺激。他认为这是一种奇异的交流。（以上见今年五月二日《朝日新闻》夕刊）

本年五月底，在日本东京上野的都美术馆，开了一次"日本现代美术展"。根据《朝日新闻》一位记者的报道，这些年来，抽象、具象的两个对立阵营，平分了日本艺术的地图。但这三四年来，却表现出一种新的倾向，即是超越了具象抽象的界域，而探索新的、本质的东西的倾向。老练的抽象画家的作品，使人看起来好像是古典的作品。同时，他们都以严肃的创作精神，追求自己作品的不朽。

在这一展览会中，当然也有年轻的前卫作家。这位记者在说到此次展出的前卫作家们以前，先委婉地说了两个故事。一个故事是数年前在"国立近代美术馆"，开了一次战后新人们的展览会，会中陈设了他们以废品构成的形象威猛的作品。展览完了以后，作家们并不收回自己的作品；美术馆的人写信去催问，他们的回信是"你们适当地处理好了"，并不要收回去；因为他们认为艺术的意义，只在创作的过程，创作出来的作品不过是"剩下的糟粕"。另一个故事是纽约的奇妙表现的破布艺术，一时很有销路；原来是有钱的人们买作开茶会时之用，使客人们看到了大惊大笑，以收戏剧性的效果；茶会开完，这类作品也就扔掉了。暗示这些前卫作家，还停顿在此一状态。（本年五月二十七日《朝日新闻》夕刊）

美国过去的艺术，是受巴黎的支配。这几年来，美国的国粹主义，却在艺术中抬头，而要摆脱法国的影响，树立"美国的艺术"。这是破布艺术和今年开始流行的光学艺术的背景之一。欧洲的法国，则继新具象主义之后，在去年联合西德，开了野兽派与表现主义的联合展览；日本人也赶着来上一个。这种展览，可能含有政治因素，但主要的是表示他们在艺术上的新的摸索、试探。野兽派是一九〇五年前后以巴黎为中心成立的。他们的口号是"画具成为炸药的药夹，使它爆发出火光"；他们由"奏出纯粹强烈的彩色交响乐"，而使画坛为之震动。他们的重点是放在感觉之上，因之，主张有将自然加以随便"变形"的权利。可是，结果上，一方面是一切的色彩、形态、构图，都依存于外在的自然，因为这才是"变形"的根据，另一方面，则这种感觉主义，妨碍了向更深的精神的发掘和热情的流露。所以一受到立体派的攻击，到一九〇七年，其势已归于衰歇。在一九一〇至一九二〇年之间，以德国为中心，出现了表现主义的时代。它是对于造型的"形"，而强调精神之力与精神的涌现；对于主知的古典主义而复活了主情的浪漫主义，对于拉丁精神而高扬着日耳曼精神。现在由野兽派与表现主义的结合，到底在艺术上会开出怎样的一条新路，当然值得我们的期待。

去年八月二日到九日，在日本举行了第十七次"国际美术教育会议"，特别请了"国际美术教育协会"的名誉会长李德（Sir Herbert Read）致开会词；中间有一段话是"现代人失去了与自然的接触，已变成被疏外的存在。无论是社会学者或心理学者，都异口同声地断言，这是疏外状态"。他希望在美术作品的创造与鉴赏中能对此加以弥补。

我没有时间研究现代艺术，更因为受语言文字的限制，所能得到这方面活动情况的材料，更非常有限。但我把上面的材料，在这里介绍出来，是想使有志于这一方面的青年，得以了解：现代艺术，正在作多方面摸索之中，他们在摸索中前进，在摸索中不断地扬弃，不断地发现。任何人都有资格加入到这种摸索行列中去；但基本的条件：（一）要耐烦地作技能上的基本训练。怀恩中学初中一年级的学生，有一年是教抽象画的，每一个学生都画得不错；但下年度改教写生，大多数的学生便简直没有办法；因为没有基本技能训练，想变也变不过来，便只好永远停顿在一年级的抽象画上面。（二）眼睛要睁得开，心量要放得大，留心各方面的各种动态，以期能得到多方面的启发。（三）要诚实地体验，要深刻地体验，要不断地体验。要认真地习作，勤苦地习作，要反复地习作。当然最后要关系到人格修养上的问题。

一九六六年十二月《东风》第三卷第八期

与张大千先生的两席谈

一

我年来对中国的画论和画史,做了若干研究工作。此次张大千先生返台,我有三个问题想向他请教,所以昨天(二月八日)下午和今天(九日)中午,得因陈定山先生之介,能和他做两次剧谈,也可以算作平生的快事。

第一个想向他请教的,是有关石涛的问题。最近我对石涛的《画语录》,做了一番研究工作。但我不想和他谈这一方面的问题,因为对于其中重要观念的疏释,须要对中国整个的画论做深刻的把握,然后能在此种背景之下,得到疏释的线索;这是学究的事,不是艺术家的事。我想向他请教的是,石涛向八大山人求画《大涤草堂图》的书札,现在连大千先生所藏的,一共发现了三通;我认为他和他的老师清道人所藏的都是假的,而日人永原织治所藏的却是真的。因为这里面牵涉到石涛晚年弃僧入道的问题,我想当面问明此一书札真伪的来龙去脉。张先生告诉我,永原织治所藏的书札及《大涤草堂图》,都是他自己所伪造,而他所藏的是石涛的真迹。他并谈到他伪造石涛作品,以和收藏家开玩笑的故事;但他的伪造作品,都在反面印有自己的图章,以期毕竟不至乱真。张先生以前没有想到石涛晚年是当了道士,骤然听到我的说法及我告诉他的证据,表示怀疑。他认为石涛只是一个蓄发僧。他说考证石涛应以墨迹为准,但墨迹的真伪,又成为鸡生蛋和蛋孵鸡的问题。张先生关于这一方面的意见,牵涉到若干微妙的问题。我考证石涛所得的新结论,不曾因他这一番话而加强,但也决不曾因这一番话而削弱。

二

我第二向他请教的,是他和毕加索见面的问题。因为有好几位人士告诉我,当张先生在法国拿着自己的画去看毕加索时,毕加索看完后反问张先生:"你的画在什么地方?"我每听到这个故事,便断然认为是出自虚构。这并不是怕诬蔑了张先生,而是感到诬蔑了毕加索。生为中国人,只要保存着中国人的意识,便有被人诬蔑的义务。假定张先生而觉诬蔑,倒是不足为怪的。至于毕加索,则正如索特所说,一个艺术家及身而能享到这样崇高的报偿,在历史上当以毕加索为第一人。但一位伟大的艺术家,他的个性可以是狂,是怪,却决不能是妄诞。根据自己对人生、社会的责任感而及传统,可以表现坚强的个性,但只是两眼向外望,挟外力以反传统的,则只是傀儡,无反省地跟着传统走的,没有个性。但假定一个艺术家,能将传统吸入于自己生命之中,经过自己生命的镕铸,再把它表现出来;则岂特张先生和齐白石氏的作品是有血有肉有个性的作品,连溥心畬氏的作品同样也是有血有肉有个性的作品。假定毕加索连这种基本道理也不懂,而把张先生的画,一笔加以抹煞,那他将是一个妄人。下面是张先生告诉我的他和毕加索见面的经过:

因为《大公报》以"毕加索告某画家书"为题,骂我的画都是供官僚商贾们作消闲之用的,所以我借在巴黎博物馆开画展的机会(时间是一九五七年夏天)想看看毕加索。开始是托赵无极,接着是托博物馆的馆长,要他两位介绍;这两位都异口同声地说毕加索的脾气很怪,一定会碰钉子，所以都不愿意。最后我找了一位由西贡赴法留学的中国学生，一同到毕氏住家的尼斯。住下旅馆后，直接以电话告知来意。他的秘书说，毕氏要到晚九时才回家。晚八时半，秘书来电话说，明天下午六时，毕氏在某地瓷器艺术中心（地名一时忘记）举行瓷艺展览揭幕典礼，届时在彼处见面。次日坐了一点钟的出租车前往；毕氏果然在六时来了，几千人环绕着他，哄了一阵，并没有致开幕词，就算典礼完成了。毕氏好像没有约定见面这回事，便要走了。同去的中国学生心中不平，从人丛中挤进去质问他，毕氏乃从人丛中挤出来和我握手说："今天人太多了，明天十二时在我家里再谈。"次日按时前往，毕氏拿出他的速写簿，每年一册，每册一百张，请我看，我一连看了五册，里面都是用墨汁画的，少数是以西班牙的事物为题材，多数都是学齐白石的虫鱼花鸟。毕氏不断地问："像不像中国画？"在边看边谈中，毕氏自己戴上面具，也为我戴上了一副大鼻子。他的天真自然，和小孩子的神情一样。毕氏平生不喜欢拍照，见我太太手上拿着个小照相机，拿到手上，一番把玩后，我们一连拍了两卷照片。分手前，他说："我真不了解，为什么中国人要到巴黎来学艺术？艺术第一是在中国，第二是在日本，第三是在非洲。西方没有什么玩意儿。"他拿了一张他所画的《牧神》，问我太太："这画得好不好？"我们都说"好"，他便题了上、下款送给我们。我回巴西后，送了几枝他所要的中国画笔和我所画的一张竹子。

我听完了张先生的叙述后，认为绝无夸饰之处。因为毕氏的内心，实怀有很深的对西方文化抗拒性。而他的创作，实以多方面的模仿为基础。我真不知道诬蔑毕加索的故事，是从什么地方编造出来的。

三

我想向张先生请教的第三个问题是，他去年十月在台北展出的大泼墨画，到底是出于什么动机而画出的？他说：

我并不是趁现代抽象画的热闹，而只是画唐代王洽已经画过的泼墨。把墨泼下去，再用焦笔加以勾勒，使其得到无象之象。不过我更在画面上以工笔画上庐舍草木，使它接上中国画的意境。还有一种新的尝试是，一般用青绿，都是填上去的。我因为受到常州孟丽堂（觐乙）画花卉用青绿方法的启发，便在泼墨未干之时，也把青绿泼下，这是把墨和青绿融合在一起来使用。三十年前，陈定山先生便劝我变，但变是要出于自然。在巴西有一次看《阵头雨》，忽有所省悟，便画了一幅《山园骤雨图》，得到彼间艺术沙龙的推重，所以便发展为最近创作的方向。

我的看法，以直觉来鉴赏，张先生当为自由中国第一人，但以考证来补正直觉的不足，这便不是张先生用力之所及。张先生对画法的把握，可以说在当代更无第二人，但对中国艺术精神的把握，则似乎还有向上一关，未能透人；这是因为他在生活上，向外装皇的一面，多于向内凝敛的一面。张先生在技巧修炼上的精勤和成就，是两三百年中所少见的，所以他不仅发明了墨和青绿混合使用的方法，增加画面在混沌中的神秘气氛；并且他的墨泼下去，深浅互相掩覆，达到了张彦远所说的"运墨而五色具"的程度。尤其是他使泼墨与工笔在一张画面上得到自然谐和，于浑茫中透出一股灵秀之气；这只有齐白石把浓墨与大红谐和在一起的本领，才可与张先生比美。中国传统的大画家是从人海中向后收缩；张先生则似乎是以他的豪气雄才，向人海中进笔，也或许这是中国画的转捩点。

一九六八年二月九日
一九六八年二月十五日《华侨日报》

中国艺术杂谈

我在《中国艺术精神》一书中,对我国自魏晋以后的绘画,是有意无意地导源于庄子思想,做了有系统的疏导,并对两千年来若干观念和画史上的谬误,用考据的方法加以厘清。有志于了解中国艺术的青年,应在我这部书上用一番心思,然后可以找到一条进路,而不致为时下的浮辞伪说所误。这里只是应《学生报》之请,对照着时下的问题,略述若干感想。

一九七〇年诺贝尔文学奖,是颁给苏联文学家索尔仁尼琴。因苏联不允许索尔仁尼琴到瑞典领奖,他所准备的"文学的使命,是公理向强权作战"的领奖时的讲辞,只好由《诺贝尔基金委员会年报》摘要发表。他讲辞的主要意思,认为现在的世界,已经连接成为一个整体。生活在一个整体之内的人们,为了保持和平,不应当有几套价值标准,以至因价值标准之不同而互相斗争。但他同时以强烈的暗示方法,否定了苏联以马列主义为唯一的价值标准,及推行此唯一的价值标准的宣传、镇压等手段,更认为这也不是由"科学论证"所能达到目的的。他把调整各不同价值标准,使其得到统一谐和的希望,寄托在艺术、文学之上。

艺术、文学,何以能达到这种重大使命?他认为艺术家、文学家,把自己的生活经验,通过作品而传给观者、读者,使观者、读者能因此而得到"陌生的经验",消化为自己的经验,因而扩大了由经验而来的价值标准，使不同的价值标准能通过艺术、文学的陌生经验之互相接触而得到相互的了解调整。这里要提醒一点，他们的"陌生"，是现实生活的"陌生"，而不是离开现实生活的"陌生"。

索尔仁尼琴的话，是在极权闭锁的环境中所发出的无可奈何的话，不一定能得到理论与实际的证验。但由不同价值的调整融合以得到人类的和平，倒与中国的艺术精神可以相呼应。

我已经说过，中国的艺术精神，追根到底，即是庄子的虚、静、明的精神。虚、静、明的精神，一方面可以解脱某些僵化了的价值标准的束缚，同时即可承认由生活经验不同而来的各种不同价值标准的平等地位。此即庄子之所谓齐物。另一方面，美是在虚、静、明的精神状态之上所发现、所成立的。魏晋玄学，前期以老子为主，后期以庄子为主。把山水林泉等自然物，发现为美的存在，只有凭玄学之力才可以达到。中国绘画，由人物而山水，由傅色而淡彩、而水墨，这都是出自虚、静、明的精神，都是向虚、静、明精神的自我实现。所以由中国艺术所呈现的人生境界，是冲融淡定、物我皆忘的和平境界。在此一境界中，对各种不同的价值标准，只是默默点头微笑，人天平等，一体平铺，说"统一"已经是多余的，还斗争个什么呢？

* * *

由达达主义这一系列下来的现代艺术特色之一，是对自然的离反、背弃。这与西方科学家征服自然，形而上学的扬弃现象以言本质，在某种意义上，似乎是互相呼应，形成西方文化对自然的总反叛。在偏激乖戾的现代人的心灵中，容纳不下社会，容纳不下自然，于是他们的主体精神表现，只是怪僻、幽暗、混乱、横暴的。中国的虚、静、明的精神，不知不觉地便涵融了自然，美化了自然，主体精神与客体自然，由互相融合而互相升华,成为主客皆忘的混融一体的世界。所以自然是中国艺术的生命。离开自然便不要谈中国艺术。

但正当西方的艺术家以一股暴戾之气,背弃自然的时候,西方的科学家,这几年发现,对自然的破坏,即是对人类生存的破坏。山林草木的"绿色",与人类的生命有密切的关联。于是从现代艺术家的精神中驱逐出去了的自然,又从现代科学家的实验中为了人类的生存而要迫切地重新召唤回来,使自然与人间建立亲和的关系。从这一方面说,中国艺术与科学,是否有"异曲同工"之妙呢?

* * *

"平淡天真",是中国艺术的基本性格。平是平正、平实,与怪异相反。淡是雅淡、素朴,与装饰相反。天真是未被污染的生命的本来面目,与邪僻相反。社会上有小聪明的人,总是想作怪、立异、装腔作势、邪僻虚伪,以此来取得个人欲望的需要。社会各种病态,皆由此而来。了解到这一点,才可以了解一副平淡天真的艺术品,正是扰攘纷乱的社会的良药,是变态心理的镇魂剂。这正是所谓"平凡中的伟大"。越怪异便越丑恶,便越渺小。今日许多严重问题,多源于心理上失掉了常态。中国艺术的意义,便在使人恢复心理的常态。立意反常的人,不必言中国艺术。

然则中国艺术不主张创造,不要求变化吗?平淡天真的作品,出自平淡天真的精神。人被投入于又臭又脏的社会(包括学校)大染缸后,要发现、恢复、保持精神的平淡天真,这实际是精神的重新创造。把平淡天真的精神表现而为平淡天真的作品,其中要突破多少精神的障蔽与技巧的抗拒,这不是创造是什么?怪的东西最容易作伪,平淡天真的东西便无法作伪。古人谓画鬼易而画人难,这是粗线条的比喻。今人乃以画鬼为创造,以画人为模仿,何哉?

平淡天真，可以涵融千变万化。真正的千变万化，最后仍归于平淡天真。平淡天真是活的生命。活的生命的自身，即是有限中的无限，即涵有千变万化。今人乃以玩魔术的方法，为艺术的变化。这种人，最低限度，进不了中国艺术之门。

一九七二年十一月十一日《新亚学生报》

看画杂缀

一

今天（一月十四）因为小病后想休息一下头脑，便同妻去看了"中国文化协会"主办的"中国现代画坛三杰作品展览"。所谓三杰，指的是张大千、黄君璧、溥心畬三位先生。这三位先生的作品，我看过不少；但把他们的作品陈列在一起，在比较中显出各人的画格画风的特殊成就，倒有另外一种意味，是很值得摩挲一番。

或者我有点"鸡蛋里挑骨头"的坏脾气，觉得"三杰"两字，有点和"中国画"的气氛，不太调和而显出有些粗俗；如称为"溥、张、黄三先生画展"，或"溥、张、黄三大师画展"，是否和"中国画"的情调更融洽一点呢？而排名的次序，溥心畬先生已作古多年，把他的名字排在生龙活虎一般的张、黄两位先生的底下，可能使张、黄两位先生感到不安的。不过，这只是芝麻样的小事，决无损于筹办这次画展的先生们的贡献。而我常常于不知不觉中流露出"厚古薄今"的癖性，大概不仅"四人帮"要加以呵斥吧！

二

溥先生最自负的是他的楷书。他送我的一副楷书对联，朋友告诉我，他写了两次。第一次写成后,他向当时在场的朋友说:"这副不会使徐复观感到满意",于是写了第二次,由此可见他对楷书的慎重。这次附带展出了他的两件书法,都是行书,而没有楷书,不无微憾。但"春日回文"的行书对联,可以说字与联语,同其朗丽,同样精彩照人。联语顺着念是"晴波碧柳春归燕,细雨红窗晚落花",倒着来念是"花落晚窗红雨细,燕归春柳碧波晴",可谓精巧而自然;并且书法和联语,在朗丽之中,又流露出一种矜贵之气;这是他的"旧王孙"的生活意识熏陶太久,不是他人可以学得来的。

溥先生此次展出的大幅山水,好像只有两件。我最心醉的是《山居图》,静穆深稳,使人对之,浮心躁气自然冰释;我不敢说五百年无此作,但可以说,通五百年的作品而论,也一定是第一流。其他多幅小件山水,淡定空灵,这是他的本色。

这次陈列的有溥先生的花鸟人物,也有张先生的花卉人物。在两相对照之下,溥先生的花鸟,清灵娇贵,是林黛玉型的化身;张先生的花卉,秀逸沉酣,是史湘云型的遗韵。张先生的泼墨荷花负有高名,但我对此没有太大兴趣。当然,个人的兴趣,与艺术性的高下,完全是两回事。

张先生的人物画,造形端重,可能是受了敦煌壁画摹写的影响。溥先生多落笔做诡,玩世不恭,而自有奇趣。这次展出的布袋和尚,他的题识是"左一个布袋,右一个布袋。放下布袋,何等自在",意味深长。

三

我和张先生接触的机会很少。从他的画看,尤其是从他的大幅山水看,他似乎有一种江湖豪侠的气质,常流露于他的笔端。这次展出的《黄山松石》,浩气淋漓,应当是得意之作。松树的画法,有些和苏州博物馆藏石涛的《为苍公作山水卷》中松树的画法相似。这幅画,现在又由上海出版的《艺海(苑)遗珍》影印了出来,的确是一幅好画。不过我从落款的年月及款识的内容上,怀疑是一幅赝品。我在这里提到此点,决不是怀疑那是出于张先生之手。

张先生这次展出的有八幅川黔山水小景及八幅长江风物小景,这大概是由山川怀念之情而作出的,所以也都带有浓厚的抒情诗的意味。溥先生这类的小幅山水,设色多用深青,而张先生则多用浅蓝;一厚重,一幻化,可谓各极其妙。

黄先生我也有一两面之缘。他送我的一幅山水条幅,是高鸿缙先生代我要的。后来黄先生和我说:"那张画画得不好,我要送一幅更好的。"但揩了一次油,怎好又揩第二次油呢?所以他不再提,我当然也不再提了。

黄先生热情奔放的性格,常表现在他所画的瀑布和云海之中,这是他独步一时的风格。此次展出的以他的山水画为最多。有四大幅山水屏,我特爱其中的《溪山深隐》及《树老山荒》两幅;此外《山静云深》《秋山云影》较小的两幅,也是同一风格。他在这四幅画中,转奔放为苍莽,特显得浩瀚而深远,这是黄先生的自我突破,真不愧为一代高手,可与溥、张两先生抗颜分席而无愧。另有一幅《竹韵泉声》,他用一种清轻淡雅的笔墨,化实为虚,化近为远,真把竹之韵、泉之声映带出来了。这在黄先生的作品中,应为另一境界,真可谓"君子不器"。

一九七九年一月十九日《华侨日报》

泛论形体美

一

希腊很早便以真、善、美,为人生所追求的三个理想目标。许多人认为希腊文化的精神是艺术;艺术的最大成就就是雕刻,雕刻的取材,是人体的形态美。不过,他们当时的社会,对女性是采取非常轻视和抑压的态度,所以雕刻多取材于男性而很少取材于女性。但毕竟代表形态美的是女性而不是男性。希腊男性雕刻的灵魂,依然是被隐藏着的女性而不是男性。

形态美在中国古代文化中,似乎没有希腊的幸运。就现在可以知道的古代三大形态美——妹喜、妲己、褒姒而论,因为她们在政治上与亡国的惨祸连带在一起,使古代的人引为大戒,于是以最大的力量,歌颂文王的后妃,说她的伟大乃在德而不在色。其实,有德而无色的女性,有如又苦又涩的营养品,对人生总是一种缺憾。而今日成为卫诗的"巧笑倩兮,美目盼兮"对女性形态美的歌咏,正与希腊的石像,同其不朽。

现在,正是心理变态的时代。变态之极,艺术不再是美的升华,而趋向为美的否定。毕加索只有把自己的太太画成三只眼睛的怪物,才能满足自己艺术创造的冲动。其实,在现实世界中,毕加索的内心,可能因自己未曾得到最后的形态美而会有时感到空虚、叛逆,但我相信他决不会要三只眼睛的女性作太太，即使有这种三只眼睛的女性。女性的形态美，将成为美的永恒的定石，将成为扭转当前艺术变态心理的强有力的契机，这是我相信的。

二

不过，形态美虽然可以通过雕刻、绘画、诗歌而使其长春不老，但形态美的自身，因生理的无可奈何的限制，却和英雄人物一样，永远是带着悲剧的命运，袁子才"美人有寿已无恩"，正说明了此一悲剧命运的性格。汉陈皇后奉黄金百斤，向司马长卿买赋；明末卞玉京，因自伤憔悴，而与吴梅村避面绝缘；这都说明此种悲剧命运的残酷。因此，形态美的自我完成，也常常和英雄的自我完成一样，只能诉之于悲剧，所以项羽宁以头颅赠故人而不肯渡过乌江，这便足使拿破仑大为减色。至昭君能琵琶出塞，杨太真得宛转马前，这是她两人真正美的完成；遂使青冢黄昏，马嵬片土，永远系人留恋。

从上述的观点说：最近玛丽莲·梦露的自杀，或许是她最聪明的选择，也许是美的自我完成的一个不太高贵的例子。我说她不太高贵，是说她被世人所认取的性感之美，在美的价值衡量中，恐怕只能居于最低级的地位。美之所以可贵，因为它是缥缈的，想象的，可远观而不可近玩的。太现实化了的东西，便是商品而不是美。但这不是玛丽莲·梦露之过，而是这一时代之过。这一时代的下流根性，只能把美变成商品而加以糟蹋。玛丽莲·梦露以裸体表现她的最后，这或许是她对此一下流时代所作的抗议。

三

"善"和"美"，与"真"有所不同。"真"可以自己加以表明，但善和美，只应由旁人认取，而本人却最好在追求之际，又能把它忘掉。一个自以为善的人，固然对于善是一种损害，一个经常自以为美的人，对于美恐怕也是一种损害。因为美不能离开形态，但美也同样不能离开纯静雅洁的心灵。美的无限价值，主要是使人通过形态去把握心灵所引起的想象。一种自以为美的人，便把自己束缚在自己形态之上，阻碍了心灵向其他方面的发展，于是没有动力与烘托的形态美，也便容易僵化。

更重要的是，美以悲剧而完成。但任何人都希望以幸福结束自己的人生，决不愿以悲剧结束自己的人生。而旁观的人，只可以欣赏、赞叹已经发生了的悲剧，决不应希望他人发生这种悲剧。由悲剧向幸福的转换，便要求美的自身，有种合理的转换。向学术与事业方面转换，当然是很理想的。但这并非任何人都能做到。所以对一般女性来说，应当由形态之美，转换为家庭生活之美。相夫教子，使一家人都过着和谐而上进的生活，丈夫认为是贤妻，儿女感觉到母爱，社会认为是一个美满家庭，这其中，酝有无限的温情，也即酝有另一形态的无限之美。这种美，因没有生理的限制，是永不会破灭，是永不会被遗弃的。每一女性，都可作这种转换；但有一个先决条件，便是，要在爱美之中，同时忘记自己的美，以免把自己的精神，拘限在自己的生理形态之上。从这一点说，当了国姐世姐的女性，可能不一定是很幸福的女性。因为她自己的心理以及社会环境，常常不容许她作必需的转换。

一九六二年八月廿六日《华侨日报》

论院派花鸟画——为唐鸿教授画展而作

唐鸿教授在画艺上的成就，早已蜚声国际，备受中外艺坛推重，实无须由我在此多作赘赞。现唐教授已应纽约若尔其画廊及澳洲墨尔本大学的邀请，将于今秋前往展出与讲学，特先以其近作，于七月十日至十二日在香港大会堂举办工笔花鸟欣赏会，予本港市民先睹的机会。我借此机会，略述院派花鸟的渊源，及在中国画史上的地位，或可为此次画展增加一点意义。

郭若虚《图画见闻志》，始立"花鸟"一门，共录三十九人，这说明花鸟画到了北宋中期，已奠定了画史上的地位。三十九人中，虽以黄筌之子黄居寀为首，徐熙则列名第六，但卷一《论黄徐体异》条，实以"黄家富贵""徐熙野逸"，为花鸟画的两大派。这是远承唐滕王元婴，从薛稷、边鸾、刁光胤等的长期发展所结的果实。但院画花鸟的开派者实为宋徽宗，与黄、徐两派似无直接关系，此为历来言画史者所忽视。

邓椿《画继》卷一《徽宗皇帝》条下谓徽宗"妙体众形，兼备六法，独于翎毛，尤为注意……政和初，尝写仙禽之形凡二十，题曰'筠庄纵鹤图'。或戏上林，或饮太液……引吭唳天，以极其思，刷羽清泉，以致其洁。并立而不争，独行而不倚，闲暇之格，清迥之姿，寓于缣素之上，各极其妙，而莫有同者焉……其后以太平日久，诸福之物，可致之祥，凑无虚日，史不绝书。动物则赤乌、白鹊、天鹿、文禽之属，扰于禁御，植物则桧芝、珠莲、金柑、骈竹、瓜花、来禽之类，连理并蒂，不可胜纪。乃取其尤异者，凡十五种，写之丹青，亦目曰'宣和睿览册'。复有素馨、茉莉、天竺、婆罗，种种异产……载之于图绘；续为第二册……增加不已，至累千册，各命辅臣，题跋其后，实亦冠绝古今之美也"。由此可知，徽宗对花鸟用力之勤，取象之的，恐亦冠绝古今。

由承徽宗旨意所写出的《宣和画谱》看，他（徽宗）实突破了"黄家富贵"，以默契于徐熙的"骨气风神"。《画谱·徐熙》条下谓"盖筌（黄筌）之画则神而不妙，昌（赵昌）之画则妙而不神。兼二者，一洗而空之，其为熙欤"。我以为这是反映徽宗的意见，由此可知他在花鸟画上造诣之高。但孟子说："居移气，养移体。"由天子地位之所居所养，其胸襟气概，非仅皇家的富贵不能得而范围，即徐熙的野逸，亦不免失之寒俭。再加以他的"究其方域，穷其性类"之功，已由画迹的追摹，进而穷动植物的生态，所以他用笔圆劲，通于他的瘦金书。设色浓丽，却归于自然朴厚。笔墨两相融合，形成一种庄重端严之美，在徐、黄外另开一派。院派花鸟，实承此一血脉所发展出来的。

正因为如上所述，写此派花鸟的人，首须面实背虚，宁拙勿巧，以安详之心，运坚凝之笔，不容有丝毫苟且偷惰于其间。功力既久，始能破板给而趋灵活，由形似以至自然，略无讨巧的余地。此派传承不盛的原因在此，唐教授之所以独步当代者亦在此。今竟以此绝艺，锲而不舍的精研之余，传授中外学子，使此式微之画派，得重光于今日，真可谓难能可贵了。

绘画乃人类心灵的表现，转而即以影响于人类之心灵，我们的时代，需要祥和畅适的心灵，画出祥和畅适的作品，以消解暴戾乖张之气。中国画的真正时代价值在此。唐鸿教授，应以此自豪自慰了。

一九八一年七月一日《百姓》第三期

我在画学会金爵奖中的答词

　　二月二十三日上午九时，中国画学会赠送金爵奖给六个人，我也滥竽充数在里面。当马寿华先生讲完话、发完奖后，受奖者临时推定我致答词，这都是照例文章，没有什么值得说的。但二十四日某大报对我在三百人左右面前所致的答词，总括地窜改为一副"奴才乞怜相"的两句话，这便使我感到有把当时的答词，加以记录发表的必要。我之所以如此，第一，并不是因为当时赢得了四次掌声而认为自己的话讲得有意义，在这种例行讲话中不可能讲出什么意义，何况我是一个不会讲话的人。更不是因为报纸不捧我的场而感到心里难过，因为做学问、弄艺术的人，生命的延续性，决定于自己的著作和作品，与报纸毫不相干。实存主义的近代开山大师齐克果，生时是当地报纸经常嘲笑的对象。但进入到二十世纪后，假定当时嘲笑他的人们地下有知，恐怕他们用自己所出的报纸，还遮不住自己的羞耻。何况黄色新闻，是今日许多报纸的衣食父母；难说稍有品格的人，会和黄色新闻中的脱衣主人，在报纸上争一日的短长吗？甚至也不是以报道的是否真实去批评某大报的新闻道德；因为今日正是文化复兴运动的时代，在被复兴的文化的往昔，还不一定有报纸，更有什么新闻道德？我之所以要把这种照例的讲话记录起来，是因为我当时还代表了其他五位艺术家；我个人被诬辱没有问题，而是怕诬辱了其他的艺术家，乃至侮辱了艺术。

以下是我的原讲词：

马先生，各位先生，今天承中国画学会把金爵奖赠给我们六个人，并由七十六岁的齿德俱尊的马先生亲自颁发，这是我们的莫大光荣；本人谨代表受奖者，表示深深的感谢。

就我的了解，中国的绘画，发展到魏晋时代，因受玄学的影响，便渐渐地，以"淡泊"为其基本的性格。因为它是淡泊的性格，所以在傅彩方面，由浓丽而渐渐采用"淡彩"，并出现了水墨画；而在题材上，渐渐以山水为主要内容。淡泊所代表的精神，是高洁、纯洁的精神。因为它是高洁、纯洁的精神，所以当一个人欣赏一幅中国名画时，便立刻从浮嚣的心理状态中沉静下来，于不知不觉之中，洗涤了世俗的污染，恢复了人生的本来面目，以助长生命中的生机，使生命得以不断升华、向上。如果说艺术是人生的教养，中国绘画便尽到了人生教养的责任。如果说艺术是人的精神的解放，中国绘画真能使人得到精神的解放。

中国画学会，是无钱无势的一个社会性的学术团体；因此，中国画学会的性格，正如它所代表的学术的性格一样，是淡泊的性格。画学会设置金爵奖，意在对艺术加以提倡。当各位先生决定给奖的对象时，是采取主动的选择方式。当我听到我的姓名也被滥竽充数时，使我感到很突然，使我感到很意外。因为我对于画学会的各位先生，一方面可以说是仰慕已久，另一方面也可以说是素昧平生，何况我又是一个使人讨厌的人。由此可以证明，当各位先生做主动选择时，无派系之见，无人情之私，无个人利害得失之念。所以由各位先生所流露出来的精神，也正是和中国绘画精神相符合，是一种高洁、纯洁的精神。淡泊而高洁、纯洁，说明了中国画学会，是名实相符的一个学术团体。因为是这样，所以尽管真正从事于研究创作的人，虽然不会留心到一时的荣辱毁誉，甚至对一时的荣辱毁誉，感到深深的怀疑，但这一份荣誉，是来自名实相符的学术团体，便有如一个人，虽然不怕寒冷的冬天，但自然而然地更喜爱温暖的春天。尤其是，我已经老了，却有机会和几位年轻的艺术家，站在一起，领受这一份荣誉，好像生命中注入了更多的青春气息，使我感到年轻了许多，更增加了一番喜悦。更应当表示诚挚的谢意。

一九六九年三月十九日《自由报》第九四一期

看《梁祝》之后

我和我的太太,并拉上好友涂颂乔夫妇,也挤着去看了《梁山伯与祝英台》。一面看,一面想,这一影片,成功的地方到底在哪里?"尽说千金能买笑,我偏买得泪痕来";人生需要与自己无关的笑,更需要与自己无关的眼泪。这一影片,的确使许多人(连我也在内)买到了与自己无关的眼泪。它在这一点上,已达到了艺术上内在的最高的要求;于是从外在条件上去责其不完不备,反觉多事了。

梁山伯与祝英台的故事,是我们鄂东乡下最流行,而且常常是用黄梅调唱出来的故事。经过电影上的处理,把文字上所写的,用演员的动作复活过来;把寻常舞台上所无法完全呈现出的背景,用"集中的""实验的"布景、选景,烘托出此一故事所需要的气氛,这自然使此一故事的意味特别明显,收到了写实小说上及出现在舞台上所无法收到的效果。但最主要的效果,还是来自此一故事的本身。此一故事,是在七情六欲的人间世中,显出了一片纯净之爱。同学的友爱,是纯净的;藏在祝英台心底的儿女私情,也是纯净的;发展到高峰的殉情以死,更是纯净的。由一片纯净之爱所导引的悲剧,较之由肉欲之爱所导引的喜剧,其给予观者的效果,前者是从内心深处涌出了感动;即使在电影看过以后,观者还保持着莫名其妙的万千怅惘之情。而后者则是睁着眼、张着口、紧着脉搏的片刻满足;这种满足，经不起良心的反省，也经不起时间的回忆。因此，我们不妨这样地认定：藏在人性深处的爱，本来是很纯净的；正因为是纯净的，所以其本身也是艺术的。通过艺术史、文学史来看，这正是一切伟大的艺术家、文学家所追求不已的方向，也是发掘不尽的源泉。因为这是真正的人性，所以也是真正人性所要求的艺术。每一个人的生活中，都含有由官能而来的对若干低级趣味的要求；但古今中外，不会拿这种东西作艺术看，除非是变态心理下的"末世纪感"的人们。

其次，此一故事的结构，虽然很单纯；但它从正面、反面，一步逼紧一步地逼上悲剧性的主题，在发展中有旋回跌宕，而没有赘笔滞笔；所以能从容而紧凑，使观者并不觉得太单纯。同时，它的背景，虽然是经过了集中的手法，而不免在美化上有点夸大，但毕竟是反映了中国传统社会中的一角。这是表示中国的电影，快从"上海衖堂衕文化"中、"香港骑楼文化"中解放出来，以面向故国山河的本来面目，这点进步也不可忽视。

但是，仅就电影自身说，黄梅调却是它虽十分经济，而却又得到很成功的大秘密之所在。我说它"经济"，一面固然是就拍电影的老板而言，花在本片上的本钱，可以猜想到是相当的少。更重要的是，向人性深处的发掘，转往在故事上需要更多的曲折，在演技上需要更深地刻画。这只要想到《孤星泪》及《罗密欧与朱丽叶》，便可以了解。梁山伯、祝英台的故事，并不太曲折，中间没有什么奇峰突起的惊人之笔。而凌波及乐蒂的演技，虽得到相当的成就，尤其是凌波，但也只能说是够水平，而不能说突破了目前的水平。然则它所收到的感人的效果，是从什么地方来的呢？我认为主要是从黄梅调来的。黄梅调代替了故事发展中的曲折，并大大地帮助了演员的演技。隐藏在此一故事后面的，是纯净之爱的深厚感情；把此一深厚的感情表现出来，是此一影片的基本任务。西方有位文艺批评家，曾经有下面的一句话："人藏在内心的感情，不是写出来，说出来的，而是唱出来的。"（大意如此。）唱的腔调，即是感情自身的体现；也可以说，"腔调"即是感情的自身。京剧已经经过了太多名伶的发展，它的腔调太复杂，太高级了。它是向音乐接近的美，和自然的语言距离太远，不能配合到寻常的生活动作中去。黄梅调完全出自黄梅的民间，它的腔调，反映出民间自然流露出的素朴的感情，而又与自然的语言相去不远，所以把它融入到电影的动作中去，使戏剧化与现实感，容易得到谐和；而剧情内所蕴蓄的深厚感情，便很自然而然地通过此一纯朴婉曼的腔调，表现了出来，大大地增加了演技的效果。这才是此一电影能赢得许多人的眼泪的真正原因之所在。试想，若把这些腔调，完全改成普通的语言，恐怕老板的经济算盘，便立显得很寒酸；而凌波、乐蒂的演技效果，便也要大大地打上折扣了。因此，我认为电影上"起用"了民间故事，并把民间的黄梅调融入到里面去，已是中国艺术的一大发现。

在艺术心灵早已枯竭了的人的面前，什么地方也找不出题材，穷固然没有办法，富也同样没有办法。

一九六三年五月二十八日《征信新闻报》

永恒的幻想

　　人类是生活于真实之中，同时也是生活于幻想之中。

弗洛伊德对现代文学的影响

一

弗洛伊德（Freud）的精神分析学，在心理学的范围内，已经有不少的修正；大概现时的心理学家，只会把他当作一位深层心理的启发者，恐怕没有一个人会完全承认他所得出的结论。但对于在心理学的范围之外的一般文化而言，尤其是在作为人自身表现的文学艺术而言，则不追溯到弗洛伊德的精神分析学，便对当前文学艺术的趋向，几乎无法作合理的解释。而且这种趋势，正在方兴未艾。这是值得稍作探讨的。

弗洛伊德的精神分析学，把人的精神分成三个部分。在人的生命最内层的，是无意识界；它有如水面下的冰山，为人平时所不觉，但它却是一个最大的潜力量的存在。人的梦，是无意识的显露；在正常情形之下，人只有通过梦而可以与无意识界接触。

在无意识界的上层是意识界，亦称为"自我"。意识的活动，主要是将向上浮起的无意识，作与环境是否相适应的较量，而将其与环境冲突的，抑压下去，以维持社会生活的秩序。但这乃是利害上的较量，是属于功利的性质。在自我的上面，乃有所谓"超我"，即一般所说的良心，这乃伦理道德之所自出。意识与无意识能保持调和的，是正常的人；失掉了调和而不断发生抑压与反抗的冲突的,便成病态。弗洛伊德氏上面的分析,与一般传统的观念,似乎并没有多大出入,然则他的问题是出在甚么地方呢?

二

首先,弗洛伊德所说的无意识,不仅是以性欲为其内容;而且他把性欲强调得太过,认为小孩子的吃奶、吮手指头,都是一种性的行为;由此类推下去,他构成了"唯性的人生观"。这不仅抹煞了人生其他方面的意义,而且他的这种结论,只是由过分的推论而来的夸大的解释,不能算是真正的科学。

其次,弗洛伊德以为人生的幸福,第一为爱美。而美的魅力,都是性的第一属性。所以人的生活,及由生活所生出的文学艺术的作品,都是性欲采取某种转型而加以升华的。例如文艺复兴时代的大画家利俄阿托所画的女人像,完全是纯洁的,并看不出有一点性的气氛;而在利俄阿托的遗稿中,很明白地拒绝了一切属于性方面的东西。但在弗洛伊德看起来,认为他依然是受有变态性欲的影响。这样一来,便形成了他的"唯性的文化观"。

还有,弗洛伊德虽然承认在无意识界之上,有意识的自我,及良心的超我;但在他的排列顺序上,无意识界才是一个人的生命的根源;而意识、良心,都是漂浮在生命之上,不足轻重的东西。并且他用"自由联想"的方法,把一个神经病人受了抑压的无意识界,解放出来,成为精神治疗上的重要方法;则任何人的无意识界的解放,为甚么又不算是人的生命力的解放呢?为甚么这种生命力的解放,不算是使人得到了不受抑制的更为自由之姿呢?弗洛伊德本是以病理的变态,作为了解人生奥秘的锁钥的。他的思想能向文化方面广泛地浸透,大概在这种地方可以找出它的理由、经络。

三

直接受精神分析学影响的小说家，首先应当数詹姆士·乔易斯（James Joyce）。他读尽了弗洛伊德的著作，而加以消化，*Ulysses* 是他的代表作。他在此一小说中，采取"意识流"的内心独白的形式，成为第一次大战后心理主义文学的代表。劳伦斯（D.H. Lawrence）也非常受弗洛伊德的影响，他写下了《查泰莱夫人的情人》《儿子与爱人》等小说，以讴歌无意识的性欲，激烈反抗由因袭而来的文化，描写原始的健康性的胜利。

在上述两人以外，直接间接受了弗洛伊德影响的文学家、艺术家，不可胜数。但这也并非说弗洛伊德学说的自身，真有这大的魔力；而实在更有文学自身的问题及时代的问题，作其强大的背景，因而因缘时会，大家便不知不觉地都在时代的十字路口上碰上了面。

从文学自身上说，想把潜伏在人的内心深处，平时不为人所注意的东西，明白地表现出来；或者抓下世人伪善的假面具，而暴露其披毛戴角的原身，这是文学家亘古以来所共同努力的方向之一。精神分析学的思想与方法，可以说是对人生暴露的一种技术。此种暴露技术，在医学上的临床效果，远不及给与文学家的启发性为大，可以说是当然之事。

在文学的表现技巧方面来说，十九世纪欧洲的自然主义的文学，其描写的手法，到了福楼拜（G. Flaubert），可说已经达到了极致，也可说已经成了定型。要从这种定型的停滞中逃脱出来，以另开新境，这便是二十世纪初想在心理的、感情的、神秘的领域中，探索出为自然主义所不曾达到过的手法技巧的象征主义。当前感受弗洛伊德很大影响的心理主义的文学，从表现技巧上说，也可以算是象征主义探索工作的继续。

更重要的是，十九世纪以来，由资本主义的烂熟所暴露出来的资产阶级生活的腐烂，使敏感的文学家感到传统道德伦理的虚伪。而经过两次大战以后，更使人感到传统文化的脆弱，破坏的残酷；再加以面对人类随时可以完全毁灭的第三次大战的恐怖，于是人们除了沉透到自己的深层心理中去，以把握住一个原始而幽暗的内在生命，以为人生的实体以外，觉得更没有甚么值得相信的东西，更没有值得依恃的力量。弗洛伊德之所以成为这一悲剧时代的宠儿，在这里更可以找出他十分的理由了。

一九六二年四月十六日《人生》第二十三卷第十一期

泛论报纸小说

报纸以服务社会大众为目的，大众需要小说，所以小说便构成报纸中重要的部门。但报纸上到底需要怎样的小说？这是报纸的编者、作者、读者，都应当加以考虑、反省的问题。日本《朝日新闻》在本年三月十九、二十两天的第十二版，发表了三篇"期待于悬赏小说"的文章，正如石川达三所说，这是对于应选者的一种忠告或暗示，我觉得可以供大家的参考。

报社出很高的代价，并聘请对小说真正有研究的人作评判委员，以征选理想的小说，这一方面是为了宣传，而更主要的则是为了对大众的责任感、对文化的责任感。大众看小说，是为了娱乐。而娱乐乃是最自然、最富有浸透性的教育，许多文化上的东西，对人生常只发生局部的影响；而小说、艺术，若对社会、人生能发生影响，那便是整个的影响，因为它在无形中有种诱导、转移的力量。一个人人格的塑造，就一般人来说，尤其是就青少年来说，多由这种诱导、转移的作用而来。假定要通过报纸，而多尽点对大众在文化上的责任，则提高小说水准，乃是必须采取的措施。而日本第一流的报纸，多年以来，几乎不断地采取这种措施。

三月二十日川口松太郎《怎样使人快乐》的文章，完全是从作为新闻小说的技巧上着眼。新闻小说之所以特别难写，他认为在每天约一千二百字的发表字数中，总应装有可以使读者满足的东西。并且在完成以后，依然还要有文学的价值。主要的读者是家庭主妇，头三天看得没有趣味，第四天便不再看，这便影响到销路。他主张新闻小说应找出任何家庭中也会存在的极普遍的现象，掌握住使每一读者都可以引起共感的主题，这才是新闻小说成功的起点。

川口氏的文章，对问题也只算有起码的提出。三月十九日池岛信平的《希望个性的脊骨》的文章，似乎说得比较深刻一点。作者首先提到"吉川英治赏"第一回受赏时，作为评选委员之一的丹羽文雄（现代日本名小说家）所发表的评选经过。丹羽氏先谈及过去"芥川赏"的评选。因为作者的水准已经提高了，选择很不容易；最后不以作品自身的趣味和写作的技巧作选择的基准，而以作者所能保有的新鲜感，及强烈的个性为基准。"吉川英治赏"的评选，则以题材的特异性和作者的坚强个性，能给读者以感动，作为入选的基准。

池岛氏接着指出日本战前的文学青年大约有五万人，战后大约有二十万人。各种作品虽多，但除了那些陈腔滥调的恋爱、战争的小说以外，在流行一时的推理小说中，看不出可以唤起"知的共感"的推理小说，也没有能唤起从内心发出哄笑的讽刺小说，并且也找不到温暖而锐敏的真正幽默小说。为什么写不出这种作品？

他认为这要通过一根脊骨，即是希望有强烈的个性浸透于作品之中，才可达到上述的要求。而他对个性的解释是"不是那样的人，便写不出那样的小说"。他更引十多年前坂晏吾对辻亮一的《异邦人》得"芥川赏"时说的下面的一段话，以作他文章的结论："像这样好的小说，不是辻亮一这样的个人，便不会写出的。辻君写了这一作品后，可能不会再写。然而这岂不是很好的事吗？因为小说便是这么的东西。"而辻亮一以后只过薪水阶级的生活，真的不曾再写什么。在三篇文章中，真正有分量的，恐怕要算石川达三的《新的发见与主张》；这从该报的编排看，大约也特别重视这篇文章。石川氏首先不很赞成新闻小说有什么不同于一般小说的特别创作技巧的说法。他认为作者不应当和新闻小说的大众性，及发表方法的特殊性相妥协。他认为大众并不喜欢谄媚他们的作品，而是希望看到由作者个性的强烈意志和主张，能唤起读者共感的作品。最低限度，"想迎合大众兴味的妥协意识，不过是一种堕落"。同时，作者固然要考虑到由每天发表的字数限度而来的技巧上的要求，但更应考虑到印成单行本后，还能成为一部首尾一致的完整小说，他"不很看重'报纸'这一事实，报纸不过是发表作品的地方"。作者"不是服务于报社，而是服务于读者。并且真正服务于读者的事，决不是与读者妥协的事"。他认为没有经验、基础、素养的人，不能写长篇小说。而写长篇小说"比基础、素养更重要的是明确的主题，即是想写什么、想说什么的这种事情。主题应当尽可能地是属于作者自己新的发见，为以前任何人所不曾写过、说过的"。他认为画家可以反复使用同样的技巧，而文艺创作必须是创造。要有新主张、新发见。"有发见，才可以执笔。"新发见又谈何容易呢？石川下面的话，更富于启发性。"小说，都是人与人的关系。一个恋爱，由某种看法是平凡的；但换一个角度，却是特殊。一个杀人事件，社会多认为是非常事件；但若更深入到当事者的内层去看，可能发现是意外的平凡而普遍的事情。这即是所谓 roman（长篇小说）。所谓 roman 者，我以为指的是从非常中发见出普遍的东西，从普遍事物中却发见出特殊性格的这种事。在主题中抓住这种发见而加以掌握，我觉得这在构成作品上是极大的要点。"

一九六三年四月十四日《华侨日报》

偶读偶记

其一

我写过一篇《韩偓诗与〈香奁集〉论考》的文章（见《民主评论》十五卷四、五两期），从版本、韩偓的平生及其诗体等，考证出《香奁集》中虽收有韩偓一部分的诗，但作为一部"诗集"来说，与韩偓并无关系。并且考证到即使是出自韩偓所手录的"韩偓诗"，也杂有他人的诗在里面。其中有的证据很明确，如《大庆堂赐宴元珰而有诗呈吴越王》七律四首、《御制春游》及《过临淮故里》《江南送别》等诗是。其中也有是出自推论的，如《大酺乐》《思归乐》两首五绝是。我对《思归乐》这首五绝是这样写的：

《思归乐》的五绝是"泪滴珠难尽，容殊玉易销。傥随明月去，莫道梦魂遥"，这是女人的口气，也不可能是韩偓的。

作我推论的大前提的是，因为这首诗虽然《四部丛刊》的影印日钞本、《全唐诗》及《关中丛书》中的吴校本皆有，但中央图书馆所藏的两种钞本皆没有。但这毕竟是一种推论。我每夜在上床而尚未入睡时，常常拿一本文艺学术之类的书，随意翻阅，翻阅不到一两页便睡着了。最近我又再拿[明]杨慎的《升庵诗话》来翻阅。昨夜（六月二十日）翻到卷八"袁伯文诗"一条，使我不觉惊喜。这条中间有一段如下：

"泪滴珠难尽，容残玉易销。倘随明月去，莫道梦魂遥。"张文收《大酺乐》也……数诗少时爱而诵之。然诸选皆不收，何见耶？

这分明即是误收到韩偓诗里的一首诗，我的推论得到证明了。但我有一个经验，凡是没有经过追查根柢的话，哪怕是出自名家，也常常靠不住。例如我写这篇《论考》的时候，找到[明]胡应麟所引的《诗话总龟》上的一段话，很可作为我于此问题的看法的有力证据。但两次从头到尾检阅《诗话总龟》的结果，发现胡应麟是误记了，因而他的话成为"伪证"，只好抛弃不用。何况杨慎的援引典籍是有名的便宜主义。而张文收这个人，一向对他毫无印象，这又从什么地方能为杨慎的这段话找到印证呢？

今早（六月二十一日）一起来便翻检《全唐诗》，发现第一函第八册中居然有张文收的名字，急加检阅，它的记载如下：

张文收，贝州人，善音律。贞观初授协律郎。咸宁中，迁太子率更令。撰《新乐书》十二卷，存诗一首。（七页）

所存的一首诗，正是杨慎所引的一首，称为"大酺乐"。再进一步查检，则新、旧《唐书·张文瓘传》中，皆附有《从弟张文收传》。"大酺乐"是乐章的名称。张文收是"协律郎"，他为此一乐章作了一首五绝的乐辞，是很合理的。而乐辞的内容，不必与乐章的名称相同，则这首绝句可能原来的名称是"大酺乐"；后来有人把这一首孤零的诗，收入到韩偓诗里面去，望文生义，便改为"思归乐"了。而《升庵诗话》及《全唐诗》"张文收"

项下皆为"容残玉易销",在韩偓诗中则皆变为"容殊玉易销","殊"字当然是"残"字之误。这首诗的根柢到此才算完全弄清楚。初唐人的一首诗,经后人编进晚唐人的集子中去,我想这不是唯一的例子。安得有人能费力将这类的"浑诗",都加以清理呢?

其二

因为我偶然发现李义山一生是吃了他的岳家的苦头,许多诗是因此而作。可是过去的人,却把这类的诗,都扯到他与令狐绹的关系上去加以解释,这便影响到对他整个的人格和作品的评价。所以我便写了一篇《环绕李义山〈锦瑟〉诗的诸问题》的长文(已印成单行本),想对此加以澄清。此一新说,虽然推翻了千余年的传统说法,但在考据上是可以站得住的。只因过去做这一工作的人相当地多,积非成是,一时不易打破若干人的成见。台湾最流行的一部文学史,谈到李义山时,却引用了一个"造谣式的考证"便交代过去了,真可说是莫名其妙。

我在上述的一篇文章中有下面的一段:

在义山诗集中,有四首崇让宅(其妇翁王茂元在洛阳住宅)的诗……其中不仅没有一句欢娱的话,而且每一首中,皆可感到其含有难言之恨。而这种难言之恨,若与义山所作的令狐氏晋昌宅的诗相比较,则崇让宅之对于义山,实更为黯淡……

在我的文章中,四首崇让宅的诗,我分析了三首。下面的一首,我尚未分析过。

临发崇让宅紫薇

一树浓姿独看来，秋庭暮雨类轻埃。不先摇落应为有[冯注：因为有我来看，故不先摇落耳]，已欲别离休更开。桃绶含情依露井，柳绵相忆隔章台。天涯地角同荣谢，岂要移根上苑栽。

纪晓岚对上诗评谓："此必茂元亡后，而不协于茂元诸子而去也。其词怨以怒。"纪氏对此诗所感受到的气氛，与我的看法是互相印合了。惟谓此诗为其妇翁王茂元死后之作，则或有问题。茂元死于武宗会昌三年癸亥，据张谱，义山此时应为三十二岁，正居母丧。此后移居永乐，住了四年，与王家没有来往。一直到宣宗大中元年丁卯，义山三十五岁，才随廉察桂州的郑亚为书记，此时有经过洛阳崇让宅的可能。若如纪氏之说，此诗当作于此时，但就诗的情景看，则冯皓将此诗系于开成五年庚申，时义山二十九岁，为婚后之二年，当更为恰当。因开成四年己未，义山释褐为秘书省校书郎，旋调补弘农尉。五年，王茂元自泾原入为朝官，而义山于是年南游江乡。其翁婿不相得之情形，显然可见。故此诗之"临发"，应指离洛阳南游而言。紫薇以喻其妻。第五句喻王家其他子婿之得到庇荫，第六句言与其妻之别离。末联言人生荣谢，到处皆同，无向王氏依草附木之意，正如纪氏所说的"其词怨以怒"了。

又义山诗有《房中曲》一首，其为悼亡之作，诸家无异辞。惟末四句"今日涧底松，明日山头檗。愁到天地翻，相看不相识"，诸注释家因昧于义山与其岳家王氏之关系，故皆不得其解。"涧底松"系义山之自喻。"山头檗"之"檗"为黄木，其味苦，唐人常以檗喻人生之辛苦。所以施肩吾《下第》诗有"羁情含檗复含辛"之句。"今日""明日"，乃所以表现时间及情景之变换。"天地翻"指其妇翁及其妇之已死。故此四句应作如下之解释：

今日涧底松：在未婚将婚时，义山自视为涧底之松。王家亦以此相视。

明日山头檗：既婚之后，因王茂元听谗而加以疏远，致令一生辛苦，有如山头之黄檗。

愁到天地翻：由此而来之愁，一直愁到岳死妻亡，有如天地之翻覆。

相见不相识：而彼此之间，始终是虽然相见而不能互相了解。

我想，上面的解释，应当算是很顺适的。并且与诗一旨贴切，一气贯下。但朱彝尊氏却引左思"郁郁涧底松，离离山上苗。以彼径寸茎，荫此百尺条。世胄蹑高位，英俊沉下僚"诗作解；但问题是出在檗是木，苗是草，二字从无相通之事。若义山易"苗"为"檗"以凑韵，他的表现能力便大成问题，不能成其为李义山了。且对悼亡而言，也未免意泛而情不切。义山有许多诗，恐怕只有顺着我的看法，始可作顺理成章的了解，此亦其一例。

一九六四年六月廿一夜
一九六四年七月十六日《中华杂志》第二卷第七期

永恒的幻想

一

在许多民族中,月亮是至美的象征。尤其是中国,该有多少诗人、词人、画家,把各种各样的感情,和月亮交织在一起,而创造出无数的文学、艺术的作品。现在由探月工作得到了初步的成功,虽然人飞降月球,大约要在两三年之后,但它的面貌,不仅不是至美,而且是非常之丑,则已经是可以确定的。于是伊朗有位诗人发出深重的叹息,认为至美的象征破灭了。

其实,环绕于月亮的许多传说,都是由直感所发出的一连串的幻想。知识的进步,使人类许多幻想,都一个一个地破灭。但这种破灭,决不会减少某一已经破灭了的幻想,在历史为人类所达成的价值。并且,知识尽管进步,但新的幻想也会不断地出现。人类是生活于真实之中,同时也是生活于幻想之中。真实是永恒的,幻想一样也是永恒的。这应当作怎么的解释呢?

二

在中国古代,太阳在人心目中的宗教性的地位,不仅较月亮为重要,而且由"夏日可畏""冬日可爱"之类的话来推测，似乎较之于月对人有更多的亲切感。《淮南子》谓"月中有物者，山河影也，其空处海影"，这是二千年前的素朴的合理推测。但阴阳家和纬书，却一步一步地把它神化起来。例如《易·乾凿度》只说"月三日成魄，八日成光，蟾蜍体就，穴鼻始萌"；这里说的只是地上的蟾蜍。《春秋演孔图》却说"蟾蜍月精也"，便一跃而成为月里的蟾蜍。《楚辞·天问》只说"顾兔在腹"。《五经通义》便说月中有兔与蟾蜍，是表示"阴保为阳"。《淮南子》上说羿妻姮娥窃食不死之药，"奔入月中为月精"，这是月亮真正美化的开始。张衡《灵宪》却说姮娥窃药奔月后"是为蟾蜍"，这把蟾蜍也大大地美化了。傅咸《拟天问》中说"月中何有？玉兔捣药，兴福降祉"，把兔说成长生不老之药的制成者，它自然有了更大的吸引力。虞喜《安天论》说"俗传月中仙人桂树"，此说到后来大大影响了应举的士子，使他们"有心欲折月中桂"。《十洲记》说"月养魄于广寒宫"，此后便成为琼楼玉宇的理想建筑的象征。《酉阳杂俎》说河西人吴刚，学道犯了过失，便罚到月中去砍那一棵伤而复合的桂树，这便在一千多年前，中国已先美苏而在月球登陆了。上面的一堆神话，恍惚迷离，连可资推论的理路也没有。但月之成为至美的象征，却是以这些神话为基础所建立起来的。骚人墨客，不会有一个人认真地相信这些神话；不过，他们人世的悲欢离合，都自由活动于这些神话之间，通过对月的幻想以暂时得到感情的满足，则又是不可否认的事实。

　　如实地说，幻想的根源是感情。感情自身，不须要理性的真实；所以尽管月球的"丑八怪"的面目，被科学家暴露出来了，但只要它的清光常在，圆缺有时，便依然会使骚人墨客，对月兴怀，不妨与一连串的幻想结合在一起。即使对月的幻想，因探月的成功而消失了，人类也会把幻想移向新的对象上去。只要是人，便会有感情；感情是永恒的，由感情所发出的幻想，也是永恒的。

三

人类最多的幻想，是活动于文学艺术领域之内。至于宗教，系以幻想为生命，乃历史上无可争辩的事实。宗教的神迹，人在理智上加以拒绝，却时时在感情上加以保存。在道德方面，立足于思辨形上学的西方理性主义，其中富有幻想的成分，固不待论。即使在立足于实践的中国道德思想中，也未尝没有若干幻想。"天命之谓性""上下与天地同流"这类的说法，其中有推理及精神的根据，不可谓之幻想。但孔子生时，已有人认他为生知之圣，这便是一种幻想，所以孔子便申明"我非生而知之者"。不过《中庸》依然说"或生而知之"，这便是幻想的延续。又说，"诚者不勉而中，不思而得，从容中道，圣人也"，这是孔子"七十而从心所欲，不逾矩"的到达点；把这说到孔子七十岁以前，也不能不说是出于幻想。

杂着幻想所建立起来的圣人，这也出于人类追求至善的意志；人性中含有道德理性，便可以产生这种意志。"至善"，也或许和"至美"一样，对现实而言，只能称为幻想。但对至善至美的追求，是人从现实中升进的一种力量；因而由艺术理性及由道德理性所发出的幻想，不是与真实相冲突，而是要求人发现更多更大更深的真实。幻想之与理想，其间常相去不能以寸。人不可完全生活于幻想之中，这是容易了解的。但人若完全生活于现实之中，没有一点幻想，这将成为冷酷、机械、没有将来、没有社会。这种纯现实的人，其所给予人的生活上的不安，及对人类前途的威胁，较之有过多的幻想的人，或更为严重。所以我在这里特提出幻想的永恒性。

一九六六年四月《东风》第三卷第七期

白话、白话文、白话文学

"白"是"道白""说白"。"白话"是口里所道白的话。把口里所道白的话，用文字写了出来，此即所谓白话文。以文学的目的来写，并且写出了以后，也值得称为文学作品，此即所谓白话文学。白话、白话文、白话文学，是三种层次不同的断面。

因为有听的人，才会开口说话。所说的话，是说者与听者互相了解的桥梁。所以同是白话，也有好坏之分。最基本的衡量标准，就是作为桥梁的效率。人的理性虽然具有自然的条理，但说者系不知不觉地通过由自己的愿望而来的感情，才把话说了出来的；听的人，也是通过自己的感情才听了进去。感情是委曲万端的，理性所通过的感情，假定很调和适当，便可增强理性的力量，也即是增强了桥梁的效率。否则感情成为理性的障蔽，反增加彼此间的鸿沟。春秋时代，还没有现代文学创作的观念，当时所追求的是语言艺术。到了战国，便出现了今日的所谓文学活动。但纵横之士，还是凭借语言艺术。所以孔门四科中的"文学"，指的是一般书本上的学问，"语言"一科才具备今日的所谓文学的性格。

"我手写我口"，这便是白话文，但事实上并非如此简单。听者的对象、空间、时间，是有限定的。但阅者的对象、时间、空间，是没有限定的，能在有限定的对象、空间、时间中，完成桥梁的作用；未必就能在没有限定的对象、空间、时间中，也能完成桥梁的作用。更重要的是，在用口说的时候，十句话中，总有几句说得并不完全，但依然可以使听者听懂，这是因为得力于说话的神情、姿态、口调等的帮助。把说得并不完全的话，照样写下来，而失掉了那些帮助，便不能使阅者看懂。因此，白话文并不是"我手写我口"；而是要把我口回到我的心里，重新经营一番，才可以写出来作为写者与读者的桥梁的。今日所流行的录音讲演，在许多情形之下，是先把文字写好，再翻成口说的。由此可以了解，要把白话文写好，不是仅靠说话时下功夫，而是要在文字的组织上下功夫。年轻人下功夫的方法，便是把一篇短文写好，摆上两天三天，每天念一遍，改一遍。"这样写够明白吗？""这样写够顺畅吗？"有的地方啰苏，有的地方感到欠缺，有的地方感到晦涩，有的地方感到疲软。进一步，某一句多了一个字，某一句少了一个字，同样的意义，用彼一字，不如用此一字，较为显豁，或蕴藉，这在自己隔天（或隔半天）一念中，多可以念出来的，念出来了，便拼命改。下笔以前不经营，下笔成篇以后不修改，再是天资高的人，也不会写好白话文的。

　　白话文，写得好，可以说有某种文学的价值，但不是狭义的白话文学。并且现在社会流行的是白话文，但在今日要成为一个文学家，却比白话文没有流行以前，困难得多了。因为在白话文未流行以前，文言文只流动在少数人的圈子里，物以稀为贵，只要人能把文言写得通顺，或者大胆地把自己所想的故事，用白话写了出来，社会上便可承认你是一个"文人"，亦即是一个"文学家"。但今日教育普及，能写白话文的人太多了。因为这一"多"，淘汰性便较之过去特别大，社会的承认率更较之过去特别难了。

　　要成为一位白话文学家，基本条件当然是要能把白话文写好。但仅把白话文写好，并不能就算是一位白话文学家。白话所以成为文学，必须在作品中有更新、更深、更厚的文学内容，为一般白话文所不及。这便涉及到文学家的修养问题。文学家也和一般学问家一样，永远要保持新鲜的感觉。但一般学问家的新鲜感觉的对象常常是限定在某一门学问的自身，而文学家的新鲜感觉的对象，常常涉及于活的人生、社会。因为有这副新鲜感觉，便对自己的生活及生活的周围，都能发生兴趣。由有兴趣而观察下去，思索下去，便能在极寻常的事物中，发现出一般人所不曾，或不能发现的意味。顺着这种发现的意味，驱遣熟练的白话文写了出来，这便是文学作品。但这只有轻视世俗的名利，永远保持一颗天真无邪之心的人，才可以做得到；所以今日白话文虽很流行，而白话文学作品，却少而又少了。更深入下去，值得谈的问题更多，就说到这一点为止。

一九七一年七月一日《文学报》

敬答中文大学《红楼梦》研究小组汪立颖女士

一

不论以甚么典籍作对象，指导学生做研究工作，目的都在训练学生治学的方法。而治学方法的获得，必须以对知识的真诚为先决条件。目前台湾许多研究机构，变成了帮会组织的性格，便是缺少了这里所说的先决条件。

一九六七年上季，我在新亚书院新亚研究所当了五个月的客座教授，发现潘重规先生还是以他《〈红楼梦〉新解》的观点，指导他们成立的"《红楼梦》研究小组"（以后简称"红小组"）。因为我曾当过黄季刚先生的学生，而潘先生则是黄先生的东床佳婿，总算彼此间有点关系，便有一天约在九龙太子道一家咖啡馆内饮咖啡，劝他放弃这种没有任何直接间接证据的观点，顺着不断发现的资料，很平实地指导学生做点研究工作。把各种不同版本加以详细校勘，也是我这次提议的，但潘先生对自己的观点持之甚力。并且在他的做法与谈话中，了解他所以成立"红小组"，便在推销他的观点。我不是研究《红楼梦》的，尽到一点规劝之义也就算了。

去年十二月，我在《新亚学术年刊》十三期上，看到潘先生《〈红楼梦〉的发端》大文，以甲戌本"发端"的五条凡例，证明《红楼梦》不是曹雪芹所作，而是明末清初的"石头"所作，或者称为是一位"隐名人士"所作。这五条凡例，即是出于这位"石头"或称为"隐名人士"之手；最低限度，也是出于与这位"石头"有密切关系者之手。我读完潘先生大文后，最使我起反感的是潘先生治学态度的"过分不诚实"。一个人，在用自己的姓名，写文章公之于读者，尚且用过分不诚实的态度，谁能相信他在单传密授地指导学生时，能用客观而诚实的态度？我素来是同情学生的，所以便在《明报月刊》七十二期上，发表了一篇《由潘重规先生〈红楼梦的发端〉略论学问的研究态度》一文（以后略称"原文"），希望对天真无邪的学生，发生一点抢救的作用。此文所以用我的内弟王世禄的名字，是因我和潘先生很熟识，在中国的人情上，留点儿见面的余地。

此文刊出后，"红小组"的蒋凤、汪立颖两位女士找我，我顺便回请她两位在一家北方馆子里吃水饺。两位实际已猜测到这篇文章是我写的，以很愤慨的情绪向我提出质问；当时蒋女士最愤慨的是文章中"潘先生已经是六十多岁的人了"的一句话；汪女士愤慨的是什么，当时还未能说出一个所以然来。但我已经预感到，这次"红小组"又要出阵了。

这些年来，潘先生的宣传、护法等工作，都是由"红小组"出面。此次汪立颖女士也是以"小组的分子"而出马，她在《明报月刊》七十四期上刊出了《谁"停留在猜谜的阶段"？》的大文。她在大文中强调了"红小组"的声势，并且通篇以悍泼之笔，发挥了"红小组"的威风。她要我"自己扪扪尚在跳动的心，是否会觉得'未免太残酷'呢？""王君满纸这一类自欺欺人的瞽说"，"明显地暴露出王君在研究工作中的观念不清的毛病"。"王君必须先将自己的思想滤清一下"，"这一派不伦不类的比喻"等等。当汪女士为了准备写有关中国哲学史方面的论文时，曾几次找我商讨，我真没有发现她有这样大的威风。潘先生高骑在这种威风的上面，俯视徐某被他的"红小组"的一员女将狠揍一顿，他的至高至上的声势，愈见烘托出来了。但是，这种法宝，对学术来说，是没有效果的。学术的是非，是决定于证据与推理,并不决定于声势。尤其我一生是不害怕声势的人。因此,我对于汪女士的大文,还是要答复一下,大概不致于像某先生在南洋大学的教室里挨到鸡蛋吧!

二

汪女士的大文首先是说我"攻击潘先生的态度是'不诚实'",但我的文章却犯了汪女士如前面所指摘的许多罪名;总之一句,我的文章便是不诚实。我诚实不诚实,后面提到汪女士的"检讨"时再说。首先我要请汪女士注意的一点是,我在原文中所提出的潘先生治学态度不诚实的许多论证,在这篇大文中,并不曾作明确的解答。即是在汪女士这篇大文中,并没有去做她应做的工作。

我所谓治学态度的不诚实,是有一个界定的:"……但如若(对材料)大量地断章取义,大量地曲解文意,这便是态度的不诚实。假定更进一步,抹煞重要的与自己的预定意见有相反的材料;而只在并不足以支持自己的预定意见,却用附会歪曲的方法,强为自己的预定结论作证明,这便是欺瞒,便是不诚实。"我不知道汪女士同不同意这个界定?如同意,则我再请汪女士注意:在我原文第二节中,所提到的明义《题〈红楼梦〉绝句二十首》的小序"曹子雪芹出所撰《红楼梦》……"这是曹雪芹还未死时所作的。永忠《因墨香得观〈红楼梦〉小说吊雪芹三绝句》,这是雪芹死后五年所作的。这都是论定《红楼梦》作者的第一手资料。潘先生大文中,对于证明曹雪芹是《红楼梦》的作者的许多资料,一字不提;却附会歪曲几条不足为反证的资料,以为他的"曹雪芹不是《红楼梦》的作者"的证据,这在我原文的第二节中,说得明明白白。一篇文章,完全抹煞与自己观点相反的证据,完全用歪曲附会的方法来作自己观点的证据。汪女士要否定这是态度的不诚实，便要针对我原文的第二节各点加以辩护。汪女士对于我原文第二节指证潘先生态度不诚实的许多证据，不能在潘先生的大文中，提出一条反证，这就算轻松地交代过去了吗？

潘先生最不诚实的地方，是对他所用到的资料，哪怕是极明显的文义，都作偷天换日的运用，否则他就是缺乏起码的阅读能力。他的所有论点，都是建立在这种"二者必居一于此"的基础上面。为了节省文字，我这里只随便举点例子。

潘先生的大文，是以甲戌本，尤其是甲戌本的"发端"为他的立足点的。他认为发端的五条凡例，是早在曹雪芹、脂砚以前的石头或隐名人士，或与隐名人士很亲密的人所写。但甲戌第一回：

……空空道人听如此说，思忖半晌，将这《石头记》再检阅一遍……因毫不干涉时世，方从头至尾抄录回来，问世传奇。因空见色……自色悟空，遂易名为情僧，"改"《石头记》为《情僧录》。"至"吴玉峰题曰红楼梦。东鲁孔梅溪，则题曰风月宝鉴。后因曹雪芹于悼红轩中，披阅十载，增删五次；纂成目录，分出章回，则题曰金陵十二钗……"至"脂砚斋甲戌抄阅再评，"仍"用《石头记》。出则既明……

这是对问题有决定性的一段原始资料。我恳切希望读者注意我所作的引号记号，这是解这段文字脉络的关键文字。在"将这《石头记》再检阅一遍"的"石头记"三字旁，有朱批"本名"二字。可知"石头记"是此书的本名，亦即是最早的名称，所以后面说"至脂砚斋甲戌抄阅再评，仍用《石头记》"，此两句上一句开首用一"至"字，下一句开首用一"仍"字；正说明此书的名称，由本名为"石头记"，而经过了几度变更，到"至"脂砚斋在甲戌年抄阅再评的时候，依然"仍"用回"石头记"的本名。这不是说明此书定名的经过是甚么呢？但潘先生对这段材料，或者是装作没有看懂，或者是真正不曾看懂，在他的大文中，发生了两个大笑话。第一，他认为"'红楼梦'是本书最原始的书名"。这在上段文字中，从"至吴玉峰"一句的"至"字看，怎能跳出这种高见？凡例的第一条"此书题名极多，'红楼梦'是统其全部之名也"，这是说吴玉峰就"全部"（百二十回或百一十回）的结局而言，只不过是红楼一梦，所以便为此书取名"红楼梦"。这只是说明"至吴玉峰题曰红楼梦"的用意，在这句话中未含有时间的限定，甚么地方有"最原始的书名"的意思？他又说是"脂砚斋甲戌抄阅再评时，采用'石头记'为书名"，于是他断定"石头记"是脂砚斋所取的书名，而把这一句中的"至"字、"仍"字抹煞掉了。他更引陈仲篪《谈〈己卯本脂砚斋重评石头记〉》的一大段文字，以作为他的"'红楼梦'是本书最原始的书名"的证明；所以紧接陈文后便说："照这样（按指所引陈文）说来，'红楼梦'确是原书原名。"但陈文考证的结论是甚么呢？"它（凡例第一条）证实了曹雪芹生前确曾一度用'红楼梦'作为全部书的总名。"潘先生便以为"确曾一度用"这几个字的意义，即等于"最原始的""原书原名"的意义；这到底是偷天换日呢，还是阅读能力低下呢？

第二个大笑话是，潘先生再三强调"凡例五条文字，是脂砚、雪芹以前的文字"；"根据甲戌本，我们看到第一回之前的凡例和总评（按指凡例第五条），乃是脂砚斋、曹雪芹以前的评语"。这是他主张《红楼梦》是明末清初的隐名氏所作，而不是曹雪芹所作的"唯一"的文字上的证据。但凡例第一条：

是书题名极多。"红楼梦"是总其全部之名也。又曰"风月宝鉴"，是戒妄动风月之情。又曰"石头记"，是自譬石头所记之事也。……然此书又名曰"金陵十二钗"……

据甲戌本，"风月宝鉴"之名是出于东鲁孔梅溪，许多人考定他是曹雪芹的弟弟曹棠村。"金陵十二钗"之名是出于曹雪芹,而"石头记",据潘先生的意见,是定于脂砚斋。潘先生认定凡例五条是脂砚斋、曹雪芹以前的人所写的;为甚么凡例第一条主要便是解释由孔梅溪、曹雪芹、脂砚斋们所取的书名?稍有阅读能力的人,看了我前面所抄的甲戌本的一段话,能得出"凡例五条文字,是脂砚、雪芹以前的文字",因而得到《红楼梦》是明末清初的隐名人士所作的结论吗?这里所说的两大笑话,是汪女士的恩师的"红学"的结晶;他的"坚实深稳的基础",是在这种大笑话的考证上建立起来的。汪女士要为自己的恩师打不平,先应为他解答这种"中心论证"所引起的大笑话。

潘先生此文中所引用的文献,只要经过他一解释,便立刻都露出他这种"二者必居一于此"的马脚。我是以对学术的责任心来说这样的话。细心的读者,可覆按潘先生的原文。

三

现在讨论汪女士指摘我说话不根据事实,即亦是不诚实的地方。

汪女士举出的第一点是"王君说:'这些年来,该小组尚停顿在猜谜的阶段。'"大概我的这句话,是汪女士动笔写文章骂我的主要动机,所以她的大文便标为"谁'停留在猜谜的阶段'?"可是,汪女士!我的原文是"也有人批评这些年来,该小组停留在猜谜的阶段"。难道你不知道王世禄还活在人世,当着活着的人面前去砍下他的一条膀子,或当面抢去他的钱包,而这活着的人便不哼一声吗?你为甚么把"也有人批评"这几个字当着我的面偷掉?不偷掉这五个字,"该小组尚停留在猜谜的阶段",我是转述他人的论断。偷掉这五个字,汪女士便把我转述他人的论断,转嫁为我的论断。汪女士大文的题目,便是由这种"偷龙转凤"的手法而来的。你恩师经常用这种方法，是面对着坟堆里的死人，或者是形格势禁，不能合并在一起的人。而王世禄却是活着的，可以到香港来的人。"其父杀人，其子必且行劫"，难道真是如此吗？

当然汪女士可以追问"你说也有人，是甚么人？"我告诉你，我指的是四近楼主在《明报月刊》六十六期的一篇文章。因为那次你们"红小组"曾出阵去打了一仗，你们自己知道得很清楚，无待我注明。四近楼主的文章，是因为你们在一次展览会中以猜谜作号召而写的，我对此，只作一客观的叙述，并没有表示赞否的态度，并且接着我代潘先生作解释。对潘先生《〈红楼梦〉的发端》的大文，认为"这正是为他的《〈红楼梦〉新解》求证据"。"求证据"便不是"猜谜"。我的文章写得清清楚楚。当然，汪女士的恩师，没有阅读能力，我不应当希望汪女士有阅读的能力。但怎样也不能在偷窃我的文字前提之下来展开向我骂战的阵势。汪女士觉得这是"王君"的不诚实呢，还是你自己因太不诚实以致流于偷窃对方文字呢？

至于汪女士接着摆出《红楼梦研究专刊》已经出版了八种等等；虽然你的恩师运用"夹要人"的方法，把"红小组"和他自己的文章，用这种方法"夹"出来，但印行一些资料，总是好事。不过，我要告诉汪女士两点：第一，你摆出的这一套来，和我所批评的你的恩师的大文，有甚么关系？难道因此便能把由不诚实，或缺乏阅读能力所写出的一句话（当然是指与他的论点有关的）也要不得的文章，改变成为一篇可以站得住脚的文章吗？第二，"红小组"只要是伸张汪女士恩师的"《红楼梦》的作者不是曹雪芹"，而是"明末清初的石头所作"的高见，再过十年百年，也决不能脱离猜谜的阶段，决无任何人能写出可称为考据性的文章。潘先生的高见，是沿袭蔡元培先生的《〈石头记〉索隐》而来。潘先生猜谜的本领，却远在蔡元培先生之下，因蔡先生懂得美术、文学，蔡的大著，经胡适先生批评后，无人能以考据的立场为蔡先生辩解，我断言纵有百十个"红小组"，也永远不能在考据的立场，推翻曹雪芹的著作权的一根毫毛。蔡先生的高处，他可以猜"朱者明也，汉也"这类的谜；但他的学术良知与常识，决不允许他写《〈红楼梦〉的发端》的这类文章。

四

汪女士说我第二点不诚实的，是因为说了"潘先生早出有一本《〈红楼梦〉新解》，此书出后，潘先生挨了胡适一顿骂，且亦未被红学界所注意"的话。对于我的话，汪女士说"但我们亦有权要求王君言行相顾，拿出证据来"。这要求是合理的。我手头并没有《反攻》杂志，感谢汪女士，为我把它影印出来了。

潘先生用潘夏的名字，在臧启芳先生（哲先）办的《反攻》半月刊上发表了《民族血泪铸成的〈红楼梦〉》一文，当时并没有引起一般人的注意。但臧先生把刊物特别寄给胡适先生，要胡先生发表意见，于是《反攻》四十六期上发表了胡先生复臧启芳先生的一封信，这样大家才哄传着胡适大骂潘重规了。我看到这期的《反攻》，当时觉得胡先生骂得太过火，尤其是出之以不屑不洁的口气。如"潘君的论点，还是'索隐'式的方法。他的方法，还是我在三十年前称为'猜笨谜'的方法"，"这种方法，全是穿凿附会，专寻一些琐碎枝节，来凑合一个人心里的成见。凡不合这个成见的，都撇开不问"，"这一句话（按：指潘先生对传国玺与宝玉的关联的话）最可以表示'穿凿附会'的方法的自欺欺人"，"成见蔽人如此，讨论有何益处"，等等。我只引他人说"红小组""尚停顿在猜谜的阶段"，汪女士便用偷龙转凤的手法，向我大骂一通。而胡先生上面的毫不留情的斥责，汪女士却影印出来，以作为她的恩师的光宠；这和被有势者踢了一脚，引为莫大的荣耀，被无势者瞪了一眼，便从寨里一喝而出，刀剑齐飞的黑道江湖情形，有何分别？汪女士说："我们都知道潘先生在一九五一年曾与胡先生展开笔战,当时震动台湾……"(按:所谓"战",是两方对阵交兵之谓);阿Q在土地庙前拿着捆腰用的草绳子横扭了一阵,这也算是"战"吗?"红小组"的组员们在一九五一年,大概在苏州,在香港,还没有离开妈妈的怀抱。我住在台湾,除了偶然笑谈一两句外,从来不知道"震动"了什么;汪女士还在襁褓之中,远在数千里之外,何以能"都知道"这种"震动"?潘先生大概不会无聊到这种程度,拿黄泥当黄金,自己贴向"红小组"来摆阔吧!

我也可以为潘先生打一个"圆场"。对文学艺术的欣赏,中间必定挟带着读者、观者的想象力在里面,也可说总会带有一些猜谜的气氛在里面。但总要以若干可信赖、经得起考证的材料作根据,而不能胡猜乱猜。在二十年后,潘先生所拿出的《〈红楼梦〉的发端》的大文,则是由二十年前的"穿凿附会"的"猜笨谜",进步到偷天换日的考证。这是胡适之先生怎样也想不到的。

我说潘先生的《新解》,"亦未被红学界所注意"的话,汪女士引了下面的材料来反驳:

一是《反攻》杂志编者说潘先生到台湾大学作公开演讲,"听者对潘先生的真知灼见,莫不交口称誉"。我只知道台大的文史系,是胡适先生嫡系的势力范围,其中我有不少的朋友,他们会称誉潘先生的《新解》是"真知灼见",奇谈!

二是李辰冬写给潘先生十分客气的长函,汪女士引来作我的话的反证。(按:潘先生当时出有《民族文选》,以蒋总统的文章为第一篇。)此时大家初避难台湾,惊魂未定,而潘先生有此卓识,所以一炮而红得发紫。再加以潘先生的大文,又是扛着"民族"的大旗;李辰冬要说出自己不同的意见,而又不至于犯上大不韪,所以在信上客气到那样的程度。我没有看到李先生的长信,但从"如果与潘先生的意见完全相左,那也仅只是不同而已"的话看来,他是接受潘先生的高见,还是反对潘先生的高见?

三是茅盾在《关于曹雪芹》的文章中,"特别提到潘先生著的《〈红楼梦〉新解》",这当然是光荣的;但请汪女士告诉我,茅盾是以怎样的口吻提到的?

四是"潘先生出席珐德第十届汉学会议,潘先生提出论文,讨论热烈的情形……使小组同学很为兴奋"。这真是难得。不过我在一九六七年来港时,有两位出席过此一会议的朋友告诉我,当时外国汉学家质问潘先生,而潘先生支支吾吾的情形,使每个出席的中国人都觉得脸红。今年二月二十日早上,还有一位出席过会议的朋友在电话中把这件事告诉我,认为"简直是丢中国的人"。"内外异言",倒令我无所适从了。

其实,汪女士摆出的四般武器,对问题来说,完全是无效的。我所说的"未被红学界注意",是指潘先生的《新解》,没有被红学界任何人引用他研究中的任何一部分,未被认为是在全般研究中有某一部分的贡献。我不赞成胡适先生的自传说,但承认他在全般研究中有许多贡献。我更不赞成周汝昌的结论,但他在搜罗资料等方面,有许多贡献。我批评了赵冈先生的《〈红楼梦〉新探》,但我承认他在全般研究中的贡献。尤其是关于版本的考察,他做了许多细密而突破的工作。此外几十位红学家,总会找出一点来供人参考。汪女士能指出在某一红学专著专文中,曾承认过你的恩师的《新解》,有一点点贡献吗?至于印点资料出来送人情,拉关系,我也是很感谢他的一个。

五

以上把汪女士说我是"自欺欺人的瞽说",一一答复了,假定汪女士肯平心静气地看下来,汪女士加在我头上的帽子,大概要换上一个脑袋吧!

最没有办法的事是,汪女士以后的文章,是根据他们"红小组"在导师潘先生指导之下，对赵冈先生的《〈红楼梦〉新探》，集体检讨了半年以上所得的精英，来和我争论我原文第二节中所谈到的甲戌本的问题。但胡适先生已指出，不能和穿凿附会的人讨论问题，而我偏偏和进步到偷天换日，伟大得有如"爱因斯坦"（汪女士恭维她的恩师的说法）样的人，讨论问题。我万分佩服胡先生的明智。

我不是研究《红楼梦》的人，过去更没有留心到它的版本问题。我在《〈红楼梦新探〉的突破点》，及批评潘先生的原文中，稍微谈到版本问题，主要是得自吴世昌，尤其是得自赵冈先生《〈红楼梦〉新探》，我在原文中交代得清清楚楚。不过我读书比一般人稍为细密一点，所以又直接从可以看到的影印本中来印证吴、赵两先生的说法，而加以条理补充。汪女士说我的此段文章多出于《〈红楼梦〉新探》而未加注明，难说我是抄了赵先生的原文而不加注明，窃为己有吗？你的恩师大文谈到甲戌本处，多出于胡适先生的《考证〈红楼梦〉的新材料》等文，却连胡适先生的名字也不曾提到。汪女士何必玩弄这种"在鸡蛋中找骨头"的把戏？

汪女士把我原文中谈甲戌本的一段节抄以后，接着说："这文字一段，明显地暴露出王君在研究工作中的观念不清的毛病。现在逐点提出，向王君请教。"且看她请教些什么。汪女士说：

第一，将批语出现的时间，来断定正文底本出现的先后，这是将脂评与正文混为一谈的错误观念。

吴世昌、赵冈和我，都不主张用"甲戌本"的名称，因为"甲戌本"的名称乃是因为有"甲戌抄阅再评"的这句话；即认为这本子上的评语，都是在甲戌年所再评的，所以胡适便称为甲戌本。而评语中有许多甲戌以后的话，所以认胡先生的称呼为不当。潘先生则肯定用"甲戌本"的名称，正因为有"甲戌……再评"，便以评（批）语出现的时间（甲戌），作为此底本出现的时间。"甲戌本"一名之所以成立，正由批语的时间而来；汪女士不用这几句话去请教自己的恩师，却来质问我干什么？并且由批语的先后以推论版本的先后，这是考察《红楼梦》版本先后的重要手段之一，稍微有点版本常识的人便不能不承认。难道贵恩师连这点常识都没有吗？汪女士说：

而王君自以为正文与批语的笔迹一样，便是最坚强的证据了，岂不知现在所能见到的各种脂评本皆是过录本，皆是从脂砚斋手中的底本再度过录而成的。过录时当然需人抄写，那么，正文与批语的笔迹，"同出于一个人之手"，又何足以为"不可动摇的论证"？

按甲戌本的正文与批语，不仅皆出于一人之手。并且我还指出正文写得草率的，批语也写得草率；可见每一回的正文与批语，都是由一个人同时抄录的。汪女士提出甲戌本也是过录本，提得非常之好。因为胡适先生相信这是"直接抄本"；贵恩师继承胡说，在他的大文中没有提到这是过录本，所以我也未提到。此一过录本的正文与批语是出于一人一时抄写之笔，说明此一过录本的所有的朱笔批语，皆为他所根据的底本所固有；亦即丁亥、壬午的两条重要批语，皆为其底本所固有；所以不能认为上面的批语，皆出于甲戌。此底本既分明有甲戌年以后的批语，便证明此底本不是甲戌的底本，便不可漫称之为甲戌本。汪女士又说：

王君亦见到"自第六回后，把许多批语，写成正文下的双行批"，则这正可证明加批的时间和抄写（整理）的时间是两件事。从这条线下怎能推得其底本之非出于甲戌年？

假定现时所看到的过录的甲戌本的底本，硬是出于脂砚斋在甲戌年所抄所评的。则脂砚所用以作批阅的底本，必出于曹雪芹。曹雪芹不可能在正文中预先留下空白，让脂砚写正文下的双行批；脂砚本人，也不可能在抄正文时，预先留下双行批的空白。也不可能在用墨笔抄正文时忽然改用朱笔写几处双行批。这些批语并不是批注。因之脂砚甲戌年评阅过的底本，便不可能出现有双行批。底本没有双行批，过录本便不能于眉批夹批之外，自第六回起，出现双行批。现在我们看到的所谓甲戌本，除眉批夹批之外，又出现有双行批，这不能说是出于过录者之手。若如此，他为什么不把许多属于评正文一句两句的批，一起整理为双行批呢？可知双行批为他所根据的底本所固有。底本的双行批之出现，乃系由整理原有之眉批夹批而来。整理之时间，必在原有眉批夹批之后；所以由此可以推知此底本乃出在批书人脂砚斋批书之后，而不能认为即是脂砚甲戌年重批的本子。这种分析，是出自赵冈先生。"红小组"对赵先生的著作，集体研究了半年多，为什么一点益处也得不到呢？

把上面两个证据合在一起，互相补充，汪女士及贵恩师的思想，还不能"滤清一下"（汪女士对我的要求）吗？

汪女士的第二项，说"吴世昌反对胡适之定名为甲戌本，乃是就脂评立论，并未说正文不是甲戌年的底本"；汪女士引吴的一段话中，吴分明说"在这过录的底本中，明明有脂砚斋乾隆甲午（1774年）八月的评语，而胡博士硬把它叫作甲戌（1754年）本"。吴世昌所以反对"甲戌本"的名称，因为底本中有甲戌以后的甲午的批语，因此断定它不是甲戌年的底本，便不能以"甲戌本"命名。吴的意思表达得这样清楚；而汪女士有本领说"吴世昌反对胡适之定名为甲戌本，乃是就脂评立论，并未说正文不是甲戌年的底本"。不连带正文的"脂评"，也可以称为"本"吗？把他人的文义，作偷天换日的使用，汪女士真是潘门一杰。

汪女士又质问了我凭什么可以说"至脂砚斋甲戌抄阅再评，仍用石头记"，是"说明书名演变的经过"；请汪女士多读两遍我前面所录的有关原文好了，不必辞费。我认为"至吴玉峰题曰红楼梦"及"至脂砚斋甲戌抄阅再评，仍用石头记"两句，是"写（原文误作'抄'）此凡例的人特别加进去的"，汪女士问我是"什么推理过程"。因为凡例与此两句，皆为此本所独有。而写凡例的人的主要用心之一，我推测是为了在"石头记"一名大行之后，要保存"红楼梦"的名称，所以凡例首先提"红楼梦"一名的涵义。为了保存此一名称，便须叙述此书名称演变之经过，并说明当时何以只用"石头记"的名称的由来。这在我的原文中说得够清楚。这种"经验推理"，在汪女士的恩师面前可以过关吗？

汪女士又以有正本"原已颇清顺的'多用竹壁'，为何（甲戌本）反要改成不通的'多用竹篱木壁者多'呢？"以此证明有正本在甲戌本之后。（按：未住过产竹的穷乡僻壤的人，便会以"竹壁"为奇怪；所以所谓甲戌本便将"竹壁"改为"竹篱"；因"竹篱"一词远较"竹壁"一词为常见。）甲戌本此句正因"多用竹壁"的"竹壁"一词的生僻，故加以修饰，而未及将"多用竹壁"的"多"字涂掉，过录者照样抄了下来，便变成了"多用竹篱木壁者多"的奇怪句子。此句的奇怪，乃在多出第一字的"多"字。由此一语之多出的一个"多"字，及将"竹壁"改为"竹篱"，正可以看出甲戌本修饰有正本的痕迹。若如汪女士之说，曹雪芹交给脂砚的原文，便是"多用竹篱木壁者多"的"不通的"句子，曹雪芹还写什么小说？胡适先生说潘先生对文字的解释是"恰得其反"，胡先生真看得透。更奇怪的是，俞平伯已举了很多例子证明甲戌本的文字较庚辰本的文字为妥切。赵冈先生《〈红楼梦〉新探》由一二五页到一三二页，由回目的改进，及批语的整理，以证明甲戌本在庚辰本之后，其中有许多不可动摇的铁证。然则汪女士对赵著参加了半年多的集体研究，除了恩师的秘传心印外，一点也不认真看懂他人的东西吗？这也难怪，一认真看懂他人的东西，恩师的法宝便会掉在地下完全失灵了。至于赵冈以有正本为最早，其论证具见于他的大著一一一页到一一四页，汪女士何妨瞒着恩师认真寻绎一下。以潘先生的治学态度与能力去批评赵冈有关版本的错误,可笑!汪女士又扯到所谓甲戌本第一回多出四百二十四字的问题,太超出于你们阅读能力之外,请收回去。

领教了汪女士们的版本知识后,还要提醒汪女士一句,即使甲戌本真是出于脂砚甲戌年的底本,也和你的恩师所说的《红楼梦》的作者不是曹雪芹而是明末清初的"石头"的主张,还相去十万八千里。

我说曹雪芹写开始一段自叙性的文字时的心境,与太史公写《史记》自序中"非所谓作也"一段文字的心境"完全是一样的"。这对于说司马迁作《史记》等于办报纸,自序等于发刊辞的人来说;对于没有史学常识,没有文学心灵的人来说,倒真是"一派不伦不类的比喻"了。

我原文附注的番号,排错了一个地方,承汪女士指出,非常感谢。但因此而汪女士写上三百字左右的教训性的文章,我感到汪女士太辛苦了。至于汪女士说"为存忠厚起见,也不想再说了",我觉得以公开偷窃文字的手法来为恩师骂战,正可表现汪女士的愚忠愚孝,上可格天,决无有伤忠厚之虞的。

我突然记起《西游记》上,有一段说孙猴子大战二郎神,在没有办法时,摇身一变,变成一个小庙;但多出一条尾巴没法安置,只好顺尾巴生长的地方,变成旗杆,竖在庙的后面。二郎神一看,怎么旗杆会竖在庙的后面?便动手去拔那旗杆,于是逼得猴子现出原身来又拼战一番。我看到此,倒真觉得二郎神有点不存忠厚了。猴子被逼得把尾巴变成庙后的旗杆,就应当欣赏一番了事,何必再打?所以我以后除了警惕于前南洋大学中文系某主任之教训外,向"红小组""免战高悬"了。

七二年三月六日于九龙客舍
一九七二年四月《明报月刊》第七卷第四期

老觉淡妆差有味

宋人（一时忘其姓名）有首咏牵牛花的绝句，末两句是"老觉淡妆差有味，满身秋露立多时"。三十年来，不断地想到这两句诗。每一想到，便觉得满身秋露，站在牵牛花前，低徊往复，怅惘不甘的这位老人，好像就是我自己；精神上仿佛澄汰了些什么，感受到了些什么。

淡妆是对浓妆来说的，也是对质朴来说的。浓妆，就时下说，头发堆得很高，眉毛安得很长，眼眶涂得很乌，脸上的妆底打得很厚，耳环吊得很长，唇膏涂得放光，香水喷得使人闻了要发晕，珠光宝气，压上"鸟雀之巢，可俯而窥也"的迷你装；诸如此类，谁能承认这不是美？但这是刺激性的美；这是用化妆品压盖着整个生命，只让生命凝缩到"一点"的美。这种美，对青年壮年人来说，当然成为诱惑，由诱惑而疯狂。但当一个人，由青而壮而老的时候，可能因经过刺激太多，不再感到这是刺激；或者因得到"五色令人目盲"的经验，反因刺激而引起烦腻。偶在街头相遇，浓妆美的担负者对付老人的方法，固然是把眼皮向上一翻；而阅历丰富的老人也仿佛在一瞥一瞬之间，便透视到浓妆里面正包裹着些甚么。此时的味，是胃病严重的人面对着红烧蹄髈的味。质朴是粗头乱服，毫不妆饰。此时的存在意义，乃是一个本来面目的意义，不一定是美的意义。若是以本来面目的意义而又兼有美的意义，这是千载难于一遇的大美。自此以下，可能便把质朴中所蕴藏的美,因粗头乱服而埋没掉了,这会使人世间归于枯槁寂寞,或许可以说人世间是索然无味的。

淡妆是存在于浓妆与质朴之间的仪态。不是不妆,而只是淡淡地妆;既显出了质朴中的美,又决不让化妆品和服装压盖了一个生命的本来纯洁之姿。这是与心灵融合在一起的从容宁静之美,这是没有凸出的横断面,却有深情远意,让人在这种深和远的意境中,暂时突破人世间的各种局限,而通向微茫绵邈、物我皆忘之美。一个满身疮痍的老人,骤然与此相遇,把早应当放下而苦于无法放下的许多纠缠,不知不觉地一时都放下了;使自己的生命,随着美的从容而从容,随着美的宁静而宁静,随着美的纯洁而纯洁;感到草草一生中,只有此时才真正忘记了自己,却真正享受了自己。这种淡妆之美,也是可遇而不可求。而这位诗人,却遇之于墙根架上的牵牛花,使他站在她面前低徊玩味,不惜沾上满身的秋露。而我却遇之于这位诗人的两句诗,使我三十年来,反复微吟低唱,而不知其所以然。谁能从淡中发现美,谁能领略淡即是美,大概才够得上谈中国的艺术,才够得上窥寻中国的艺术人生。

一九七二年五月三十日《明报·集思录》,署名王世高

契诃夫与鲁迅

我的女儿是研究生物化学的。但为了保持每周一封家信,而又苦于无话可说,便常常发表些有关政治、社会、文艺这方面的高见;因为她知道在爸妈面前是真正"童言无忌"的。昨天收到的信,除叙述了因同情"寂寞湖"的名称而去游了一趟,并因此领悟到孔子所说的"仁者乐山,智者乐水"的艺术与道德合一的意境外,又谈到俄国的契诃夫和中国的鲁迅:

最近看了几篇俄国作家契诃夫的短篇小说,对农村生活的描写,可以直接透入读者的骨髓。鲁迅也有这类的小说,比起来却逊色得多;是不是因为在文学天分上有所不及?鲁迅之所以为鲁迅,大概多半因为他能有血有肉地写了那些感时愤世的杂文……

我对契诃夫一无所知,根本无从作比较。对鲁迅的了解是,他出生于沉醉在八股科举制度之下的家庭。这种家庭若不曾出现过能由八股而上透到学问领域的人物,便是最卑鄙、最势利、最无知的家庭。鲁迅能从这种家庭中透出,而发现其愚昧黑暗,并由此以剖视当时在长期科举阴霾之下的社会,而发出愤怒的呐喊,这是他最了不起的地方。这种心理状态,用到统治阶级及与统治阶级密切关联着的知识分子身上,我觉得并无不当。

但从他的前期作品看,他把整个社会,都是安放在这种心理状态之下来加以处理。长大了的闰土,除了可怜可悯之外,再无一点可爱之处。回忆中的村戏,除了糊里糊涂地来往一番之外,再无一点可资回味之处。阿Q本是农村的无产阶级,把民族的弱点,都塑造到一个农村无产阶级身上,当然也不算公平。总之,在他前期作品中,是以不屑不洁的眼光看农村。虽然把握到农村黑暗的一面,但黑暗中的光辉,愚昧中的智慧,对他来说,完全是无缘之物;这便不能真正发现农民的生命,农村的生命。看完他这类作品后,只能给读者以迷惘乃至迷失的感觉。

晚期的鲁迅,他的心灵活动,比较深入了一层,但他的生活已与农村隔得愈离愈远了。同时,我曾经指出过,自卫的意识太强,则客观的伸透与描写的能力,将成正比例地减退。他的创作力的早衰,恐怕和这点也有关系。

一九七二年六月十一日《明报·集思录》,署名王世高

难得糊涂

它所象征的春,正是春的巅峰,而它的凋谢,也正是春的销歇。仿佛春是被它一手包办了。

樱花时节又逢君——东京旅行通讯之一

人事中的偶然，有时也会使人发生一种神秘之感。一九五〇年，我随着一个旅行团体，来日本观光，正是樱花时节。一九五一年，我以名实不符的记者身份来到日本，也是樱花时节。这次假借名义，重到东京，再过十来天，又赶上樱花时节。这三次偶然，难道说我以垂暮之年，竟与异国的樱花，结上了一段不解之缘吗？

一

日本人种樱花，不是占领一片广大的园地，便是夹着两行长长的街道。所以花开的时候，真像天上的彩霞，梦中的仙境；看花人的心情，也随着花海而沉酣、飘荡。宋人有"红杏枝头春意闹"的一句词，许多人认为一个"闹"字，便把杏花的精神，及由杏花所象征的春的面貌，十足地描写出来了。其实，若把"春意闹"三字用在樱花身上，恐怕更为恰当。难怪日本人把它定为国花；而异地的有闲阶级，也常不远千里万里，赶来凑一分热闹。

不过，就花来说，桃李杏这一类的花，多半开在农历的二月，即是开在春的当中；它们开了以后，还有许多花陆续地分占一段春光。所以从桃李这些花来看人间可爱的"春"，常觉得春是"圆满无缺"。但樱花却要开在农历的三月；它所象征的春，正是春的巅峰，而它的凋谢，也正是春的销歇。仿佛春是被它一手包办了。通过了它去向前展望，再也看不出春的远景；假定把古人咏荼蘼的诗改作"开到樱花花事了，不如收拾过残春"，似乎也一样地恰当。于是看樱花的人，若肯在花下稍事沉吟，很可能从它"娇艳"的繁华中，转出"凄清"的情调；最低限度，这可以说明我个人的一分感触。

二

一九五〇年，日本战败的疮痍未复，除了京都、奈良少数赖古迹名胜得免于摧毁者之外，以东京为首的各个都市，几乎到处都可以看到断瓦颓垣；而衣服褴褛，面带菜色，更是社会一般的生活现象。所以这一年在樱花下的少女，似乎为美国大兵助兴的意味，远超过自己寻欢的意味。一般人的聊复尔尔，或强颜欢笑，恐怕不及放怀痛哭，还可以减轻情绪上的负担。因此，这一年在日本人眼里的樱花，只不过是"恼人春色"！

一九五一年，因朝鲜战争的关系，日本在经济上复兴之速，他们称之为另一次的"神风"；这一年的樱花节，似乎可以说是"杏花疏影里，吹笛到天明"了。但日本民族，是富于感激性的民族，此时正遇上麦克阿瑟元帅在军事胜利的中途，被杜鲁门撤职；于是麦氏顿成为日本人心中的悲剧英雄，换取了千千万万、不知其然而然的眼泪；所以这一年也只算是"泪眼看花花不语"，而远东的局势，也因此蒙上一层抹不掉的阴影。

经过了九年后，我所看到的东京，经济的繁荣，技术的发展，日常生活水准的提高，都在向作为现代世界中心的美国看齐靠拢；它已经真正站了起来，和世界的强国并起、并坐而毫无愧色。然则今年所看到的樱花，应该是令人欢欣陶醉，大家共作"花长好、月长圆"的祝福了。低调地说：日本已由战败的变局，进而为一般国家所处的常态；在常态下所看到的樱花，依然会令人感到春光似海的。

三

花本身是无情的东西，看花人总把自己的感情投射到花的身上去，而使花也人格化、感情化。每个人的感情，越进入到现代，越缺乏个人的自主性；无形中常随着世界潮流的感染而漂荡不定。世界潮流的动向，有它的表层，也有它的基底。表层与基底，尽管是密切相连，但并不一定呈现相同的面貌。一般人对表层的接触容易，对基底的接触却有些模糊。但真正与人以决定的力量，因而使人于不知不觉之间，在感情上受到最大感染力的，却是社会潮流的基底。譬如从表层看：日本能免于德国战后的东西分裂，保持一个统一的国家，这真是它的大幸，也是它抓住时机，迅速复兴的重要原因之一。

但日本真正是统一的吗？不仅思想的分裂，在自由世界中是数一数二；并且在意识形态上，都市农村是互相对立，知识分子与一般人民大众，是各不相干，青少年人和中老年人，也似市与乡，有一条划分得清楚的界线。表层的统一，掩饰不了作为一切活动基底的意识上的分崩离析。这是当然的，因为现代之所以成为现代，正是以精神分裂作为其重要的特征。在精神分裂者心目中的樱花，很难塑造出一幅统一的艺术形象。

四

　　这几年我在山里住得太久了。一旦进入到这座五光十色的花花世界，变得呆头呆脑，真像刘老老初进大观园。不错，人在由科学所成就的物质世界中，是一天一天地变得更为渺小了。昨天下午六时左右，第一次试坐东京的地下铁道，候车的人真是人山人海。日本人虽然很守秩序，但在这种人潮压迫之下，上车时车站的站员，不能不用尽气力，把乘客拼命向车门里面推，这样便可使车内挤得水泄不通，加强运送的速度。九年以前，似乎还不须如此。我在挤得吐不过气的人潮中，突然感到眼前的场面，便是现代文明的缩影。人本来是去坐车的，但能挤进车去，并不是出于自己的意志和力量，而只是被动地任凭与自己无关的力量在推来推去。进车以后，大家肩摩踵接，在形迹上，可以说把人与人之间，变得再密切也没有了。但大家只像捆在一起的木柴，彼此绝没有由生命所自然发出的互相关联的感觉。这正是现代文明的作品，也是现代文明的形象。

　　现代文明，是把人从属于自己所造出的机械。机械变成了主体，而人自己反成为机械的附庸。由机械的构造、活动的要求，而把人组织得比过去任何世纪更为紧密；但组织在一起的人们，彼此只有配合机械的协同动作。这种协同动作，与每一个人感情意志无关，因而很少有情感的交流、意志的结合。人与人的关系，变成了机械零件与零件间的关系。法国哲学家 G.Marcel 在他 *Les Hommes Contre L'Humain* 书中，强调现代"人性的丧失"。这恐怕是现代文明的必然命运。从丧了人性者心目中所看到的樱花，在与疯狂的脱衣舞相形之下，会使人感到黯然无光、索然乏味的。我真不了解，还是世界的命运影响了樱花，抑是樱花的命运影响了世界？

　　呆笨的头脑，突然进入到这样复杂繁华的现代社会，内心由一阵骚动而转为混沌；由混沌而酿出许多莫名其妙的哀愁。下面这首打油诗，未能把我漂泊无依的哀愁说出千万分之一二。

蓬岛重来老学生,空虚何事苦追寻。
层楼雾酿千年劫,故纸虫穿万古心。
猿鹤凄迷怜旧梦,烟花撩乱接残春。
流觞社鼓俱陈迹,休倚危栏望醉人。

一九六〇年四月二日《华侨日报》

不思不想的时代——东京旅行通讯之二

我们可以从各个角度来说明现代社会生活的特性。不思不想，大约也是现代社会生活特性之一。

一

西方的哲人中，有的把"思想"当作人与一般动物的分水岭。的确，人在开始知道运用思想时，才一步一步地从自然状态中挣扎出来，建立适合于自己要求的文化。这里所说的思想，是把各个层次的思考、思辨、反省，都包括在内。它的特性，常识地说：第一，是把感官所得的材料，通过心的构造力与判断力，以找出这种材料的条理、意义，及与其他材料的关联，和它自身可能的趋向。第二，是把客观的东西，吸收消化到主观里面来；又把自己的主观，投射、印证到客观上面去；由这种不断反复的过程，而把主观世界与客观世界，经常联系在一起。由上面的两种作用，便把人生向深度与广度方面推展、扩大，因而能把人与人，人与物，作有意义的连接，并向有意义的方向前进。人类的文化生活，便是这样一步一步地建立起来；人类自然的生命，便是在这种文化生活中而生存发展。思想的停滞，是人开始向动物的下坠；也是自己的命运，离开了自己的掌握，而开始向一种不可测度的深渊下坠。

二

不过，若是我们说思想是人之所以为人的特性，则这种特性的发挥，并不是一件容易的事。首先，它会受到各人天赋上的限制；对思想的要求与能力，各人并不相同；所以任何时代，并不是所有的人，都能作同样深度的思想。

更重要的是，它会受到生活上的限制。若是体力劳动，占领了整个的生活时间，任何人也不能好好地思想。希腊的"学"，是出于商业资本已有了相当存积后的生活"闲暇"；为了得到这种闲暇，柏拉图和亚里士多德们，竟会承认奴隶制度的合理性。而孟子所说的"劳心""劳力"的分工，这是历史事实上的必然，并不含有什么阶级反动的意识。因此，现代由科学进步而来的技术上的成就，是对于人的体力劳动的解放；同时也应该是思想能力的解放。

但事实上，越是现代化的地方，便越是不思不想的地方。有人说，现代人不追问"为了什么"，而只追问"怎么办"。例如不追问"为什么要就职""就职后应当如何"，而只集中于"怎样才可以就职"。"怎么办"，当然也是一种思想的运用，但这种思想的运用，常是以感官为主，把思想拘限在事物的表层上，拘限在事物的孤立的个体上；作为思想特性的向深度与广度的推展扩大，在这种情调之下，是发挥不出来的。所以现代人只是生活于自己表层的"感官机能"。这种感官机能，并不曾通向自己的内心；更不曾把感官的活动，在内心上稍加凝注，因而把它由向内的沉潜而加以提炼、净化。同时，仅靠感官机能所了解的客观事物，也是各个孤立的；活动的本身,只是从"这里"被动地移到"那里",没有法则上与意义上的关联。一个人,仅凭眼睛看,耳朵听,而不把看的听的反求之于自己的心,追问一下看和听的究竟,便只是茫然地看,茫然地听,并不能真正意识地感到是"自己"在看,"自己"在听;即是看和听,并没有真正和自己的生命整体连在一起,只是在"眼前""耳边",飘来飘去。同时,被看和被听的东西,因为不曾与人的生命整体连上,所以也只是"过眼云烟",客观的东西,不曾真正和主观连在一起。因此,现代人的生活,是在探求宇宙奥秘面前的浮薄者,是在奔走骇汗的热闹中的凄凉者,是由机械、支票,把大家紧紧地缚在一起的当中的分裂者、孤独者。再简单地说,现代人的生活,既失掉了主体性,因而也不曾把握到客观,而只是一群熙熙攘攘的"阴影"。这比佛说的"芸芸众生",还要混沌、空虚、飘荡。为什么?因为现代人已经把"思想"从自己的生活中,驱逐出去了。

三

这一趋向的形成,一般地说,是由于每一个人,都被编入于万能化的技术家政治(technocracy),及日益扩大的官僚政治(bureaucracy)之中,使每一个人,不是以"一个人"的身份而存在,乃是以"大众"的身份而存在。"大众"这个名词,我觉得很有意思。一个人,在万能的技术与庞大的官僚集团之前,真会感到太渺小、无力,失掉了存在的权力与勇气,于是只好以"大"而且"众"的集体形相,来向技术与官僚,争取一点平衡,表现一点存在。这样一来,每个人,只有被动地依靠"大众",才能获得生存的安全感。好比我们过热闹的十字马路口时,假定只有自己一个人,即使是按照绿灯开放的时候走过,也免不了要向左右探望几次;因为一个人在汽车冲来的时候,不仅无力抵抗,并且也来不及和他理论,所以总得迟回瞻顾。但是有一大堆人时,说走过,大家便很安心地走过。这时并不是甲倚靠着乙,或是乙倚靠着甲,而只是漠然地倚靠着"大众"。一切要倚靠大众,每个人只能以大众的身份而存在,这便会慢慢地置个人思想于无用之地,因而把人的"主体性"逐渐地丧失了。笛卡儿曾说过"我思故我在"的一句话,我现在把这句话作便宜的解释是:人才能够思想。现代人已经把"自我"的主体性淹没在技术与官僚之中而成为"大众"了,当然会过着不思不想的生活。

四

现在,想再从另一角度来说明现代人不思不想的生活情形。科学,是人类思想所得来的最辉煌的结果。可是,现阶段的科学宣传者,正在用科学的招牌,来加强现代的"无思想性",这真是更矛盾的现象。

人类思想的动机,常是来自在感官生活中的有所不足。譬如仅凭看,仅凭听,仅凭行动,似乎觉得对某种事物把握得并不完全;觉得在可看与可听的后面,似乎还存在着看不见,听不到的东西,这便自然会引起思想作用。科学的目的,本是在于要把不可用数字测量的东西,变成可用数字测量,把不可用耳目感官视听的东西,变成可用耳目感官去视听。的确,科学在这一方面,已经得到了伟大的成果,与人类以不可思议的贡献。并且科学发展的成果,不仅代替了人的体力劳动,同时也代替了人一部分的思想活动;最显著的莫如计算机。但若仅就这种代替性来讲,它不是对思想的取消,而是由对思想某一部分的节约,以便转用到更深更远的方面去;好似不能因为有了计算机便不要数学家一样。

更重要的是:在人类生活中,永远存在着只能由心灵去接触,而不能完全诉之于用耳目感官去感受的东西。这种不能完全诉之于耳目感官去感受的东西,并非等于不真实,更非等于不需要。站在人的生活立场来讲:或许这些东西即是最后的真实,最后的需要。宗教、道德、艺术这一属于"文化价值"系列的东西,便是如此。现代科学宣传家,对于凡是不能用自然科学方法处理,不能使其可用数字测量,不能使其可用耳目感官去感受的东西,便认为皆是不真实的、不需要的东西,而要求从学问范围中加以放逐,亦即要求从人的现实生活中加以放逐;于是文化中的"价值"系列,与文化中的科学系列,切断了关联,要求现代人的生活,完全活动于感官活动范围之内;科学与商业联合起来,尽量使人的感官,得到圆满无缺的满足,以消蚀使人去思想的动机。由此所发生的人类问题,其严重性恐怕不在前面所说的情景之下。

五

一九五一年我在东京时,有位日本朋友请我看了一次日本的日戏,引起了我许多感想,使我写了一篇《从戏剧看中日民族性》的通讯。这次来到东京,托朋友之福,有位台籍的明慧多姿而又多资的郑小姐,请我看了一次东京的现代歌剧;节目的紧凑,场面的壮丽、瑰奇,变幻莫测,真使我这个乡下佬,看得"眼花缭乱口难言"了!但看完后,不仅没有引起我的什么感想,连在场的日本人,既没有笑声,更没有叹息之声,因为它连起码的感染力也没有了。

"笑"是很轻松的事。但现代的笑匠,很少能引起一个成年人的真正的笑。中国有两句成语:"会心微笑",或"相视而笑,莫逆于心"。这两句话是一个意思:即是真正的笑,是要把感官的东西凝注在心里面,心里面发现有由感官所诱导,但并不能由感官所完全表达出来的可喜可悦的东西,这才自然而然地会发出真正的笑。所以笑与人的"心"是不可分的。

现代笑匠们的动作，一传到人的耳目感官上已经完事了。做得好，也只会使人"嘻嘻哈哈"，并不能引出代表内心喜悦的真笑，更说不上带有眼泪的笑。

这场代表现代文化的歌剧，只是从声和色方面，使耳目的感官，得到一连不断的新奇印象。剧本的一切，都感官化了，都表现在声和色的上面了；声和色的后面，已一无所有；人们在感官上所得的东西，不消凝注向内心里面去，已经从感官上溜走了。这完全成为"无意义的热闹"。无意义的热闹，或许就是人们所说的"胡闹"；这岂不可以说明现代人何以会过着不思不想的生活的一面吗？何以会如此？因为现代的科学宣传家，坚决主张在感官能直接感受的部面以外，只是情绪的虚幻，应该用数目字的演算去把它割掉。

六

更显明地表现现代人生活情调的，再不妨说到东京盛极一时的脱衣舞。男性对于女性，假定有了好感或野心，常常会通过女性穿的衣服而发出许多幻想。一位女性，常常是在这种幻想中而增加其神秘性、复杂性、艺术性；因而也可以把性的单纯观念冲淡，乃至加以净化。并且这种幻想的本身，也是使人用思想的有力动机，乃至也是可贵的一种思想方式：人在这种思想方式中，一样可以把自己的生活深度化、广度化。若再加上中国所说的"发乎情，止乎礼义"，则男女性的关系，便更能维持正常而圆满的关系。但现代文化的性格，却不容许这种有意义的幻想，更不承认有所谓看不见、摸不着的止乎礼义的"礼义"。所以干脆把女人的衣服，在大庭广众之前，脱得一干二净，使大家能一览无余，再用不到隔着衣服去"猜"去"想"、去出神发痴；因而把男性对女性的要求，只凝缩到最单纯的一点上面去；这种直截了当的办法，该多么合于现代人生活中的科学法则、经济法则。所以在东京脱衣舞的后面，是隐藏着整个的世界和整个的文化的现代性格。现代人的生活情调，在不知不觉中，正向此一方向发展。现代的文化，使现代人对于要看的东西，一眼便看到、看尽、看穿了。对于不能看到的东西，有如对女性的神秘感、艺术感，乃至羞恶之心等，则贬斥到虚幻的角落，而代替之以彻底的现实感与单纯化。假使有人出面反对，最客气的也会骂作"卫道者"。被骂作"卫道者"的人，在现代人的心目中，比骂作"强盗"还可恶！这是台湾的报纸，为了掩护他们大量利用黄色新闻以作赚钱工具所经常使用的手法。

但是，凡是脑筋正常的人，谁能看了一次脱衣舞后，再想去看第二次呢？谁肯残酷地要求自己的爱人，整天地脱衣伺候呢？人究竟是人，人不甘心处于动物的地位，而依然要追求耳目感官所感受不到的东西。所以对于"脱衣文化"的反抗，是必然的；因而对于思想的再跃动，也是必然的。

七

这里不要误会，以为此种不思不想的生活，是科学发展的必然结果。目前的现象，只是来自人忘却了自己的主体性所发生的虚脱现象。科学的宣传者，要人忘却自己的主体性；但科学的自身并不曾要人忘却自己的主体性。没有"人心之灵，莫不有知"的主体性，则"天下之物，莫不有理"的客观性便不能成立。使人化为物的是人的自身，科学家也并不曾叫人"物化"。因为科学还不能造出人的生命。所以要从目前动物化的不思不想的生活状态中超拔出来，所要求的是对科学的反省，对人自身的反省；而决不是反对科学。这种反省的开始，也即是思想活动的开始，也即是人恢复了自己在科学中的主宰性，因而成为更高度的物质世界中的主人的开始。

此时的科学，自然会驯伏下来而成为人类思想的助力与结果。

一九六〇年四月十二日、十三日《华侨日报》

本文中所提到的郑小姐，当年凭借她的美慧多才，赚下许多钱，以奉养她的母亲，抚养她的几个弟弟。我去年听说，她的母亲因为她人老珠黄，弟弟们长大，便把她扫地出门了。这也是现代文化中的插曲。

一九七〇年十二月十二日校后志[①]

[①] 此校后志系本文收入《徐复观文录选粹》（萧欣义编，台湾学生书局印行）时所加。

思想与时代

假使人类有一天，只有工具的制造与使用，只有货物的生产与消费，而根本没有在现实上看不出有任何实用价值可言的"思想"，恐怕这个世界，在本质上只算是一个大动物园的世界。因此，多数的实用家，与少数的思想家的合作，大概在可以预见的将来，依然会构成社会分工的一个重大环节。

一

我在这篇短文里，不想解说少数的思想家对多数的实用家所发生的效用，到底是什么，而只想在思想与时代的关联上，澄清若干人的误解。

有人说，"哲学是时代之子"。其实，历史上，决没有不反映时代的思想。因此，可以说一切思想，都是时代之子。不过，一般人对于此一意义的了解，常只限于"思想对时代的适应性"的一方面，而忽视了"思想对时代的批评性"，便打消了思想对人群所应发生的大部分的贡献。

所谓思想对时代的适应性，是指对时代所发生的新情势、新事物，负一种解释的责任，因而提供以理论的根据，以加强新情势、新事物的发展速度与效能而言。这是顺着潮流走的思想。最显明的例子，有如马基雅维里的《君主论》，是适应当时权谋政治的开始抬头而产生的。亚当·斯密的《国富论》，是适应当时产业革命刚刚开始以后的经济情势而产生的。在我们中国，先秦的法家、兵家、纵横家，都是适应当时七雄并立，各以武力互争雄长的情势而产生的。这类思想的价值，除了它本身论证的方法以外，常决定于它所反映、所代表的时代背景的意义。《君主论》，是近代政治学之先河；《国富论》，是近代经济学的元祖。但两者的价值，在文化史上，究不能等量齐观；这便不关于他两人思想的能力，而实关于他两人所代表的时代的意义。所以适应时代要求的思想，并非一定便是有价值的思想。

二

所谓思想对时代的批评性，是指对时代某些成熟了的情势、事物，采取一种否定或怀疑的态度，因而从理论上促成某些事物的崩溃，或加以纠正，并希望诞生更好的事物的思想而言。从哲学上说，培根可以说是适应时代的；而叔本华、尼采，则可以说是批评时代的。在社会科学上，十八、十九世纪一切维护资本主义的思想，可以说都是适应时代的；而从产业革命时期所萌芽的社会主义，却是对时代的批评。这在中国，先秦时代的儒家、道家，乃至墨家的各家思想，对当时的政治现实而言，也都是批评性的思想。这种思想，在当时是逆着潮流所提出来的，所以常会受到当时的讥笑，或迫害。因此，耶稣便上了十字架（耶稣实际是表现一种最大的批评精神）；而孔子只有托之于"微言"。此种思想的价值，常决于它所代表的社会阶层的大小，及对未来世界蓝图的构想。由此可知逆着潮流的批评思想，实际是要造成新潮流的思想。

但混乱情势之发生，常常表现在两方面：一是有的批评思想，常须要在历史中去求根据，例如近代民主政治思想的启蒙时代，便常在新旧约中去找根据；而中国先秦的诸子百家，除法家外，几无不是托古改制的。这便容易隐蔽某种批评思想，是促进新事物产生的意义。另一方面，是在伦理道德问题，不从人类长久的历史经验中寻找教训，便无法作正确的价值判断，及看出人类行为的真正结果。于是在对于伦理道德作批评时，更须根据历史经验中的选择、判断，以作批评的根据。于是在这一方面的批评，最易受"反动""保守""违反时代潮流"的攻击，而大大减少了批评的效用。

三

再加以本是已经烂熟陈腐了的社会情势、事物，其没落的征候或行为，却常常以崭新的姿态出现，仿佛也是一种批评的思想。例如近代的虚无主义、萨特们的实存主义、达达主义、超现实主义，以及现在正风行于纽约的扭扭舞等，在本质上都是象征自由世界的败象，都是熟烂了的资本主义的排泄物。但仅从表面上看，它确实是新的，是反传统、反现实的；因此，他们便觉得只有他们可以批评旁人，而旁人批评到他们时，便立刻要受到"顽固""保守"的攻击。其实，我们只要追究一下，他们的所谓新，究竟是意指着一种什么样的"未来"呢？是为了解决人群中的什么问题呢？指陈不出一种未来，且与社会人群脱离了关系，而只一味地反对现在、离开现实，这所象征的乃是时代的自杀，而不是时代的批评。

思想，要能受到时代的考验。但所谓时代的考验，乃是说思想的价值，常要由解决多数人的问题的效率而见，常要由在时间的历史中所得到的结果而见。时间的本身，只是一种空洞的形式，决不能形成判断思想价值的标准。有的人以为凡是新的便是好的，这是以时间来作标准的判断。此种判断要能立，必须以人类一切的行为，是决无错误，而只是合理的直线前进为前提。这种前提，是非常荒谬的。而思想的批评效能，便是建立在不随时代潮流向下滚,而能对时代潮流作自觉自反之上。所以有思考力的人,是在时代中看出问题,解决问题。没有思考力的人,便只能在时代中争新旧、抢噱头。现代是以"新旧"代替"思想"的时代。这或许也正是现在危机一种表现。

一九六二年三月十六日《世界评论》第十年第一号

什么是传统？

什么是传统（tradition）？简单地说，它是某一集团所代代相传的共同生活样式及观念，在时间上因为是一脉相传的，所以有其统绪性；在空间上因为是共同承认的，所以有其统一性。因此，用本来是指君位继承的"传统"一词去译 tradition，我倒觉得非常恰当。

不过，若要进一步去了解传统的内容，便应进一步了解传统所包含的五种特性，即是它的民族性、社会性、历史性、实践性、秩序性。前三者又可以说是它的构成因素，后二者又可以说是它的存在形式。

一

民族，是由血缘、地缘、语言、文字、共同利害等许多因素，互相发生作用，所逐渐形成的。不过，上面的许多因素，一定要到酝酿出共同的感情，共同的基本观念，以形成共同的生活习惯，亦即是形成所谓传统的某一集团，才会真正以其民族特性，出现于世界舞台之上。世界上没有无民族的传统，也没有无传统的民族。民族意识的觉醒，一定随伴着某程度的传统意识的觉醒。这是在过去的历史，及今日亚、非集团中，可以随处得到证明的。

其次，每一个人，都要过着社会性的生活。不过，在一群人中间，必须彼此不必说明理由，而即能互相了解各组成分子的日常生活行为，因而能得到有形无形的合作，这才能构成一种社会生活。只有通过传统，才有可能。一个陌生的人，开始走到某一群体中去，彼此都会投以惊异的眼光，而多少带有点不安的感觉；这是因为彼此之间，没有建立起传统的纽带。社会性的行动，常常只能是传统方式的行动。假定只有极少数的人纪念胡適之先生，可能想出一套崭新的、反传统的方式。但此次对胡先生的悼念，却是社会性的悼念。则大部分人，除了用传统方式以外，又有什么方法？由此，我们也可以了解，历史上凡是反传统的人，在当时多半是从社会上孤立起来的人。反传统的人，要使自己的主张得到社会的承认，只有两种途径：一是随时间之经过，他的主张已经被许多人所接受，而吸收于传统之中，成为传统中的一部分。二是通过"社会运动"的方式，对社会加以有计划的说服乃至强制，有如许多革命者之所为。

二

G.K. Chesterton（1874—1936）认为传统是由健全的大众所造出，是代表大众的共同之声；这话大体是不错的。不过，每一种风俗习惯乃至观念，能得到大家无言地承认而成为传统，必须经过时间的酝酿。因此，传统必然是历史中的产物。并且一般人都是不知不觉地生活于传统之中，但不必有传统的意识。一个人，必须通过历史的感觉，才可在意识上把握到传统。现在英国大诗人T.S.Eliot（1888—1965）在其《传统与个人才能》一书中，曾用力说明这一点。所以传统与历史是不可分的。

传统，当然含着若干观念。但某种观念之能成为传统，必须这种观念浸透于社会实际生活之中。因为传统是社会性的、大众性的，所以它的传承，主要并非通过书本与教室，而是通过大众实际的生活行为。传统乃存在于大众生活实践之中；而这种实践，一般人多半是"知其然"而不知其"所以然"的。同时，在实践的后面，固然一定有为一般大众所未曾了解的观念作根据，作支持。但这种观念，主要是属于文化中形成人生态度的价值系统，很少是属于形成生活技能的知识系统。因为知识的是非，常有客观的标准，容易随时代而进步，没有什么凝固性。正确的知识，极容易取错误的知识而代之。严格说，知识自身不会成为传统；只有与某种价值关联在一起的，它才因价值观念的影响而成为传统。历史上对于知识所发生的斗争，例如哥白尼所受到教会的阻扰，实际是哥白尼对地球的新知识影响到当时教会对若干说教的价值判断；所以表面上是知识之争，实际上则是价值之争，因为"价值"才是传统的主要内容。

三

最后，凡是谈到传统的人，一定认为秩序与传统是不可分的，即是认为人在传统中才能得到生活的秩序。不过，这里所说的秩序，不是理论性的，而是指集团生活的秩序而言。理论性的秩序，必须将异质的东西排斥出去。可是人与人的生活，一定会包含许多异质的东西在里面。这些异质的东西，经过了大众的折中承认，即成为传统，大家便"习惯成自然"，相互之间，不感到有什么矛盾，而过着"安之若素"的谐和生活。所以传统的秩序，乃是个人与群体间得到谐和的秩序，这正是实际生活中所不可缺少的秩序。

由上面所述的五种性格，大体可以了解什么是传统。但传统在整个文化中的地位、意义究竟如何，尚待进一步的研究。

一九六二年四月一日《华侨日报》

传统与文化

我已经说过,民族性、社会性、历史性、实践性、秩序性,是传统的五种性格,而前三者又是它的构成因素。但要了解传统在一个民族整个文化中的作用,便还应作进一步的分析。

一

首先,若把传统看作一个横断面,则一般之所谓传统,应分成两个层次。一是"低次元的传统",即普通所说的风俗习惯,它是属于民俗学所研究的范围。低次元的传统,多表现在具体事象之上,成为大家不问理由,互相因袭的生活方式。合乎风俗习惯的便以为是,不合乎风俗习惯的便以为非。所以在此一层次的传统中,大家缺少对生活的自觉,因而里面含有很有意义的东西,也含有毫无意义的东西。有与时代要求相适应的东西,也有远落在时代之后的东西。这是使社会可以得到安定,但同时也会使社会趋于保守的一股无言的力量。在低次元的传统中,没有自己批判自己,改进自己的力量。

另一是"高次元的传统",这在 Eliot,则称之为"正统",这指的是形成一个民族精神的最高目的、最高要求，乃至人生的最高修养。这种传统的创始者，总是某一宗教的教主，有如释迦、耶稣。或者是某一民族的圣人，有如我国的孔子、孟子、老子、墨子。创始以后，更由各代的大宗教家、大贤人、大艺术家、大文学家、大史学家等等，加以继承、充实，而成为一个民族的宗教、哲学、史学、艺术思想的主流。这些思想，必有若干实现于该民族的低次元的传统之中，而成为指导的原理与信念。但因时间的限制，及人的具体生理存在的限制，将永无全部实现的可能。并且一经在具体事象中实现以后，便容易凝滞、僵化，忘掉了原有的精神，甚至发展到相反的方向去。高次元的传统，它是理想性的，精神性的，必须通过人的高度反省、自觉，而始能再发现，使其"再生"。在反省、自觉的再发现中，常是把历史的过去连接到现在，以通向未来，作人类大方向、总方向的探索，在这种探索中，对于低次元的传统，会发生批判的作用，并对新鲜的事物，会意识地加以吸收，以形成新的传统。

二

若把整个文化，也切成一个横断面来看，便同样可以分为两个层次。一是由前面所说的低次元传统所形成的"基层文化"。另一则是由少数知识分子所追求的"高层文化"。每一个时代，尤其是当着某种转变的时代，总有若干少数知识分子，由个性解放的要求，新鲜事物的刺激，便常常从传统的束缚中，突围而出，以追求新知识，开辟新境界，获得新事物。这种努力，便形成一个民族的高层文化。

高层文化与基层文化，一是前进，一是保守；一是重自由，一是重规律；所以二者之间，是要发生矛盾冲突的。但日人务台理作氏在其《历史哲学中的传统问题》一文中却说："没有基层文化的民族，也便是没有高层文化的民族"，这又是什么原因呢？因为人类的生活，常常表现为两种互相矛盾的要求，而且又是二者不能缺一的。一方面要求前进，一方面又要求安定。一方面要求新鲜，一方面又眷念故旧。一方面要求自由，一方面又要求规律。一方面要求个性解放，一方面又要求社会谐和。所以一个安定而进步的民族，必定要使两个层次的文化，并进不悖。

三

两个层次的文化，原是互相矛盾冲突的。然则有什么力量能使其并行不悖以保持一个文化的统一呢？这便有赖于高次元的传统。务台理作在上述论文中，以为高次元的传统，既不属于基层文化，也不属于高层文化，而系从二者之内部加以融合调整，以保持一个民族文化的谐和统一的。高次元的传统为什么有这种功用？因为高次元传统的自觉，是把过去、现在、未来，连在一起的，是把个人和社会连在一起的，是把一个民族和世界连在一起的。不如此，便不会有此自觉。在连在一起的思考、体验中，基层文化中落后的东西，高层文化中过于突出的东西，都会得到淘汰与折中。其中符合于人类两种相反相成的需要的东西，都在高次元传统的精神、理想提撕统摄之下，各得到应存的地位，以形成新的秩序，亦即形成新的传统。人类文化在安定中的进步，即表现在传统自身，是在不断地形成之中。因此可以了解，由高次元传统之力所形成的传统，对过去的承传，同时即是对过去的超越。

关于传统的不断更新与形成的情形，可以用武汉的江汉会合情形来做比喻。长江流到汉阳龟山脚下，汉水从西北方流下来入于长江之内。汉水入江的口子，激流汹涌，行船要特别小心。并且水也分成两种颜色。但再下去一段，便看不见激流，也看不出哪是江水，哪是汉水，而只觉得它是一条浩荡的长江,顺着自己的河床,有轨律地向东流去。长江的河床,便是把许多旧流、新流,融合在一起的力量。假使新流一下子冲垮了原有的河床,便不仅会泛滥成灾,连长江和汉水,也都会消失掉。一个民族由许多大圣大贤大思想家所创出的民族精神的内容、理想的方向,正如河流的河床一样。谁能认为只有冲垮河床,才能容纳新流呢?谁能认为只有彻底否定维系一个民族所自来的精神、理想,才能容纳新的事物呢?

一九六二年四月六日《华侨日报》

一个新的探索

> 人非仅由历史所决定,人也能决定历史。换言之,人才是历史的中心。
>
> ——西诺特

一

西诺特(Edmund W Sinnott),是美国现代的一位生物学家。他在一九五七年,把若干著作,收录为"世界展望丛书",而他个人则是站在生物学的基础上来了解人生,展望世界的。从他所企图的方向来看,对西方而言,尤其是对美国而言,可以说是一个新的探索。他完全不知道中国文化;但在他的探索中,假定有人能告诉他,他所探索的方向,正是从中国周初以来所探索的方向,我们探索的成果,对于他所要说明,而尚未能完全说明,所想达到,而尚未能完全达到的,实际且已提出过深切的说明,实际早已开辟过宏深的境界,这将会使他如何的高兴,因而也可使中国文化,在人类面对当前最大危机时,贡献出一分力量。可惜现代中国的知识分子,早已把自己的文化,忘记得干干净净了。下面,我先就西诺特的序言,简单介绍一点他的若干看法。

二

西诺特首先说明,他所收录的丛书,"把主题安放在从基于现实的新鲜形象所知觉的宇宙来看人生的人生观之上"。要把握住正在各方面发生变化的宗教、科学、政治、经济、社会等的相互关系,而加以叙述,发挥在现代有最高自觉与责任感的人们的智慧。

西诺特称现代是"世界时代",即是人类的自身,及人类所面对的问题的解决,超过了国家民族的界限,而应具有世界性的规模。因此,各著者对其各个主题,不应仅由犹太教、基督教或东洋与西洋等狭隘观点来加于处理,而应站在"世界共同体"这种广阔视野来加以处理。

西诺特深深感到现代正面对着一个虚无、黑暗而绝望的世界。大家正"遇着还是由人来否定虚无?或者是由虚无来否定人的问题"。为了解决此一生死问题,应开辟出真正的世界史。这样的世界史,须"超越单纯的私欲",而要求有由自觉而来的"精神的革命及道德的革命"。他认为现在开始觉悟到,"人类各种社会组织与正义、自由、和平的确立,并不能仅靠知识而获得,而是要与精神及道德的改善,相并而行的"。他认为"知识的过剩,却产生自觉的后退"。现代自然科学,虽然正在作辉煌的跃进,但其结果,"使因果律与自然的统一性的传统假定,为之瓦解;减弱了人的精神与道德两方面的价值,降低了人在宇宙中的地位"。

同时,他说:"对于自然与人生的理解,反对采取机械论的世界观,以及实证论的世界观。因为他们以为哲学不过是给情绪以满足,而加以轻视的原故。"他在《人间·精神·物质》一书中,更强调感情才是人与一般动物分家的最大特性。因为离开了感情,便无所谓宗教、道德、艺术。

他指出"现代世界缺乏个性的、量的集体文化,是如何的无实质,是如何的危险,已经有一部分人了解到;但还未十分引人注目"。而"平等正义等等，并非仅作为数的概念所能加以把握的"。所以他主张应从人与自然、时间与空间、自由与保护等，互相分离中，"注目于有机统一体的新人间像，迎接过去未见其例的，包含各种质与智慧的丰富而广大的历史"。

三

西诺特认为"人非仅由历史所决定，人也能决定历史"。换言之，人才是历史的中心。他以为以观念为中心的近代史观，以神的启示为中心的基督教史观，均应让位于有了新宇宙观的"新史观"。而他之所谓新史观，即是"战胜贪欲与野望"，最后倚赖道德之力的道德史观。

他对于道德的看法，似乎与许多西方的科学家、宗教家不大一样。他继承西方的传统，主要以"正义"代表道德。但他承认正义为人性所固有，这便有点接近于孟子"义内"之说。而他下面几句话，最值得注意："与古代的看法一样，人能自己成为神；能想出可以与存在于宇宙的伟大诸力相一致。人不是靠祈祷，只是靠行为，而可给宇宙以影响。并且现在再度感到对于宇宙、社会、朋侪间要得到调和的自觉，不是靠祈祷，而只能靠行为实现的。"

我曾经指出过，中国在周初已觉悟到人的问题的解决，应当由宗教的祈祷，转向道德的行为。而通过人在道德上的自觉，以建立天人、群己的谐和一致的关系，正是中国文化一贯的努力。西诺特似乎也正探索向这一方向。他说："西欧的民主主义，从物质，或从科学技术方面来看，都非常强大；但在尊重人格的这一点上，都走错了道路。从道德及精神方面说，却面对着空前未有的危机。"他的目的，是要从人的灵魂深处求得"将感情与思考，加以直接连接的全体"，把由现代知识，将人生加以分割了的破片，重新集合起来，"由正义加以统一"。"一面提高宇宙与人生的交流，一面恢复人之所以为人的本来面目"。再具体地说，他要求"从精神与道德的废墟中，击破虚无、黑暗、绝望；在东西两世界，再准备一次文艺复兴"。

一九六二年四月十九日《华侨日报》

一个生物学家看人性问题

美国的生物学家西诺特，在其"世界展望丛书"的序文中，呼吁现在应当有一个世界性的文艺复兴运动；而此一运动的目标，简单地说，希望由人类道德的改造、精神的改造，使道德能与知识并进，以挽救当前所遇到的空前危机。

"世界展望丛书"的第一部，即是西诺特的《人间·精神·物质》。此书的性质，正如其副标题所示，是"人性的生物学"；即是以生物学的立场，来了解人性。而其第十一章，则正谈的是人性中的精神问题。以下简单加以介绍：

"精神"，不仅是一个非常古老的问题，并且由对精神问题的了解不同，而形成不同的宗教与哲学，甚至形成对人类不同的态度。现代有的人，认为随着自然科学的进步，而扩大了物质与因果法则的领域，已经把一般的所谓"精神"消解掉了。不过，正如西诺特所说的，把现实的人生现象中，不能用自然科学加以解释的问题，例如在生物素材中，如何设定各种目标，及精神的各种愿望，究系如何产生出来的等等问题，故意加以抹煞，而仅假定为简单的东西，"这完全是自欺的勾当"。

西诺特认为原形质对目标的追求，是生物学的基本概念。就人来说，这种目标追求，影响于人的行动的指向性，而成为心的活动的基础。在人心之中，潜伏有多数的目标；这些目标，决定我们的思考与动作，也成为各种价值的基准。当目标不能用行动获得时，便在心的深处，成为一种欲望、愿望。这种欲望、愿望，含有目标追求及指向性，但常超出于单纯的理智判断之上，而产生爱、恶、恐惧、抱负、爱美、敬神等的情绪。情绪才是使人不同于机械，不同于一切野兽，而给人以生活的热情与丰富。动物也可能有感情，但动物没有高次元的感情。

这里的所谓精神，包含有跃动于人心内部深处的各种感情与情感，而更具有超越于感情、情绪之上的某种东西。没有感情，便无所谓精神。但若假定在感情中，没有一种方向，不诱导我们走向一种目标，也不使我们担当一种抱负，这种感情便不应称之为精神。

精神的目标追求与其指向性，在生物的原形质的"制御"中，有其根源。在此一意味上，柏格森主张肉体生命与精神生命是一致的，应当予以承认。原形质，有其特定的内在之力。生物素材的性格与组织，在其内部设定诸目标。这些目标，不断地前进、发展，其中许多是由于进化论所说的自然淘汰。但有一部分，"却可以看作是得力于原形质自身所特定的诸倾向"。

西诺特觉得"应当着重之点，是诸目标前进的方向。其显明的表现，在人的方面，则这些目标，发展到创造美、正义、真理、敬神等的高度理想。这些理想，正是可以称为精神的东西"。

因为人的精神，实际即是人的理想。所以人并非完全是从属于其环境，而"对于自己所应作的事情，能下价值判断"。在任何事物中而能判断其价值，"这是人的特性中最大的特性"。

再把西诺特的看法清理一下，即是，在生物的原形质中，含有目标追求及定向性，人由其原形质的目标追求及其定向性而表现为感情。由感情的目标性、定向性而成为人的精神。精神的高度表现，即是美、真理、正义、敬神等的人生的理想。人生的理想，形成人对事物的价值判断。由此而可以说，人生的诸理想，人生的诸价值，实内在于人的原形质之中。亦即内在于人的生命之中。西诺特以为"假若这些价值，是能从外面加到人身上，则人没有自己真正的性格，而成为不过是仅由环境所压成的模型"。"若价值是生于人自身之内部，则这些价值才富于生殖力"，"对于人的未来，也能提供以保证"。由此，我们不难联想到孟子之所谓"性善"及"义，内也"的意义。

西诺特自己是一个出色的科学家，并且他的思想也通向宗教，尊重宗教。但他知道"把精神的基础，假作是生物学的东西，会受到自然科学和宗教两方面的责难"。但他在本文中对于由达尔文的进化论所作的解释，对于心理学者由物理、化学的作用所作的解释，对于宗教把肉体与精神分而为二的教义，都有很简要锐利的批评，而认为"今日应当是自然科学者和宗教，同样舍弃其便宜的独断的时代"。

我想西诺特是由生物学的分析，人类生活的体认，而诚实细心地，肯定其由低次元向高次元发展的若干事实。在高次元的事实中，有的是无法了解其所以然的。他说："人的精神，是由人具有的自己创造的特性所获得的，有如风那样，顺其活动之自性而活动，我们并不知其从何而来，向何而去。"正因为如此，在我们过去，称之为由天所命的天命，一般科学家便因其无从解释而消纳于低次元的简单公式之中，西诺特则将其彰显出来而加以肯定。所以他在这一章的结尾，引用了一位专门研究大脑的乌尔达·彭佛多下面的一段话作结束：

神经的冲击，以某种方法变成思考；而思考更成为神经的冲击，这是没有怀疑余地的。但是，此一知识，对于此种不可思议的变换的本性，并不能投以任何了解之光……这种研究，今后不论我们的后继者怎样继续努力，但我相信机械不能彻底说明人类，机械论也不能明了精神的本性。

一九六二年四月三十日《华侨日报》

不忘初心,方得始终

  当时在落日苍黄中分手,先生所说的种种,一直在脑筋中翻腾上下,引起很复杂的感想。迄今二十多年,不仅我个人百无一成,连先生当时叮嘱的郑重的语言,也记忆得模糊不清了。

五四运动的一个角落

我听过王德昭先生一次很有意义的演讲,他指出五四运动与新文化运动,在发生的时间上及内容上,并不是一个运动,而是两个运动。我完全赞成王先生的说法。就北京、上海两地而论,新文化运动在先,五四运动在后。就我上学时的武汉来说,则五四运动似乎在先,紧接着的是新文化运动。从历史性来看,则新文化运动乃继承废除八股后所应当有的进步的文化运动,源远而义复,并非单系某一特定事件之反应。五四运动则系由日本帝国主义所激发起的政治性的救国运动,它的发生虽在新文化运动开始之后,但并非因有新文化运动才有五四运动;二者之间,没有直接的因果关系。但就实践的情形来讲,则在五四运动以前的新文化运动,只是少数人手上的运动。因有五四运动,新文化运动才成为社会上的一股洪流。站在武汉这一角落看,是因为五四救国运动的政治性发展不下去,才转向新文化运动,因新文化运动在救国的实践上有些渺茫,才又转向广州的国民革命运动,所以国民党的国民革命运动,是五四运动的直线发展。

北京的学生示威运动,发生于民国八年(1919)五月四日。大概在五月七日或八日,武汉全体学生罢课加以响应,此时我是湖北省立师范的一年级学生。我们同学当时的情绪非常激昂,同房一位姓许的同学自动把一顶买了不久的日制草帽,投在地上用脚踏得稀烂。因督军王占元宣布戒严,不能结队游行，于是每班组成八个人一队的演讲队，要向市民宣传不买卖日货及要求政府决不承认巴黎和会有关山东问题的决议。我也是演讲队队员之一，扛着一面旗子，以上战场的心情走出校门，但街上布满了军队，店门紧闭，路无行人，找不到演讲的对象。有同学提议，不如走向抱冰堂，或许有些游人在那里。途经武昌国立高等师范学校（后改为武汉大学，当时尚未迁往珞珈山），校门有重兵驻守，不准学生进出，有些学生爬在围墙上，向我们欢呼挥手。快进抱冰堂时，一班北方侉子（这是我们对北方军队的称呼），枪上上着刺刀，跑出追上来，一言不发，把我们的旗子抢去，折为两段，并跟着我们后面行进。进到抱冰堂，没有一个人敢和侉子监视之下的我们接近，于是我们绕了一个圈圈回校了。事后知道，除了我们这一队以外，其他各队，都没敢出校门；其他各校，有没有这种组织，我不清楚，但街头上不曾遇见。

五四运动，是学生反抗日本帝国主义的救亡运动，但上面的例子，摆得很清楚，要对外，首先就要对付国内的军阀。这是当时的学生，尤其是以中学生为主的学生所无能为力的。所以五四运动，除了发扬了我们民族争取生存的坚强意志以外，在真正的政治救亡工作上是发展不下去的，必须有另一更大的政治集结，另一更大的政治运动，才能继续前进，这便是以广州为中心的国民革命运动。在这一运动还未到来之前，已经奋起而又得不到着落的学生心里，便自然转向新文化运动；这站在武汉看，情形的确是如此。

在五四运动以前，早已发生了的新文化运动，对武汉而言，几乎可以说没有什么影响，但经过五四运动，教育文化界的气氛为之一变。在武昌横街头周围一带林立的旧书店当中，出现了一家规模很小的书店，我忘记了它的名称，是专门出售新文化运动有关书籍的。此外还出有每周一小张的周刊，我也忘记它的名称，是鼓吹新文化运动的。这个书店和周刊，到底是出现在五四运动以前，还是出现在五四运动以后，我记不清楚。但有一点可以断言的是，经过了五四运动，这一小书店才突然门庭如市，而那一周刊的销路也一定大增。大家仿佛从这里可以吸一口新鲜空气。

当时讲阳明知行合一之学的刘凤章先生，当我们第一师范的校长。他尽力为学生聘请好的先生，尽力提倡读书的风气。每星期日上午，他在大礼堂讲程伊川《易传》，或请其他名人讲演。李汉俊（早期共产党领导人之一）也以《破坏与建设》为题来讲过一次。刘校长除了重视普通体操以外，也重视"军操"和拳术。学生多是寒家子弟，生活简朴而严整，天还没有很亮，大家就起来练操练拳，或在树底下读英文。晚上十二点钟，他和监学分别巡查自习室，取缔学生过分用功，因为一连有几届考第一的都不幸短命而死。刘先生本人平时不坐人力车，总是走路；冬天不穿皮裘，一件旧棉袄打上补丁；自律很严，对人都谦恭有礼；国家民族的观念很强，似乎很称道蔡松坡；所以刘先生不仅在本校得到一致的拥戴，同时也是武汉文化教育界的重镇。但新文化的风吹来以后，大家开始对他冷淡了，接着是厌倦了，于是开始闹学潮，闹的积极目的乃至消极目的到底是什么？我也是"闹"中的一分子，我一点也不知道，相信其他同学也不知道，只是"人心思变"，觉得闹一闹总是好的。刘先生洁身自好，一遇着学潮，立刻辞职而去，到我毕业时，三年中换了五次校长，我便被开除五次。

当时到省立第一师范传播新文化的，有位黄冈的刘子通先生。他也在女子师范教课，带着女学生到城墙上去教《红楼梦》，这在当时是石破天惊的"新文化"。听说他对佛学有研究，这在当时，似乎是摩登的学问。他的哲学是心物二元论，常常在黑板上画两根竹竿子，说若交叉在一起，便都能站着，拆掉一根，另一根也就倒了，他以此来说明心物的不可分。教我们的心理学，总是从"我刚才路过蛇山，现在一想，蛇山就在我脑子里"开始，刘先生说话慢条斯理地很有条理，学问都是有限，新也新不到什么地方去。但当时他在武汉发生了很大的影响，成为新文化运动的急先锋，我现在想，这是乘人心思变的形势所产生的影响。奇怪的是，谈新文化运动的文献，从来没有他的姓名，他本人后来也不知所终，有点神龙见首不见尾的味道。

其次进到我们学校来推行新文化运动的，有两位或三位北大毕业的新教员。他们认为我们学校是读线装书的老顽固，所以有一位第一次上课，便向学生讲："你们以为我不懂旧学吗？《皇清经解》我都读过了。"当时大家的中文常识相当丰富，此言一出，引起满堂大笑，而这位先生也更不知所云了。我现在回想起来，民主、科学是新文化运动的两根柱子。在武汉，没有任何人拒绝科学，但推行新文化运动的却没有什么人研究科学；改革政治社会的需要民主，却没有任何人宣扬民主。武汉这样的新文化运动，过了两年，自然是烟消云散了。但当时的社会，腐朽陈滞，有如农历九十月的树上叶子，什么风一吹，便都会飘飘而下。我常常想，刘凤章先生这种人，难道应为这种腐朽的社会受过吗？

载一九七三年五月《中大学生报》

悼念熊十力先生

一

在两个月前，我收到汉米敦（C.H.Hamilton）老博士为大英百科全书一九六八年版写的熊先生的小传时，引起我许多复杂的感想。熊先生在学术界，一直受到胡适派的压力，始终处于冷落寂寞的地位。谁能想到大英百科全书的编辑部，请年届八十五岁高龄的汉米敦博士，为熊先生写此小传，承认熊先生的哲学是"佛学、儒家与西方三方面要义之独创性的综合"，是中国最杰出的哲学家。由此可以了解西方人的学术良心，实远非中国西化派所能模拟于万一。

在前几天，我接到唐君毅、牟宗三两先生来信，知道熊先生已于今年五月二十三日中午十二时，很凄凉地死在上海；我当下的反应，这是中国文化长城的崩坏。

近百年来，反对中国文化的固然蚊声成雷；但口头赞成中国文化的也未尝完全绝响。姑不论个人的造诣如何；在基本态度上，有谁人能像熊先生投出其生命的全部以为中国文化尽其继绝存亡之责。许多人是把中国文化当作个人利禄名誉的工具。当中国文化与其个人的利禄名誉不相容时，便立刻歪曲中国文化，践踏中国文化。熊先生则是牺牲个人现实上的一切，以阐发中国文化的光辉，担当中国文化所应当尽的责任。他每一起心动念，都是为了中国文化。生命与中国文化，在他是凝为一体，在无数惊涛骇浪中，屹立不动。所以，熊先生的生命，即是中国文化活生生的长城。他生命的终结，不能不使我感到这是中国文化长城的崩坏。

二

熊先生的体系哲学，应以他的《新唯识论》作代表，陶铸百家，钳锤中外，以形成他创造性的哲学系统。此一哲学系统，我们可以赞成，也可以不赞成。但此一系统的成立，乃由他深刻的体会与严密的思辨交相运用，将宇宙人生的根本问题，分析到极其精微而无深不入；综合到极其广大而无远不包，结构谨严，条理密察，使其表达之形式能与其内容融合无间。拟之于康德，则康德析而为三者，先生乃能贯之以一。拟之于黑格尔，则黑格尔拘于普鲁士之私者，先生乃扩而为人类之公。儒家致广大而尽精微之义蕴，固由先生而发煌；而其思辨组织之功，融会贯通之力，乃三千年中之特出。由内容到形式，皆不愧为一伟大之体系哲学著作；在我国三千年中，除了《新唯识论》外，谁还能举得出第二部？

然仅就中国文化的意义上讲，我认为熊先生的《十力语要》及《读经示要》，较之《新唯识论》的意义更为重大。我们对古典的理解，必须由文字的训诂，以进入到精神的体认，和思辨的分析、综合，才算完成了理解的过程。但乾嘉以来，即否定了宋明儒所用的体认的功夫，又自己堵塞了思辨的通路；而仅停顿在枝节零碎的文字训诂之上；更出之以矜心戾气，妄相标榜。实则他们读了许多书，并不曾读懂一句古人所说的紧要的话；由此著为文字，累牍连篇，只把中国文化的精神、面目，涂上层层的乌烟瘴气。熊先生则对古人紧要的语言，层层透入，由文字以直透入到古人之心；而其文字表现的天才，又能将其所到达者，完全表现出来。先生每遣一辞，立一义，铢秤寸度，精确分明，语意上不能稍作左右前后之移转。而古人之心，乃跃然于纸上。必如此而言中国文化，始真有中国文化之可言。以熊先生体认思辨的水准来看一般人的著作，则章太炎、冯友兰诸人，只是说糊涂话而已，其他更何待论。所以学者必须在熊先生这两部书中把握中国文化的核心，也由此以得到研究中国文化的钥匙。

三

熊先生对人的态度，不仅他自己无一毫人情世故；并且以他自己人格的全力量，直接薄迫于对方，使对方的人情世故，亦皆被剥落得干干净净，不能不以自己的人格与熊先生的人格，直接照面，因而得到激昂感奋，开启出生命的新机。所以许多负大名的名士学者，并没有真正的学生，而熊先生倒有真正的学生，其原因在此。他由人格所发出的迫力，在《十力语要》的各短篇书札中，在《读经示要》的各篇文章中，都可使读者感受得到。

但他又是最不能被一般人所能了解的人。从大的方面说，凡是真正的儒家，都不能为一般人所了解，而常成为四面不靠岸的一只孤独的船。孔子说"君子群而不党"；又说"君子周而不比"；又说"君子之于天下也，无适也（不专听从任何人），无莫也（不专拒绝任何人），义之与比（惟合于义者则从之）"。上面的几句话，简单说明了儒者向一切人类，开启自己的心量，而自然笃厚于自己族类之爱。但人世间则只有"党"而无"群"；只知道"比"而不知道"周"；于是要求只"适"于其党，而"莫"于非其党。及发现一个真正儒者的心灵，只能属于人类，只能属于自己的族类，而不属于任何的党时；并且发现泰山岩岩的义的气象，使人世间各种威胁利诱之技，毫无所施时，自然也会从各方面来加以拒斥、打击。则熊先生之不能被世人所了解，正是儒家的本分；也正是儒家所以能"参万世而一成纯"的本领。民族不亡，人类不灭，人之所以为人之基本条件亦不变，则熊先生由生命所体现出的中国文化长城，或能薪尽火传，与天壤以共其不朽吧！

一九六八年七月《华侨日报》

有关熊十力先生的片鳞支爪

此次在港,看到有朋友记录熊先生的逸事,引起我不少的感想。我对先生追随日浅,只有片断的印象,所以自去年五月二十三日先生去世后,一直迟疑不敢动笔写点什么。但转念再过些时,会连已经开始模糊的片断印象也会忘掉,这便太辜负先生对我的期望。我没有记日记的习惯而记忆力又差;此处所记的有关年月,可能小有出入。但不敢为半点无根之谈。其因误记而有错误及遗漏的地方,希望先生其他门人加以补正。

一九六九年十二月二日　于香港新亚书院

一

我开始知道熊先生,是从友人贺君有年的口中得来的。贺君贫苦力学,文字及人品,均堪敬佩。他家与熊先生的故居黄冈但店附近的黄土坳,相距很近。我虽然是浠水县人,但家都是在两县交界之地,和先生的故里相距仅约十公里,可是从来不知道先生的姓字。民国十六年(1927),陶子钦先生任第七军某师的师长，林君逸圣任师部参谋长，贺君因林之推荐，在师部任秘书，我在师政治部任宣传科长（师政治部主任为卢蔚乾先生，人极精干，长于草书），与贺君来往颇密。有一次，游南京鸡鸣寺，我作了一首七律诗给他看，他和了一首；但当面告诉我："以我所知道的你的文名，诗不应当只做到这个样子，很有点使我失望。"他这种对朋友的坦率态度，使我至今感念不忘。这年秋天，胡今予先生与白崇禧先生闹着意见，负气住在上海。胡所率领的刚成立不久的第十九军和第七军的一个师，暂由陶先生指挥，在南京附近的龙潭，与渡江的孙传芳部，打了一个狠仗，孙部被歼，陶先生指挥的部队，也牺牲惨重。当开追悼会时，贺君作了一副挽联，顺便记在这里，以表示对这位朋友的怀念。

龙潭一役，关党国兴亡。剧怜碧血横飞，电掣雷轰攻背水。马革裹尸，是男儿志事。长祝青燐无恙，风凄月黑绕中山。

这年夏天，军队驻在芜湖的时候，有一次晚饭后（当时军队一天吃两餐，大概早上九时吃早饭，下午四时半吃晚饭），我们坐在芜湖有名但并无风景可言的赭山（山名恐有误）的山腰聊天，贺君在谈天中，大大推服"熊子真先生"，说他如何精于佛学，精于先秦诸子之学。文章写得如何好。又说他和石蘅菁、张难先都是好朋友；陈铭枢以师礼事之；蔡元培先生亦甚为推服，但他决不做官种种。更谈到他狂放不羁，侮蔑权贵；年轻时穷得要死，在〇〇山寨（此山寨壁立千仞，风景极佳，我常从下面经过。贺君并念他自己游此山寨的诗，有"古寺荒凉绝人迹，我来天地正秋风"之句）教蒙馆，没有裤子换，一条裤子，夜晚洗了就挂在菩萨头上。我当时只是听着笑着，觉得很有意思，但没有引起进一步的感想。老实说，当时我非常自满，又不知学问为何物，自然引不起对学问的关心。

二

从民国三十二年（1943）起，我住在重庆南岸黄角垭，与陶子钦先生时相过从。大概是三十三年（1944）春，在陶先生处看到熊先生所著《新唯识论》语体文本的上册，我借来随意翻阅，发现此书构思之精，用词之严，及辩证之详审，与夫文章气体之雄健，重新引起贺君对我所说的回忆，便进一步打听他老人家的情形，知道此时正住在北碚金刚碑勉仁书院；我便写了一封表示仰慕的信寄去。不几天，居然接到回信，粗纸浓墨，旁边加上红黑两色的圈点，说完收到我的信后，接着是"子有志于学乎，学者所以学为人也"两句，开陈了一番治学做人的道理。再说到后生对于前辈，应当有的礼貌，责我文字潦草，诚敬之意不足，要我特别注意。这封信所给我的启发与感动，超过了《新唯识论》。因为句句坚实凝重，在率直的语气中，含有磁性的吸引力。当然我立刻去信道歉，并说明我一向不能写楷字的情形。这样通过几次信后，有一天先生来信说我可以到金刚碑去看他。我去后，他告诉我，"勉仁书院是梁漱溟先生主持的，有书院之名，并无书院之实。因梁先生经常在外，我只是在这里借住"。我看，环境很幽美，架上有梁先生的若干线装书。师母住在相隔约三百米远的地方。先生说，"要做学问，生活上应和妻子隔开"，后来有一次手指着我说："你和太太、小孩子这样亲密，怎能认真读点书？"不过，先生有时以低沉有力的语气远远指着师母背后向我说"这个老妇人哪！"说这一句后，再没有下文，可能先生是有点惧内的。有一次，我做梦在故乡过旧历年，先生在我家里忙着写春联，醒后便用元遗山呈苏内翰诗的韵，做了一首诗寄给他老人家；他老人家得诗大喜，复书有谓"但愿能太平乡居，来汝家写春联也"。

三

大概在民国三十四年（1945）春天，我去金刚碑看先生，临走时，送我送得很远，一面走，一面谈，并时时淌下眼泪。下面所记，是残缺不全的当时先生告诉我的一些话。

我家非常贫苦。先父笃学励行，不善谋生（按：好像没有得到秀才）。并在我八九岁时就死去了。未死以前，早晚教我读一点书。死后，既无力从师，又没有什么生活事情给我做，便常背着称（秤），随着哥哥在乡下卖黄瓜鱼（按：这是长三四寸的一种廉价的咸鱼）。就这样浪荡了几年。我有一位长亲（按：先生当时说了姓名，已忘记。）看到我这种情形，常常痛惜地说："××（按：指先生的父亲）一生忠厚，有个好儿子，却就这样地糟蹋了。"离我家不远的地方有位何先生（按：先生当时说了何先生的名字，我忘记了。我小时，常常听到先父提起何家寨有位何炳黎先生号昆阁，以举人留学日本，学问很好，不知是否即系这位先生），当时声名很大，学问很好，乡下有钱的人，常出重金聘请教授自己的子弟。我的那位长亲，和何先生谈到我，这位何先生说可以到他教书的地方搭学（按：主要是教出高聘金者的子弟。其他子弟则称为"搭学"，乃附读之意），不要学钱。我去搭学后，何先生对我的启发性很大。进步很快。同学二三十人，我的年龄最小；但开始作文，何先生对我作的，总是密圈密点，许为全校第一，这便引起年长的同学的反感，尤其是那位富家子的反感，常常讥笑我说："这个模样就是第一呀！"有一次我忍耐不住，当他又到我面前讥笑时，我在桌上一巴掌："老子是第一，你便把老子怎样？"大闹一顿。闹完之后，正是六月左右，家里也没有米送来吃饭，我便休学回家。我一生真正只读这半年书。当离校时，何先生流着眼泪送我，安慰我，勉励我，要我自己不断努力。现在回想起来，这位何先生实在是有学问的，他是我的恩师。

我要为他写篇传,因为他生平有些情形我不清楚,所以一直没有写。

先生说上面一段话时,黄豆大的眼泪,不断地从眼角掉了来。先生继续说:

回家后,贫无所事。自己也浏览点篇籍,但不能以此为常课。不过文章出于天赋,乡人也渐渐知道我的文章写得不错。贫极无法自存,乃约了五六个孩子,在一个山寨的破庙上教蒙馆(按:即贺君所述者)。后闻武昌募新军,遂投身入伍,入伍后与王汉等数人谋革命(按:王汉以谋刺铁良未成身死,先生有《王汉传》,文甚悲壮),几死者数,逃归故里。辛亥革命,以首义论功,派为都督府参谋。(一说,先生是在本县黄冈策动反正,在黄冈县之临时机构中任参谋。与我所记忆者有出入。)及裁军之议起,我愿意受资遣散。黄冈人稠地贵,拿的遣散费不足建立生事基础。闻江西德安地广人稀,鱼米之乡,乃往购置田宅,嘱弟兄前来耕种,仅能糊口。此时我已三十多岁,开始认真读先秦诸子之书。中间曾往广州,想继续参加革命事业。大家住在旅馆里,终日言不及义,亦无所用心。我当时想,由这样一群无心肝的人革命,到底革到什么地方去呢?又愤然回到德安,攻苦食淡。住在武汉的某君(按:先生当时说有姓名,已忘记,可能是江苏人)看到我与友人的通信。认为我有学问,能文章,遂介绍到江苏某中学(按:当时亦说有地名校名,已忘记)教书。八月中旬起程,途经南京,稍停数日,闻有宜黄欧阳竟无大师,立支那内学院①讲《唯识论》,朝野推重。乃辞去中学教职,留南京请为弟子。当时在大师门下诸多一时名士;以梁任公的大名,亦俯首居弟子之列。我以一寒伧村野之人,侧居其间,当然

---

① 支那内学院为佛教学者欧阳竟无创立的中国佛教学院和研究机构。因古印度称中国为"支那",佛教自称其学为"内学",故名。

不会受到大师的重视。我穷得只有一条裤子（按：系中装的长裤子），于就寝前洗涤，俟次晨干时穿上。若次晨未干，便只好穿一件空心长衫。后为同门所知，常以此取笑，为我取了一个诨名（按：先生当时说是什么道人，已忘记），但我日夜穷探苦索，不久开始草《新唯识论》，大师并不知道。有一年，北大校长蔡元培先生来南京晤欧阳大师，欲欧阳大师推荐一门人往北大教《唯识论》；大师请蔡先生自己选择，蔡先生乃与院内同门分别接谈；和我接谈时，我出《新唯识论》稿，蔡先生大为惊叹，遂面约赴北大为特约讲师。我素不上教室，选课者来我住处讲授。旋《新唯识论》初稿印出，内学院大哗，同门承欧阳大师之意，刊《破新唯识论》，我亦草《破破新唯识论》以应之。大师命门人不必继续争辩。新论得浙江马一浮先生序，推许备至，遂引起学术界的注意。

因我治学太迟，自到内学院，转北京大学，用力太猛，先得咯血症，旋又得漏髓病，气体大耗，严冬不能衣裘烤火，乃在杭州养病。因曾参加革命，所以在政府中也有几个好朋友，如石蘅青、张难先、陈铭枢等。在养病中偶然也谈到政治问题，但我认为欲救中国，必须先救学术，必须有人出来挺身讲学，以造成风气。此意，蔡孑民先生甚赞成，然亦始终无从下手。我读书不博，许多构思甚久的东西，未能动笔写出，这是使我心里常常不安的。

我因问到欧阳大师的情形，先生说：

大师是豪杰之士。唯识自玄奘后，遂成绝学，沉埋千载；得大师起而振发之，遂使慧日重光，这当然是了不起的一件事。大师甚精选学（按：指《昭明文选》），文辞沉雄桀崛，亦为当今第一人。但他是佛学中的汉学家、考据家，在义理方面有所不足。他的院训及各经叙录，当然是天壤间的大文章。

先生又反复地说：

天下沦没于势力，知识分子丧心病狂，真有使我发生将万世为奴的感慨。一二人之力，单薄孤危，要挽救也无济于事。党人以势力相结合，尤不可言。所以我常想，应当以讲学结合有志之士多人，代替政党的作用，为国家培植根本，为社会转移风气。你不要小看了讲学的力量。朱九江先生（按：先生平日谈天中，盛推九江先生，谓其书札字字皆香，盖因其人格高也），一传为康南海之万木草堂，卒以此震撼一个时代。杨仁山先生一传而为欧阳大师，其所讲者内学；然及门之盛，亦不可谓对时代无影响。天下事，是急功近利不得的。

四

先生讲完了上面的话，并叮嘱谓"我少年的情形，在我未死以前，不必发表"。这意思，是要我在他死后发表的。当时在落日苍黄中分手，先生所说的种种，一直在脑筋中翻腾上下，引起很复杂的感想。迄今二十多年，不仅我个人百无一成，连先生当时叮嘱的郑重的语言，也记忆得模糊不清了。

三十四年冬，先生到重庆候船东下，住在我家里。小女均琴，刚刚三岁。先生问她："喜不喜欢我住在你家？""不喜欢。""为什么？""你把我家的好东西都吃掉了。"先生大笑，用胡须刺她的鼻孔说，"这个小女儿一定有出息"。

新亚书院哲学系的书柜上，安置有放大了的先生半身照，神采奕奕；当我坐在办公桌上，即照临在我的面前，一如耳提面命。办公桌玻璃板下，压放着影印的先生给唐君毅兄的短札墨迹，借此机会，抄录在下面：

又告君毅，评唯物文，固不可不多作。而方正学、王洙、郑所南、船山、亭林、晚村诸先贤倡民族思想之意，却切要。此一精神树不起，则一切无可谈也。名士习气不破除，民族思想也培不起。名士无真心肝，不求正知正见，无真实力量，有何同类之爱，希独立之望乎。此等话说来，必人人皆曰，早知之。其实确不知。陶诗有曰，摆落悠悠谈，此语至深哉。今人摇笔弄舌，知见多极，实皆悠悠谈耳。今各上庠名流，有族类沦亡之感否。

今日上庠名流，乃争以族类沦亡为取利的手段；在现实上虽无卖国之权，乃以薄利出卖民族精神所寄托的历史，一切按出钱豢养之主人的意志而加以歪曲，以迎合其深藏的祸心。此其毒，或较政治上之汉奸为尤酷尤惨。记述先生的志事，如深闻先生徨傍绕室时长叹深喟之声。则我为反对奖励文化汉奸而遭洋奴土奴之侮辱，在这一点上，或尚可面对先生之遗照而稍无愧色。

一九六九年《中华杂志》第七十八号

忆念刘凤章先生

一

我是一个任天而动的人，许多亲身经历过的人与事，当时并不能领会他（它）存在的意义，直到境过情迁，才在追忆中涌起万千惆怅。近五十多年来常常想到我住湖北省立第一师范学校时的校长刘凤章先生，总感到真正以宋明儒讲学精神办学校的，民国以来仅有他一人。这在教育史上、在儒林传中，都应占非常重要的地位。但他生时，被一时浮薄的风气所淹，死后又因"树人不善为名"而声名渐渐湮灭，使我心里有说不出的歉疚。

宋明儒讲学的精神，或者可以三端来加以概括：第一，他们讲学的动机是来自继往开来的真实责任感。第二，他们所追求的是要能证验之于身心，证验之于社会的"真知灼见"。第三，他们要培养出的是在人格上能担负得起人类运命的考验。刘先生所处时代不同，但用心未尝不是一致的。

刘先生从民国四年（1915）担任省立第一师范学校校长一直到民国十年（1921）。这中间因坚决反对袁世凯称帝而一度辞职，因不愿卷入新旧之争而又一度辞职；两次辞职不久，皆被学生热烈欢迎返校；但终因厌恶新旧之争，实际是厌恶饭碗之争，而于民国十年一去不复返。我是民国七年（1918）秋季考入一师，于民国十二年（1923）上季毕业的。他当我的校长只有三年，也只有这三年读点书；以后两年，便在我完全不能了解的学潮中断送了。

刘先生笃信王阳明致良知、知行合一之教，生活清严笑不苟；但对人周到恳笃，来往总是步行，极少坐人力车；冬天只穿棉袍，我曾看到背上脱了缝，绝不穿皮袄。大家称他为刘阳明；排挤他的人，说他是"作伪"。他在上修身课时曾向我们说，读书人要能站得起来，不走上升官发财的老路，首先必从生活俭约上立根基。生活一任意，便易流于放侈；生活放侈，行为不能不随之邪僻。我们只要相信是对的便去做，不怕人骂为作伪；守之终生不改，不就是真的吗？

我们一进学校，便由学校发给两套灰布制服，经常要穿得整整齐齐。衣服都是自己洗。他校的学生，称我们为"杠子队"。因武汉当时驻扎的都是北洋军队；军队中有专搬运东西的"长夫"，出街时常成队地背着一条粗长的竹竿，我们的制服，和他们非常相像，较之正式士兵穿的要差一等。因此，当时的女学生有两句流行的话："文华文而雅，一师穷而鄙。"文华书院是教会办给有钱人子弟住的，穿的是青白两色的哔叽呢制服，和我们比起来自然"文而雅"了。但我们当时并不觉得自己是穷是鄙。

二

在食堂里，六人一桌，四菜一汤，要坐得整整齐齐地吃。早上老是吃稀饭，所以有人开玩笑，把"师范生"称为"稀饭生"。学生只有星期三的晚饭后，才可出街，九时以前一定要返校。只有星期天下午一时才放假，八时以前一定要返校。上自习，下自习，都有一定时间，不仅由校监常来巡视，校长也常来巡视。以后因为有的学生太用功，自习下得太迟，早上起得太早，以致健康发生问题，所以巡视的目的，不仅在警告不用功的学生,同时也劝告太用功的学生。一连两年,死了两三位考第一的同学,在开追悼会上,刘先生都是声泪俱下。

我们那一次共收了三班,三班中特以一班为英文班,给有志、有能力升学的以升学的便利。其余的特别重视国文、历史、地理、修身等课;修身由刘先生自己担任,编有讲义;他上课时常是把书上的道理和时下的情形,两相对照,痛下针砭。他卑躬折节地去请好老师;我们班上是安陆一位对古文甚有研究的陈先生(忘其名)讲授国文;讲到重要的地方,把书一掩,手在案上轻轻一拍,以赞叹的口气,拉长了腔调说:"你们看啊!看古人的文章怎样的写法啊!"由一位对周秦诸子很有研究,但一说话便脸红的李希如先生改作文,他常出富有启发性的大题目;我们班上的周德本同学,大家称他为"周大头",一篇文章总是两三千字,老是第一;但我们当时并看不懂,可惜他毕业后早死了。沔阳的一位傅先生讲历史,大家称他为傅聋子,他非常佩服章太炎,讲堂上常向我们提起。这都是一时之选。后来也聘请了黄季刚及刘伯平两位先生教文字、声韵的课,他两位似乎不太瞧得起讲文字学的鲁润九先生,但鲁先生实在讲得有声有色,能引起学生兴趣,我们私下称他为鲁瞎子。也重视习字,有一定的要求。总的说起来,我们的功课都很扎实。

星期天上午由十时起,在大礼堂由刘先生自己讲程《伊川易传》,还常请在英文班教课的李立夫先生讲演,李先生是一位异人,到过很多地方,家庭一切事情都夫妻两人自己做。他把在各地收集的小物品,例如他在桐柏县一株古柏上拿到的几片树皮,和他自己做的布鞋给我们看。以后又请些新人物来讲演,有如李汉俊向我们讲要建设必先破坏等。这都是自由听讲。

但是刘先生还非常重视"体操"。除一般的体操外,一定要练"兵操";学校有百几十枝旧步枪,还有用木做的步枪。所以"驮枪""枪放下""瞄准"是每个星期都有的。他又提倡拳术,由一位早期毕业的湖南赵先生教;每天教拳的时间,总是天蒙蒙亮开始,到早晨时收功。练拳的同学固然起得很早，不练拳的也一大早起来跑步或用功。

刘先生深感于"儒者必先治生"，及提倡工业应由个人做起的主张，所以鼓励同学们由课室的手工业，扩充到带有市场性的手工业；有部分同学做得很热心，成立了什么社、什么会，小规模做牙粉、粉笔、油墨等类的东西，由学校率先采用，再推之社会。他希望以师范学校兼具备职业学校的功能。

三

当时学校图书馆的线装书有二十多万册，到图书馆借书看书的风气很盛。我们班上的国文程度，现时没有哪一个大学的中文系能赶得上。我在前两年，作文成绩总是倒第几名；到了第三年才爬到前三名。学校的气氛，谐和而充实。

但新的风气，吹到了武汉，新人物要破旧立新，把刘先生当作旧的大目标，由校外的攻击，渗入到校内。首先说刘先生排斥新知之士，其次是说对学生管得太紧，妨碍了自由发展，刘先生在这种压力之下，也一次聘请了几位北大武高毕业的当教员，但被学生瞧不起。攘扰渐次代替了和谐，刘先生愤而辞职，被大多数学生热烈欢迎回来。但不到半年，攻击之声更盛，学生中一向佩服刘先生的也渐冷淡下来，刘先生便从此离开了学校。

刘先生字文卿，晚更号耘心、岱樵，湖北黄陂县人。生于咸丰九年（1859）二月十五日，卒于民国二十四年（1935）。他在当一师校长以前，曾以举人任教两湖经心书院、文普通学堂及方言学堂，并曾任中华大学"学长"，陈启天、余家菊两先生皆其弟子，亦皆有所记述，尤以陈先生寄庐回忆录中记述得有意义。黎元洪聘他为总统府咨议，月致薪三百元，他没有接受，把邮汇来的钱存在黄陂实业银行。辞一师校长后，因同人之劝，以此存款在南楼办私立蒙正小学。他常住在这里，不问世务。后因以疾返乡，平日以孝友为乡人所敬重。他在省立国学馆讲授《周易》时，将数十年研究积累所得，写成《周易集注》一书，于民国甲戌岁（1934年）由一师的几位同学印行，我曾有一部，在丧乱中遗失；年来辗转寻觅，最近知周谦冲先生之夫人刘敦勤女士，为刘先生侄女，有一影印本，寄陈修平（启天）先生设法印行，我非常希望此书能早日问世，以作先生学重的纪念。

一九八一年六月一日《华侨日报》

附：录自一九八一年五月三日徐复观与刘凤章先生侄女刘敦勤女士的通信

……您的地址，是湖北省立图书馆办公室主任徐孝宓先生告诉我的。我和孝宓先生也没有见过面。因在通信中向他打听先师刘凤章先生的遗著，他来信说，您是刘师的小姐，要我和您联络。

我于民国十五年（1926）秋季考进武昌省立第一师范，时年十五岁，刘师是我们的校长。以后住国学馆，也听过他老人家的课。他老人家对我期望甚殷，但因很怕他，所以只到鼓楼（？）小学（？）去看过两次。中间因生活困难，承他老人家介绍我到汉川去当半年小学教员。民国二十六年（1937），我在省府保安处当科长，当时他老人家大概还在，似乎是住在原籍，似乎没有见到面。但常常想到他老人家办学的情形，真不愧为一位伟大的儒者。我记得他老人家有一部关于易经的著作，现遍寻不得。假定您手上有，希望照片一部，钱由我出，并由我负责将其重版问世。如尚有其他资料，也希望影印给我，想写一较详的传记。

我一九四九年到台湾，在中兴大学及东海大学教书。一九六九年到香港，在中文大学教书。退休后还住在香港。今年已七十七岁，有三个儿女住在美国，我此次前来治病。九月返港。现在是住在小儿帅军的地方。在我未死以前，希望能了此心愿，以报刘师的恩德。

望短期内能得到回示。我在师范学校时的名字是"秉常"，后改为"佛观"，又字"复观"。写文章、写书，都用"复观"两字。专此敬颂

大安

徐复观敬上
一九八一年五月三日

王季芗先生事略

一

傅君隶朴，拟印行先师季芗先生所著重修湖北通志条议，嘱余略述先生生平，以告读者。余固陋不学，何足以知先生；然板荡以来，海外能言先生者绝少，乃受命不敢辞。窃惟先生博极群书，其著作已刊未刊者都凡一百一十八种，穷搜远绍，综贯于四部之中；要以方志学一门，为晚年用力最勤，所得亦最精最富。其巨著方志学发微，民国二十六年（1937）春已缮成定稿；顾抗战军兴，先生退隐乡邑，无由付印。三十五年还都金陵，时先生已归道山，余与同门涂君颂乔，谋将是书问世，而遗孤幼弱，其家人匿稿不肯出；因循之间，神州远隔，其存没遂不复可问。此条议一卷，虽仅为湖北修志而作，然实际系先生学以致用之结晶，亦即系方志学发微之缩本；故此编之出，乃不幸中之大幸；而傅君之有功于前修，嘉惠于士林者，诚非浅鲜也。

二

先生名葆心，字季芗，别字晦堂，又号青坨老人；湖北罗田县人。民国三十三年（1944）四月十三日卒于原籍之东安乡，时年七十有七，以此推之，则实生于同治六年也（一八六七至一九四四）。清末，张文襄公，设两湖书院于鄂渚，先生以博洽受知为高才生。癸卯举于乡，任学部主事，兼充京师大学堂及优级师范经学文学教授。时清政不纲，忧患煎迫，先生宿怀民族思想，顾悃朴不喜言革命，爰著《宋季淮西六砦纪事》一卷，《明季江淮七十二砦纪事》七卷，于宋明季义民抗拒异族之壮烈故事，搜访坠逸，阐发幽微，整比钩稽，勒成正史体制；其文字中感愤郁勃之气，读之棱棱如可扪触；故此二书，不仅可补史乘之所遗，实亦先生壮年一段真精神之所寄。民国纪元，先后任教于北京大学及武昌高等师范（后改武汉大学）。十二年秋，湖北创办国学馆，执教者皆一时耆硕，特推先生为馆长；先生分课程为经史文理四科，日与诸生讲贯讨论，一复宋明书院讲学之遗规。十五年，北伐军抵武汉，国学馆亦因之废弃；自是先生往来乡邑省垣间，读书著书，未尝一日或间。生事寒素，然丁民国二十三、二十四年（1934、1935）间，以望七之年，亲至北平图书馆搜抄资料，一年间得二十四册以归，其平生治学之勤，大率类此。盖先生一生，以读书著书为性命，此外殆无一足使其措意。故平生不立崖岸，而翛然远引，如清风明月，凡与先生相接者，尘垢鄙吝之气，自消融于光风霁月之中而每不自觉也。

三

先生晚年特喜留心地方文献。对南北各地文化之发展，恒人经地纬，以考见其今昔演变之所由来。客有初次访候先生者，先生问明籍贯者，虽属穷徼下邑，亦辄为言其山川人物，条贯古今，如数家内事；偶举与客家世有关者以问客，客辄瞠目逡巡，唯唯而退；退而就先生所言者考求之，无不骇怪先生何以能博闻强记至于如此也。曾集湖北先正旧闻佚事,成江汉献征录,凡数十帙,其取材多人间不经见之书。后修湖北文徵,先生与甘药樵氏担任宋明两代编纂,实则先生独任其劳。成书凡二百四十卷,并将与江汉献征录中有关材料,分列于元明作者小传之后,自数百言至数千言或万言不等;在张江陵一目下,叙录当时江浙士大夫所以诬陷之前因后果,及当时为江陵辩诬之各种材料,且数万言。然后湖北元明两代之人物风教,始粲然完备。甘氏居北平,雄于资,诓先生谓决独力将稿付印,先生深信不疑,挈全稿畀之。乃甘氏得稿后匿不复出;时抗战正剧,南北阻绝,报纸误传先生已死,甘氏遂扬言此稿乃其私著。先生闻之始知受欺,向甘氏屡索不应;旅平津之湖北人士,群代先生向甘氏鸣不平,亦不应,遂使先生衔恨以没。

四

三十五年春,余养病北平,甘氏亦已病故,其后人坚不承认家中藏有是稿。旅平诸乡先生佥谓此稿一旦失坠,不但有负先生数十年之辛勤,且恐今后更无人能续成此盛业者。余乃商之当时北平市长乡前辈熊哲民先生,设法自甘氏家中清出,则二百四十卷之原稿,稿中先生之手泽及甘氏涂改勾勒之迹,固赫然具在也。遂携之反鄂,原欲归之通志馆,而馆长李某,乃甘氏之婿,正彷徨中,适居公觉生、何公雪竹,谓亟须印行以免再度湮没,谋之徐公克成,徐公慨然以此自任,以其经营之事业中,有一规模宏巨之印书馆也。及武汉沦陷,徐公谓于退出时将稿藏武昌私第夹壁中,则其能否侥幸于鲁壁汲冢之余,盖益不可知矣。余从先生问业于国学馆,先生辄周其衣食,所以期望之者至殷且厚。乃数十年来,奔走生计,习业百无一成；且坐视先生之志业，零替殆尽；现手中所有者，仅先生所著古文词通义，及二十六年武昌春游时照片一帧耳。抚摸此编，益增余之愧疚也矣。

一九五六年五月受业徐复观谨志于私立东海大学
一九五六年五月《华侨日报》

我对何雪公性格的点滴了解

对于旧时代中有代表性人物性格的了解，是一件很困难的事情。尤其是对于何雪公，我没有直接追随的机会。要说了解，也只能算是一点一滴的。

雪公的性格，是温厚而清严的性格。温厚的一面，表现在对人的情谊周到，表现在对人的涵融忍耐。他之所以能成为杂牌军队之王，由促成军事指挥权的统一以促成国家统一的原因，主要是来自他因性格温厚而局量宽宏的这一面。但他权势正盛时，曾引起许多物议，造成许多中伤，甚至给人以马虎苟且的印象的原因，也主要是来自他性格的这一面。过去能了解他的人，因为他得到杂牌军队的任，但从无借此树立私人势力的野心；有运用大量人力物力的机权，但他私人经济却一清如水，如是认为他是属于小事糊涂、大事不糊涂这一类型的；这依然只看到他性格温厚的一面，而忽视了他性格清严的一面。正因为他有清严的一面，所以在流言之中而不被流言所诬，握机权之势而能为国家持大体。

我从日本士官学校退学返国后，在南京、武汉都找不到工作。偶然听说中央委派内政部长黄季宽先生负责筹划安定新疆的责任，便写信向他投效，旋由归绥带四辆汽车横越内蒙古沙漠，侦察由归绥向新疆运送军队的可能性。因为这一机缘，黄调浙江省府主席，我也被调到浙江；黄调湖北省府主席，我也跟着回湖北。当时雪公担任武汉行营主任，我并不知道他与桂系的关系不好，甚至在政治中有哪些派系，我也一概不知。只因地位悬隔，性情疏放，连行营的大门也不曾经过。

抗战发生，雪公以行营主任兼省府主席。我从山西返鄂，决定不再随黄先生赴浙江。因石蘅青先生的推介，民政厅长严立三先生发表我当大冶县长，我立即辞谢了。我忘记了雪公是派谁来问我，为什么不肯当县长；并要我去见他。我当时表示，我看他时可去行营，但不愿到省府。那位先生为我约好时间后，初次见面，使我感到他是一位慈祥恺悌的老人。

他笑笑地问："你为什么不去当县长？"

"我想做军事工作。"

"有一个部队，不太好，要整顿，正缺一个团长，你愿去吗？"

"我愿去。"

"那么，你坐着待一下，拿委任状去到差。"于是叫管人事的科长来，把已写好未发出的委任状废掉，"改委派徐复观去。"

第一次见面，前后不到十分钟，我便拿着委任状走了。我心想，大家都以为他是马马虎虎的人，原来他早已知道有徐某这样一个地位低微的后进，而处事的明决，真可说是少见。

重庆时代，我有机会到军法执行总监部去谒候他老人家，两件事使我很吃惊。第一件事，我发现他的办公桌上，公文、信札、书籍，经常是整整齐齐地安放在一起。偶然看到他开抽屉时，抽屉里也是有条不紊，没有一点杂乱。这是他丝毫不苟的一种反映，原来他小事也不糊涂，使我非常抱愧。另一件事，偶然和他谈到有关军法问题时，我发现他对案情的辨析，条文的权衡，审慎缜密，客观持平；有时他向上级争持，争持不得，他叹息，他痛苦。原来他是这样一位有正义感，有是非心，真正关心袍泽，关心社会的人。这应使过去以造谣作权位斗争手段的奸诈之徒，知所愧怍。

他老人家的日记由《传记文学》刊印出来了，这将使后来追求历史真实，探索历史是非的史学家们，得到很大的帮助。就我个人说，也为过去点滴的了解作了证，而感到一番快慰。

一九八一年八月一日《传记文学》第三十九卷第二期

烧在何公雪竹墓前的一篇寿文

我于民国二十六年（1937）十一月，从娘子关战役归来，初谒何雪竹先生于武汉行营，立谈之间，给我一个团长的派令，职级虽不高，但使我当时很感动。因为在这以前，和他没有任何渊源。以后他调为军法总监，可以谈天的机会很多，才知道他不仅性情宽厚；而且是非常有正义感的人。他在革命中，实在为国家保存了很大的力量；真正说，他才真有古大臣之风。而过去我所听到许多对他不利的话，只是权力斗争中他人对他所加的诬蔑。今年五月，他八十寿辰，同乡人士，要我做一篇寿文，我便把老人家平日稍微吐露过的话，说点出来，这是我对他老人家的责任。谁知寿文写成，而他老人家已去世了。爰将原文刊出，以作我对他老人家永远不忘的纪念。

一九六一年九月　复观志

昔司马子长称留侯之言曰："运筹帷幄之中，制胜于无形，子房计谋其事，无知名，无勇功，图难于易，为大于细。"此真开国之大智大略，旷千载而一遇。子长特表而出之，亦可谓有良史之识矣。虽然，吾于此犹不能无所憾。夫帷幄疆场之隔，即敌我生死决斗之机。故留侯虽极深密柔退之功,终未有以易杀伐虏刘之祸。若有人焉,运筹策于倾危之地,消戾气为祥和,岂特一身无知勇之名,极其量也,将使韩彭无所效其力。则其所以成天地之德,全生民之命者,不且度越留侯万万哉。此固不易得之于古人,而吾鄂何公雪竹,其平生勋业志节,乃庶几近之。当武昌之首义也,清廷命廕昌南征,公临时受命,率兵两标赴鄂,实为其前驱。达黄陂后,鄂督瑞澂,窥义师兵力未集,民心未固,促公乘机一举而扑灭之;公计延力拒,几陷不测。卒使义师得十余日之时间,从容部署。是公以清廷讨伐之兵,转而卵翼新起乌合之同志也。自后黄公克强,实肩革命军事重责,由临时政府而南京留守,以迄讨袁之役,惟公实左右先后其事。民国五年(1916),国会二次解散,黄公陨落,军阀跋扈骄横,革命益趋艰窘。公承总理之命,驰驱于湘鄂川滇,引揽旧交,结合新进,革命大统,始终不绝于西南者,实以公奔走筹策之力为多。及陈炯明叛变,广州沦陷,许汝为军,乃革命仅存武力;疮痍百战,穷无所归。公乃受命于总理,间关入闽,说王永泉反正向义,庇护许军,接济粮械,俾其休养生息,奠尔后回师恢复之基。民国十六年(1927),北伐军事,虽节节进展,而军阀反抗之力尚强。若非另开新局,即无以速国家之统一。于是公奉元戎蒋公之命,促山西阎百川氏早日奋起道出平津。平津为当时巨阀张作霖所盘踞,公直入虎穴,与其将领张学良、韩麟春、杨宇霆等多人,笑谈一室,敌友皆忘。故此行也,不仅得晋绥之早日出师,且导东北他日易帜之先路。自是天下粗定,而寰宇未安。中途参加革命及改编之部队,其数且多于革命基本武力。此辈原曾受国家培育,故咸怀报效之心。惟因成军之历史不同,复难有自坚之志。抚用得所,尽民族之干城;措置乖方,亦国家之隐患。公在平在汉,一本恻怛之心,推袍泽之爱;消倾侧危疑之念,于笑谈嚅煦之中,诸将赖公而得以输其诚。中央赖公而得以集其力。虽时格势禁,未能竟公之用,卒公之志,但其所保全者,盖已多矣。岷山导江,出峡而其势始平,会汉而其势始大。由此以灌溉东南,未尝自矜其德;容纳众水,未尝自许其能。为而不有，长而不宰，功成而不居。楚地山川之灵，实楚人立身行己之教也。民国二十六年（1937），抗战军兴，公正以武汉行营主任兼省府主席。方且延聚贤俊，抒筹长策，将率鄂人大有造于国家，而卒被沮扼以去。八年冷暑，意态萧然。等张尉之持平，亦留侯之辟谷；此于公亦为计良得。然终抗战之役，以三户亡秦之地，几无一成报国之师，此固公平日所隐忍不言，而世运成败所关，后世史家，必有能起而辨之者矣。呜呼，吴公禄贞之被狙于石门，黄公克强之早殂于沪上，此皆吾楚人之无可奈何于天，亦斯世之所不能无觖望于楚人者也。今岁五月，为公八旬揽揆之辰，邦人君子，欲共晋一觞为公寿，而督余为其辞。窃维公之避地来台也，食无鱼，出无车，生事俭素，而雍容自得，望之粹然，即之也温，听其言，则举几天下国家是非成败之故，莫不较然若别黑白，略无一语及其私。无位而德益尊，无称而望益重，以是愈信其生平勋业，乃其精神人格，秕糠咳唾之余。勋业可付之云烟，而精神人格，自当亘千载而不朽。此公之所以诏告邦人君子，亦邦人君子之所以祝公难老欤。

私立东海大学教授门下士徐复观拜撰

原载《民主评论》第十五卷第七期

明代内阁制度与张江陵（居正）的权、奸问题

一九五二年十一月，钱穆先生出有《中国历代政治得失》一书，中谓张江陵是权臣奸臣。万武樵先生看到后，深为难过，要我写一文为张江陵昭雪。张江陵的相业，虽经当时童昏之主，及虚浮不实的士人，曾极力加以诬蔑；但至崇祯时代，由土崩瓦解的形式所引起的反省，明代的君臣，对他已加以昭雪了。钱先生的私人意见，本不必重视。但钱先生是以制度为立论的根据，这里面含有在专制政治下的一大悲剧问题，须稍加清理。所以我便由武樵先生的激励，写成此文。此文写成后，先寄钱先生过目，钱先生写一跋语作答，原拟在《民主评论》上同时发表。后来我因为某种顾虑，把两文一起压下了。今岁四月，钱江潮先生两次来信，谓江陵县在台人士，将以餐会崇乡谊，邀我届时对张江陵的平生作即席演讲；我因张怀九先生及江潮之尊大人钱纳水先生，皆耆年硕学，对张江陵的了解，实非我所能企及，故未敢应命。然重违江潮雅意，答应将此文清出发表，借请江陵在台人士加以教正。课务结束后，在抽屉中寻出此文时，首尾两段，因外面未加封套，已经残缺不全；有关刘台的一段考证文章，也在残缺之列；当时用何标题，亦不复记忆；连蓝墨水也褪了色，字迹都变成模糊不清。而钱先生的跋语，因装在一厚信封内，却完好如故。乃把原文首段剩下之百余字，完全删去，以原第二段为首段；另加若干材料，重新写作末

段，以现标题刊出。钱先生在跋语中认为"历史应就历史的客观讲……若针切在时代，那又是谈时代，不是谈历史"。此意甚好，亦甚难。因对历史的了解，常有待于时代经验、意识的启发；所以克罗齐便说只有"现代史"。而我国传统中的"史论"，十之八九，即是时论；也正是这种原因。钱先生以为自己在这里所讲的是客观历史；但他说"此刻，我们要提倡法治，却又推尊张居正，正因为不了解明代政治制度"；可见讲客观历史，而不针对时代，确是不容易。并且也不必故意去避忌的。

钱先生又提出"历史意见"的问题。历史中，一时谬误的意见，常能在历史的经过中得到澄清、纠正；中国过去之所以特别重视历史，正因为历史能提供是非的判断以保证可以尽到宗教中因果报应所能尽到的责任。张江陵的情形，正是一个显著的例子。是非之所以不明，常常为当事者利害好恶之私所遮蔽。理学家常要求人当下能脱出私人的利害好恶，以把握是非之公；这是为了救当下的人，救当下的事，救当下的时代。历史则在时间之流中，也能使人脱出过去的是非好恶，以看出过去的是非得失之公。在这种地方，理学家与史学家，常于不知不觉之中，有其会归之点。但历史家若缺乏时代意识，则不仅他对历史是非的判断，无补于当时；并且因缺乏打开历史的钥匙，对历史上的是非，因之也无从把握。章实斋，对史学家特提出一个德字敬字，可知史学家依然要有理学家的若干基底；这在今日更是无从谈起的。

一九五五年七月五日夜　记于东海大学

一

钱穆先生在他的大著《中国历代政治得失》中认为张江陵是明代的内

阁大学士，不是宰相；但以"相体自居"，这是"不应该揽的权而揽，此是权臣，并不是大臣"；"是奸臣，是权臣，这是违反国法的，也是违反政治上传统道德的"。"现在我们不了解这情形，总认为张居正是一大政治家，他能讲法治。其实他本身就违法，而且违反了当时的大本大法。""此刻我们要提倡法治，却又推尊张居正，正为不了解明代政治制度。"（以上均见原著八三至八四页）又归结地说，"张居正第一不应有权径下政府最高的命令；第二不应要人报皇帝的公事也报他一份"。钱先生要推翻张江陵历史上的地位，纯是就当时政治制度上的法制立言，所以我这里也就此点加以讨论。

钱先生的话，依我的判断，是根据当时御史刘台劾张江陵的奏疏的。刘台是张江陵的门生；他当御史巡按辽东时，坐误奏捷，奉旨谯责，他便深恨江陵，才有劾江陵的奏疏。刘台此一奏疏，尽倾陷之能事。我现在先把刘的奏疏与钱先生论证有关的部分引在下面。

"高皇帝鉴前代之失，不设丞相……文皇帝始置内阁，参预机务；其时官阶未峻，无专肆之萌。二百年来，尚惴惴然避宰相之名而不敢居，以祖宗之法在也。乃大学士张居正，偃然以相自处……祖宗朝一切政事，台省奏陈，部院题覆，抚按奉行。未闻阁臣有举劾也。居正定令，抚按考成章奏，每具二册，一送内阁，一送六科……阁臣衔列翰林，止备顾问，从容论思而已。居正创为是说，欲胁制科臣，拱手听令"。

《明史》卷二百二十九《刘台传》

首先，我应说明"法"是产生于政治主权之所在。主权所在的地方可以立法，也可以改法废法。所以法愈近于主权所在的地方，其安定性愈小。民主政治，主权在民，民非一二人，故立法改法，都要经过认为可以代表民意的机关、程序去实行，因此才可保持法的合理性与安全性。然真正民主国家，依然是人民的自由，大于政府官吏的自由。因为人民是"法原"

所在。专制的主权在君，君的意志随时影响到法。君的意志之所在，几乎法即随之。宰相地位不仅与皇帝最接近，而且它本是帮助乃至是代替皇帝总揽一切的。人君在事实上需要这样一个帮助的人；但在心理上却又害怕这样的人，如果有了正式的法理地位，便会感到这是一种莫大的威胁。所以中国历史上宰相的地位，在上述矛盾之下，很少平正地安顿过。钱先生认为中国历史中的政权早就开放给读书人，也就是开放给天下了。所以没有主权的问题。我认为中国过去之所以没有主权问题，只是一般人认为主权在皇帝，是天经地义，所以不感觉这是一个问题；好像过去一个人花钱买了田地，田地自然是他的，没有人对之发生疑问一样。及土地改革之说兴，于是土地国有？公有？地主有？耕者有？便成为问题了。明代专制太酷，在黄梨洲的《明夷待访录》"原君"一篇中，也正式提出了主权问题。至于过去的选举考试等制度，实等于今日的大公司、大机关之登报招考职员；这比之贵族政治是开放了；但这并不是开放了主权，不是大家和皇室有平等的地位，作政治的竞争。故与今日之所谓政治开放的意义，大不相同。这一大前提不澄清，对中国历史的了解，便都会走上牵强附会之路。

秦悼武王二年始置丞相。汉承秦制，亦设丞相。《汉书》百官公卿年表说"丞相掌丞天子，助理万机"。应劭曰，"丞者，承也。相者，助也"。陈平在汉文初为左丞相；但答文帝决狱、钱穀之问时，自称"宰相"，是丞相即宰相。秦始皇尊吕不韦为相国；韩信诛后，汉高亦尊萧何为相国；相国比丞相的地位，更为尊贵，然实际依然是宰相。宰相是秉承皇帝的意思来帮助皇帝的。这在大一统的专制政治之下，站在人君的立场来说，宰相一职，在事实上既不可少，但在事势上又必须提防；于是历史上不外想出下列几种提防的方法：一是多设几位以分其权。一是有宰相之名而不与以宰相之实；一是与以宰相之实，而不与以宰相之名；必使其名实之间，有所牵制。所以我觉得宰相在中国历史上的地位，最为别扭。名实相符的宰相很少。于是宰相在法的地位，常是习惯法而不是成文法。即是，无宰相之名，而负宰相之实的，时日稍久，人即以宰相视之，史家亦以宰相称之，这是中国历史上的惯例。在官制上言，其间变换甚多；但有一基本线索不变，即是，凡与皇帝最易接近的，不论其官阶之高下，常即居宰相之实。换言之，宰相的实质常决定于与皇帝的关系，而非决定于官制，此系专制政治的本质使然。言中国政治制度者不了解这一点，便不能真正得到要领。

丞相制度到了武帝便出了毛病。自公孙弘死后，由李蔡到刘屈氂，换了六个宰相，自杀者二，下狱死者二，腰斩者一。这段惨史，正说明在专制中宰相地位的困难。尚书令属于少府，官不过六百石，武帝开始以宦官充任。及他临死时要托孤与霍光，于是一面以光为大司马大将军，一面以光领尚书事；使光既掌兵权，又掌内朝机要。宰相的权，在制度上已经开始动摇了。（汉时故事，"诸上书者，皆为二封。署其一曰副，领尚书者先发之"）宣帝时张安世以大司马车骑将军领尚书事，魏相丙吉为相，大政由安世在尚书办公的地方决定好了，再装病出外。及见之诏令，乃派人到丞相府去假打听消息。所以马端临说，"丞相府乃宣行尚书所议之政令耳"。魏相丙吉，号称贤相；而实际他所做的是假宰相；小小的尚书，才是真宰相。东汉以三公为宰相。尚书令的地位提高到千石，外放时也只能当县令。《太平御览》二百一十二引汉宫仪所记东汉明帝诏谓"尚书盖古之纳言，出纳朕命。机事不密则害成，可不慎欤"。这在今日，乃是一个机要秘书兼内收发的地位。但据"通典"说"后汉众务，悉归尚书，三公但受成事而已。尚书令主赞奏事，总领纪纲，无所不统"。并且在朝会时，他可以"专席而坐"。这小小的千石之秩，更成了真正的宰相。此时尚书无宰相之名者，因为还有一个空头宰相三公的招牌存在。

汉献帝时，曹操过了名实俱符的宰相的瘾。"魏晋以后，或置或否。居之者多非寻常人臣之职"。齐、梁、陈，则仅作赠官而无实质。魏、晋以后，始以中书侍中为宰相。宋文帝时，刘湛为侍中，与其他的侍中同为宰相，湛尝谓"今代宰相何难，此正可当我南阳郡汉代功曹耳"。宰相等于郡守的功曹，实说破了宰相一职，根本无制度可言。唐代门下，侍中、中书令是真宰相；尚书左仆射（太宗为秦王时曾为尚书令，故阙不复置）加平章事方为宰相。其以他官参掌者无定员，"但加同中书门下三品"。尚书左仆射为从二品，而门下侍中及中书令均为正三品。在"法"的立场说，他们皆不是宰相，而实际做的是宰相的事。因中书独取旨，尤为相权之所在。可是又不像以前另外有一个空头宰相的招牌，故即认他们为真宰相。宋虽承唐旧，以三省长官为宰相，但旋"以其秩高，不轻授人……乃以尚书令贰（尚书令是尚书省的长官，贰是其副手，等于今日的次长）左右仆射为宰相。而左仆射兼门下侍郎，以行侍中之职"（叶梦得语）。把尚书令的副手来当作宰相，这更于法无据。所谓"同平章事"，是共同商量政事，这是给他的一种任务，而不是官职。但这任务是宰相的任务，故即以宰相称之而不疑，并不发生"法"的问题。这是"习惯法"。此种习惯法的所以得到一般的承认，因为后面有作为"法原"的皇帝意志。

南宋恢复了宰相的名称，因为这才是名实相符，在"法"上说得通一点。明初所以有宰相，是继承此一线索来的。但太祖秉性特为猜忌；洪武十三年胡惟庸之变，大肆诛戮，并废止宰相，设"四辅官"来帮他看公事。后又觉得四辅官的地位高了一点，不很妥当，遂于十五年仿宋制置殿阁大学士。宋朝的学士"资望极峻，无吏守，无职事，惟出入侍从，备顾问而已"。马端临谓宋的"学士直阁，尊卑不同，故难概称"。其中观文、资政两大学士，非拜过相的人不能当。明太祖取其"仅备顾问"，而抑其官秩为五品。此时是以翰林春坊帮他看公事，出主意。那等于现时的侍从秘书。所以刘台对殿阁学士职位的论断，就始设的时候说，那是正当的。但《明史·职官志》及《续通志》的《职官略》，列殿阁学士于六部之前。而对大学士的职位说"掌献替可否，奉陈规诲，点检题奏，票拟批答，以平允庶政。以其授餐大内，常侍天子殿阁之下，避宰相之名，故名内阁"。这和宋制大学士之"仅备顾问"，完全是两样；他们所行使的可以说完全是宰相的职权，乃是实质的宰相。何以要"避宰相之名"？因为明太祖有一道敕谕，禁止后世设宰相。"臣下有奏请设立者，论以极刑"。明以大学士为宰相，与隋唐宋之以三省长官为宰相者，在法理上说，完全相同；都是由演变的事实而来的。所不同者，明代既不同于东汉之另外有一挂名宰相；而较之唐宋，又多了明太祖的一道敕谕。但所谓"避宰相之名"者，也只是表面文章而已。当时的人，以及后世的史家，无不以宰相称大学士。并且这种演变，是在张居正以前早就完成了的。

二

明代大学士职位的演变，大抵可分为四个阶段。成祖即位，特选择解缙、胡广、杨荣等直文渊阁参机务，"阁臣之预机务自此始"。这是第一阶段的演变。但这时，"入内阁者皆编检讲读之官，不置官属，不得专制诸司。诸司奏事，亦不得相关白"，所以没有演变到宰相的职位。仁宗因杨士奇、杨荣、杨溥等为东宫旧臣，以侍郎太常卿等官兼大学士，地位渐增重要。其后士奇等皆迁尚书，且累加至三孤（少师、少傅、少保，从一品），内阁地位便水涨船高起来。到了宣宗，"内柄无大小，悉下大学士杨士奇等参可否。虽吏部蹇义，户部夏原吉，时召见，得预各部事，然希阔不敌士奇等亲，自是内阁权日重。即有一二吏兵之长（尚书）与执持是非，辄以败"。这是第二阶段的演变。在此一演变开始时，杨士奇与尚书吕震讨论问题，吕震"当面厉声叱之"。对于士奇的意见，仁宗因尚书们认为士奇无参政资格，所以不敢直接接受。但到宣宗时，时人以杨荣比姚崇，即系以宰相视大学士。而《明史·三杨传》赞曰"明称贤相，必首推三杨"。大学士之演变为实质的宰相，至此已经确定。而其演变的过程亦表现得最为清楚。宪章类编谓，"洪武中，惩胡惟庸之专权生乱……严为禁革，俾永不得设丞相……内阁置大学士以备顾问,官仅五品,不预政柄……自三杨入阁,乃以少师尚书兼大学士,官尊于六卿。而口衔天宪,自是无丞相之名,而有丞相之实矣,故中外皆称之曰宰相云",正指的此一阶段。

景泰中,"王文以左都御史进吏部尚书入内阁,自后诰敕房俱设中书舍人,六部承奉意志,靡所不领"(《续通志·职官略》)。这是第三阶段的演变。在此演变中,大学士有了正式办事的机构,而大学士之成为实质宰相的机能至此始具备。到了"嘉靖以后,朝位班次,俱列六部之上"。(同上)这是第四阶段的演变;而大学士成为实质宰相,已得到朝廷正式的承认。假定朝位班次,应算一种制度,这也可以说至此而得到制度上的承认。接着,很著名的大学士是夏言、严嵩,《明史·职官志》称他两人"赫然为真宰相"。严嵩是奸臣,夏言并非奸臣。《明史》亦未将夏言列入权臣传。修纂《明史》的人,决不以大学士成为真宰相,而目之为权臣、奸臣。因为这在当时已经承认了,这是"历史事实";客观的史学家不能任意加以抹煞。再接着是华亭徐阶。他写三句话在"直庐"墙上,说"以威福还主上,以政务还诸司,以用舍刑赏还公论",这是鉴于严嵩的专横自肆、处危疑之地,以谦抑自勉。但这三句话只是说明了徐阶为相之量,而并不是否定自己的相位。所以《明史》说"论者翕然,推为名相"。再接着为首辅的是高拱。神宗冲年即位以后,拱"每慷慨收宫府权曰:有传奉中旨,所司按法覆奏,白老臣折衷之,以复百官总己之义"(《明史本纪》)。这是要把宦官经手的皇帝"圣旨",由他审核一番;他认为这是他当宰相的职责。高拱即因此被宦官所逐。而刘台劾张居正的原因之一,是认为张居正有参加逐高拱的嫌疑,因而要为高拱打不平的。若照刘台的大学士不得以宰相自居的理论,则高拱是应该被逐,他何必为其打不平呢?张居正在穆宗时,以礼部右侍郎入阁,又迁吏部左侍郎兼东阁大学士,进礼部尚书兼武英殿大学士,加少保。一年多的时间,由学士五品升至尚书的正二品,少保的从一品。《明史本纪》称"时徐阶以宿老居首辅,与李春芳皆折节礼士,居正最后入，独引相礼，倨见九卿。人以是惮之，重于他相"；可见当时大学士以相体自居，已视为当然。神宗即位后，他代高拱为首辅，"慨然以天下自任"。因为他不仅是神宗的老师，而且是受了顾托之重。慈圣太后（神宗的生母）要他特别多负责任说；"先生有师保之责，于诸臣异"。历史上凡是受命托孤的人，一面是保育皇帝，一面也可以说是代理皇帝；除非是太后自己垂帘听政。居正后由吏部尚书而进太师（明文臣无生而进太师者，居正是一个例外），官正一品，在六部尚书之上。神宗赐居正札称"元辅张少师先生"；当时的皇帝、皇太后，都以"元辅"称他，在《明史本纪》中，班班可考。这即是"历史事实"。史学家有什么方法去否定这种历史事实呢？他当政后，主要政策之一是守祖法，尊主权，屡次要神宗多御朝，亲万机，并建议增加阁员人数。此在明史及江陵集（江陵集出于张家残败之后，危疑未解之时，其中决不敢有饰词）中记载至为明了。权臣、奸臣有一共同特点，便是不愿皇帝多问事。而居正则唯恐皇帝不问事。他指挥政治，除私人书札外，都是敕制诏令，这在法理上是皇帝的而不是居正个人的。凭什么可以说他是权臣、奸臣？至于说他"不应要人报皇帝的公事也报他一份"，这更是一种误解。如前所述，在西汉时，各方奏报，即须以副本送尚书令。假史明代大学士等于汉代尚书令，则多要一份公事也是理所当然。何况此时大学士已演变为实质宰相，报皇帝的事，没有不经过大学士之手的。也即是对张居正而言，没有多报一份的必要。刘台原劾疏对此事说"居正定令，抚按考成章奏，每具二册，一送内阁，一送六科。抚按延迟，则部臣纠之。六部隐蔽，则科臣纠之。六科隐蔽，则内阁纠之"，可见居正是为了增加行政效率，使能互相循环考核，以对治当时散漫疲玩欺瞒之蔽。明书张传说"前是，六部都察院有覆奏，而行抚按勘者，度事之不易行……则稽缓之，至数十年不决。居正下所司，以大小缓急为限行之"，这正是对治此病的一种办法，乃是一种行政措施，是宰相应有的措施。这与西汉上奏事者以副本送尚书的情形也不相同。刘台只认为"阁臣衔列翰林，止备顾问，从容论思"，站在此一立场，才算是违法的。可是阁臣之成为事实宰相，已经百年；刘台说的只是百年前的掌故而已。当时攻击张居正最力的如傅应桢，以王安石比居正，王安石是宰相。王用汲劾居正疏中，指居正为"辅臣""宰臣""相""大臣"。艾穆劾居正疏中称之为"元辅大臣"。在居正的政敌心目中，并未否认他宰相的地位。且刘台既攻击居正不应以大学士冒充宰相，但在同一疏中，对于居正推荐张四维张瀚入阁为大学士一事，则称"祖宗朝，用内阁冢宰，必由庭推。今居正私荐用张四维张瀚云云"，可见刘台自己也承认大学士为冢宰，冢宰当然是宰相。由其疏中之自相矛盾，即可见他的话不能引作历史的论证。假定说张居正的"独引相体"（此独字系对徐阶等之折节下士而言）为违法，这是中国历史千百年中许多宰相的共同违法，是张居正百多年以来的先辈的共同违法，是中国历史中共同承认、中国史学家共同承认的违法。钱先生说："试问当时何尝有一道正式命令叫张居正代理皇帝呢？"宰相代理皇帝，是制度决定的。宰相制度没落后，是出于事实要求，而由皇帝承认的。这在明代，在宣宗时代，已正式有此要求和承认，决不始于张居正。张居正和旁人不同的，倒真是"有道命令叫他代理皇帝"；因为他受命托孤的时候，神宗只有十岁；他不代理皇帝，便只有由宦官代理。神宗曾降敕谓"卿受遗辅政，有安社稷之功"，又"赐大字凡五，曰元辅，曰良臣，曰尔惟盐梅，曰汝作舟楫，曰宅揆保衡"。当江陵要回籍奔父丧时，神宗一则谓"天降先生，非寻常者比，亲承先帝付托，辅朕冲幼……"，再则谓"但今朕当十龄，皇考见背，丁宁以朕嘱卿……"；这类的话，不一而足。

三

张居正有许多缺点。熊师十力说他的思想有道家底子，明书上也曾提到。道家多半是有"机心"的。熊先生又责他不应干涉讲学，有统制思想之嫌。此外，也是当时引人最不满的，是他接受批评的雅量不够，这是政治家的大忌。但虽然如此，他依然是一个大政治家。第一，中国承认皇帝还要有"先生"，这正是中国政治思想与制度的伟大处。可是实际做到的很少。居正对皇帝以师道自居，进《帝鉴图说》及《列圣宝训实录》，真正尽了"为王者师"的责任，这只有大政治家才得有此。第二，中国历史上谈政治的，多半是谈一人一事，以一人一事为对象。有几个人能像张居正样，把当代整个政治问题，本末精粗，一齐含摄住，作有系统地说出来，以构成一个结实的政治大体制，而以毅力贯彻之。可以说，周秦而后，只有王安石有此气魄。江陵一集，气刚理密，风采俨然，虽与日月争光可也。他取怨的原因，就《明史本纪》所载，一是痛斥御史在外凌辱抚臣。因为他知道政治的基础在地方。二是执法严，省冗官，核驿递，得罪了不少绍兴师爷。三是减少县学生名额，大邑士子难于进取。四是治盗太认真，奉行不便者相率为怨言。五是江南豪贵，恃势与猾吏勾结，隐瞒赋税，居正遣大吏精悍者严行督责，国富而豪猾皆怨。当时对他攻击最力的公开理由是"夺情"。而其身后之祸，根本原因有二。一为对神宗要求太严，使神宗受不了；又得罪了宦官外戚。宋学洙在《张文忠公遗事》中，对此详加考订后，归结地说"确然见造冰者外戚也。换日者中官也。闪烁其词者凤磐（张四维）二三公。彼呶呶者只鹰犬耳，故两宫圣母，不闻传矜宥之旨。神宗宿三十七年之怨。非惟新郑（高拱）无此党，缙绅宁有此力量哉"，说得再明白也没有。二还是种毒于刘台劾疏中的另几句话："盖居正之贪，不在文吏而在武官，不在内地而在边郡。"这是影射毒恶的几句话。大家知道居正治边很勤而又很有成效的。刘台若说居正在文吏和内地这一方面贪污，是马上可以查验的。他说是在武臣边地这一方面贪污，便远无对证；而那又是当时花钱最多的一方面。这几句话说入了神宗的心，所以"疑居正多蓄，益心艳之"（《明史本纪》)，遂籍没居正家。当籍没时，侍讲于慎行写了一封信给担当籍没任务的邱橓,中有谓"江陵殚精毕智,勤劳于国家。阴祸机深,结怨于上下。当其柄政,举朝争颂其功,而不敢言其过。今日既败,举朝争索其罪,而不敢言其功;皆非情实也。且江陵平生,以法绳天下,而间结以恩,此其所入有限矣。彼以盖世之功自豪,固不甘为污鄙。而以传世之业期其子,又不使滥有交进,其所入又有限矣。若欲根究株连,称塞上命,全楚公私,重受其困……"于慎行的信,是在举朝横陷正急的时候写的,当然不敢稍有阿私之词。但邱橓没有接受于氏的意见。当时籍没的情形,《明史本纪》谓:

"帝命司礼张诚及侍郎邱橓……籍居正家。诚等将至荆州,守令先期录人口,锢其门,子女多遁避空室中。比门启,饿死者十余辈。诚等尽发其诸子兄弟藏,得黄金万两,白金十余万两。其长子礼部主事敬修不胜刑,自诬服寄三十万金于省吾、篆及傅作舟等,寻自缢死。"

张敬修在缢死前写有血书,略谓:

……其当事嘈沓之形,与吏卒咆哮之景,皆平生所未经受者。而况体阴三木,首戴幪巾乎?在敬修固不足惜,独是屈坐先公以二百万银数;不知先公自历官以来,清介之声,传播海内;不惟变产竭资不能完,即粉身碎骨亦难免者。且又要诬报曾确庵寄银十五万两,王少方寄银十万,傅大川寄银五万。云:"从则已,不从则奉天命行事"……他如先公……惟思顾命之重,以身殉国,不能先几远祸,以至于斯。而其功罪与今日辽藩诬奏事,自有天下后世公论在,敬修不必辩。独其虚坐本家之银,与三家之寄,非一时可了之案,则何敢欺天罔人,以为脱祸求生之计?不得已而托之片楮,啮指以明剖心……"

江陵身后受如此惨祸，但其第五子允修，于甲申正月十日，以八十之年，纵火自焚，殉流寇张献忠之难。他的曾孙张同敞，与瞿式耜同死难于桂林；"同敞尸植立，首坠跃而前者三，人皆辟易"。江陵张氏，可算无负于明室吧！假使历史上的权臣奸臣，皆如江陵张氏，何至亡国圮族相次呢！我国专制政治，到明代而发展到了高峰。钱先生的高论，实质上是认为明代的专制还不够。然则中国的历史到底要走向何处？

四

张居正身后之祸，几乎可说是专制政治下，想为国家真正负一番责任的大臣所必然要受的祸。这在张居正自己也知道得很清楚。他在万历元年答吴尧山书谓"二十年前曾有一弘愿，愿以其身为蓐荐，使人寝处其上，溲溺垢秽之，吾无间焉。有欲割吾耳鼻者，吾亦欢喜施与"。答张操江书谓"受顾托之重，谊当以死报国。远嫌避怨，心有不忍。惟不敢以一毫己私与焉耳"。答李渐庵书谓"草茅孤介，拥十龄幼主，立于天下臣民之上；国威未振，人有侮心；仆受恩深重，当以死报国。宋时宰相，卑主立名，违道干誉之事，真仆之所薄而不为"。又答李渐庵论驿递书谓"天下事非一手一足之力。仆不难破家沉族，以殉公家之务。而一时士大夫，乃不为分谤任怨，以图共济，将奈何哉？计独有力竭而死已矣"。在万历六年答林按院书谓"既已忘家殉国，遑恤其他。虽机阱满前，众镞攒体，不之畏也。如是，稍有建立耳"。万历八年答李学院书谓"不谷弃家忘躯，以殉国家之事，而议者犹或非之。然不谷持之愈力，略不少回。故得失毁誉关头，若打不破，天下事无可为者"。他在"被言（被刘台的弹劾）乞休疏"中，也说得痛切：

"念臣受先帝重托，既矢以死报矣……今皇上圣学尚未大成，诸凡嘉礼尚未克举，朝廷庶事尚未尽康……臣岂敢言去？……皇上宠臣以宾师不名之礼……即其恩款之深洽，亦自有不能解其心者，又何忍言去。然而臣之必以去为请者非得已也。盖臣之所处者危地也，所理者皇上之事也，所代者皇上之言也。今言者方以臣为擅作威福，而臣之所以代王行政者，非威则福也……今谗邪之党，实繁有徒；背公行私，积习已久。臣一日不去，则此辈一日不便……若取臣之所行者，即其近似而议之，则事事皆可以为作威，事事皆可以为作福。聩聩之谗，日哗于耳，虽皇上圣明，万万不为之投抒；而使臣常负疑谤于其身，亦岂臣节之所宜有乎？"

他的儿子张懋修事后曾惨痛地说：

"夫人必回顾，然后周虑足以庇后。必好名，然后完美足以保功。未有见先公专行一意，但知报主，祸机毁怨身后名，都置之不顾者。明知其且破家而不恤，明知庸庸多厚福而不为，难乎免其后矣……"

邹元标是因攻击张居正"夺情"而受了廷杖的人。但籍没事起，却上疏援救，说他"功在社稷，过在身家"。海瑞说他"工于谋国，拙于谋身"。这都可与张懋修的话相印证。江陵若非五十八岁便死掉，一定会及身而受到惨戮。不过当时攻击江陵的人虽多，但从政治制度上攻击江陵的，恐怕在当时只有刘台，在以后便只有钱先生了。

钱塘林鹿庵有"江陵救时之相论"，以为"逐新郑，废辽王，夺情起复，三者罪之大者也"。关于江陵与新郑（高拱）的关系，宋学洙（顺治丁亥翰林）在《张文忠公遗事》中考之甚详。他与新郑的相违，是为了保全他的馆师徐文贞（阶）。但新郑卒赖江陵得以保全。王大成挟刀入后宫案，王大成在初讯时谓"自戚继光及高拱所来"；江陵但以栏入罪诛之，不使其牵连构成大狱。辽王宪㸅以淫酗被废，时人诬江陵羡其府第壮丽，攘以为宅。而不知辽王故地已赐广元王（以上见张同奎上六部禀帖）；由此可知以废辽王罪江陵，实出于当时腐儒谬守"亲亲"之义。又从而伪造事实，以诬蔑江陵的政治动机。至夺情一事，为当时不满江陵者最大的藉口。袁枚答洪稚存书谓"古名臣如汉之赵熹、耿恭，唐之房、杜、褚遂良、张九夺情之事"，意谓不应以此责江陵。林鹿庵在上文中又说：

"其（江陵）进《直解》，进《大宝箴》，进《帝鉴图》，欲天子进学。进《皇陵碑》，进《宝训》，进《御札》，欲天子法祖。裁进奉，谏营造，欲天子节俭。引见贤能，欲天子知吏治。图百官于御屏，欲天子体群臣。请大阅，欲天子念边防。蠲逋赋，欲天子子庶民。绝馈遗，戒请托，欲天子知大臣法，则小臣廉……彼（江陵）亲见贵溪（夏言）分宜（严嵩）交相龃龉，而边备废弛……一旦柄国，辅十龄天子，绸缪牖户……以奠安中夏者十年。至江陵没而享其余威以固吾圉者，又二十年。……方其柄国时，倦倦致书贤者，辨明心曲，以为吾非不知府天下之怨；既已肩其任矣，吾欲贻冲圣以安，不专，必不一；不断，必不成。十年之间，两宫冲圣享其逸……六曹大臣荫其逸，犹曰侵官。乃委琐龌龊者畏之，有才无胆者妒之，清正拘牵者非之，畏难者怨之，迎合者悼之，深文排诋者疑之，蜚语喧腾，而欲虚心衡断其是非功罪也，胡可得哉？……以忠君爱国之心，而杂以一切吐弃之意，此则太史公责淮阴不能学道谦让，不矜不伐者也。"

上面的话，可谓说得痛切允当。至于有人说江陵的相权太重，代皇帝做了事；林氏在上文中则以为"宰相重，则朝廷尊，百务举。宰相轻，则朝廷卑，百事杂。自江陵没后，而诋江陵者非惟自轻，而卒以误国；而国不可为矣……"

《明史本纪》引尚书李日宣下面的一段话，以作对江陵的断案：

"故辅居正，受遗辅政，事皇祖者十年，肩劳任怨，举废饬弛，弼成万历初年之治。其时中外乂安，海内殷阜，纲纪法度，莫不修明，功在社稷。日久论定，人益追思"。

其次，则钱牧斋在"少保梁公邮忠录序"里面的话也值得深省。

"绍述江陵者，以阴柔为和平，以愦眊为老成，尽反其政以媚天下。江陵所用之人，一切抑没。其精强干办之才略，奄然无复存于世。……夫江陵所用之人，良马也。江陵以后所用之人，雄狐也，黠鼠也。江陵，能御良马者也。江陵以后，能豢狐鼠而已耳。国家之事，与狐鼠谋之，良马必将迁延负辕，长鸣而不食……公与江陵，立谈数语而弭两浙之乱。向令今日公在本兵，江陵在政府，岂以奴寇遗君父哉。……念江陵之遗事，不胜其慨然也……"

尤可異者，变节和尚道志《北游录》中，载道志在清世祖前讥张居正为揽权；世祖谓"老和尚罪居正揽权，惧矣。彼时主少国疑，使居正不朝纲独握，则道傍筑室，谁秉其成。亦未可以揽权罪居正矣"。江陵在《明史》中稍得昭雪，与此一故事有甚大关系。身受江陵辅翼之功的神宗，因真信江陵有二百万两银，使江陵受残家之惨祸；而易世外夷专制之主，却不以江陵为揽权，认定其为历史中的贤相；兴亡之机，岂非表现得太清楚吗？权臣奸臣之论，恐怕太昧于史实了。顾梁汾曾谓"先文端（疑应作'端文'）在郎署时，立论颇不直张相国。后与史太常王池书有云，'梅长公致思于江陵，其言可痛'。盖久而论定也。又相国言，有明一代，艰钜之事，众所不敢承者，率楚人当之。异时如熊（廷弼）如杨（涟），可为一叹"。有清一代，楚人才气，已大不如明。而今人聪明伶俐，更谁会蹈江陵的覆辙呢？这一点是钱先生可以放心的。

一九五五年八月《民主评论》十七卷八期

军队与学校

"秀才遇到兵,有理说不清",这是很流行的成语。可是到底是秀才讲理些呢,还是大兵讲理些呢?就我的经验来说,历史上最不讲理的是秀才,最能讲理的莫过于大兵。

军队是由大兵组成的,学校是由秀才递变而来的知识分子组成的。到底是军队中有是非呢,还是学校中有是非些呢?就我的观察来说,学校由小而大而研究院,校级越高,越与合于事实的是非相反;只要不是太堕落的军队,是非观念,一定远超过大学与研究院。下面我先举出一件亲身经历的例证的一面。

初任军官当场献丑

我在九一八事变发生后,和二十三期留日的陆军士官同学,因反抗而被捕,而退学返国,却在长江一带,怎样也找不到工作。后来由一位不太熟识的朋友,写封信给白崇禧先生,在南宁旅馆里住了一个月,分派我到警卫团第一营去当上尉营附,这大概是二十一年六月前后的事情。当时广西精兵简政,励精图治,虽与中央处于对立状态,但全省只有军队十五个团。警卫团长冯璜，在日本住过步兵专门学校，听说是白先生的得意干部。第一营长白如初，听说是白先生的侄儿，但不是很亲的。我头天下午搬进第一营部，和营长见面，人倒也蛮和气。第二天是星期一，全团到北校场去操制式教练。在操场，营长顺便介绍和三个连长见了面。这是我第一次和我国军队发生关系，我以好奇的心，随着营长东看看，西看看，脑筋里却是空空洞洞，一无所有。在收操半小时前，团长下令，各营集合，由各营长指挥，操营制式教练。我们的营长突然地"报告团长，我的喉咙痛了，请徐营附代我指挥"。团长听完后，只说一个"好"字，责任便交到我身上了。可是，第一，我从来没有喊过中国口令；而中国的口令和日本的口令，大同中却有小异，这是我当时一上操场便可以听出的。第二，当士官学生，排制式教练还要轮流练习，每人只有一两次机会，我可能一次也没有轮流到，更从来没有指挥过连教练的机会。何况是一个营，一下子站在我面前一大堆，把我的脑筋和眼睛弄得有点发昏了。第三，营长大人事先没有打半点招呼，可以说完全是出于我的不意，心理上没有丝毫准备。可是这是不能讲理，不能叫饶的。把心一横，我不作队形变换，只是"开步走"地走走，也就混过了。于是从"立正"喊起，接着"向右、看齐"，再接是"扛枪"，当时广西扛枪的口令有预令，我依日本口令，没有分出预令来，全营的枪上肩，已经是前后参差。阵势有点不稳了。再"开步走"以后，走到校场一边的尽头时，当然要喊"向后转走"，可是"走"字落错了脚，全营稀里哗啦地转得乱七八糟，笑声和骂声都有。正不知道怎样下台的紧急关头，团长跑过来接替了我的指挥，这样才能收操完场。

终凭实学湔雪前耻

在回到营部的路上，我当然要思考这个情势。跑了这么远的地方来当上每月七十元毫洋的营附，第一次出操，便出了这样大的笑话，实在应当卷行李了。但是这样一来，笑话传开以后，人家便用这一个笑话来下我的判断。军事知识，我自信比他们高得多，便把脸皮一厚，决心要干出一点名堂给他们看看后再走。从这天起，白营长的面孔不管对我怎样冷淡，也完全不放在心上。当时年纪轻，好胜心强，又有的是精力；除了出操外，自己赶忙翻译日本陆军士官学校的所谓秘本战术讲授录。

过了一个多月，全国实行一个连续想定的作战演习，即是两个支队，由行军、遭遇战、阵地彻夜、攻击防御、退却、追击的连续演习。演习完了以后，团长把全团排附以上的军官，集合在一间大教室里，做演习后的讲评。我以为这是团长和中校团附（当时的中校团附是江西的杨种之先生，现时还在台湾）的责任，我们不过去听听而已。但团长却"请第一营白营长先讲，以后各营长继续讲"。大概他是准备各营长讲完后，由自己或中校团附做总结。我们的白营长听到团长的指示后，立刻站起来，"报告团长，我学的已经落伍了；徐营附回国不久，学的很新，请他代表本营讲。"白营长话一讲完，引起满堂的笑声。团长说"也好，徐营附讲讲吧"。我只好站起来讲。大概讲了十多句左右，团长下命令说"大家拿出笔记簿来笔记"。我总共讲了一点钟左右。讲完后，第二、三两营营长都说"我想讲的，都被徐营附讲了，没有什么补充"，连团长中校团附，也只对我所讲的说几句客气话，也不再做总结。

北校场之耻，总算借个机会扳了回来，耐满三个月，我觉得可以走了。当把这个意思表明后，团长以为我是和白营长合不来，把我调到第三营。其实，白营长是个老好人，我们之间，并没有什么。第三营是资格很老的黎营长，北伐时他已经当过营长，此时因缩编关系，只有委曲他，以中校阶级依然担当营长的职务，人也比白营长老练而精干。我去后，他完全以朋友相待，一有空，两人便谈恋爱经，常常谈得哈哈大笑，百谈不厌。谁知我初从第一营调到第三营后，第一营的排附、班长，却向团长要求挽留我在第一营，以便他们继续能增进一点学识，这完全是出于我意料之外的。团长于是要我分担一部分全团的军官教育功课，作为对他们的安慰。

往事昭彰足以为证

　　我从日本回到上海时，偶然认识了一位小姐，她出身于刚没落的大家庭。我回到武昌，住在孔庚先生家里，她家住在汉阳；我们两人从汉阳坐一只小划子到武昌；到了武昌，又坐回头到汉阳，这样在小划子上一坐便是大半天。武昌找不到事做，我只好到上海。她母亲刚死，迟几天，她也追到上海，两人一起住在长沙客栈。但当时从来没有发生肉体行为的观念，这连我自己回忆起来也是无从索解的。等到我的钱快花完，说要到广西去找事做时，她坚决地反对；并且说："住在上海，生活也没有问题。"说完后，便把她带的一只小小的旧皮箱开给我看，里面有文徵明画、祝枝山写的前后赤壁的长卷，裱得非常精致。还有许多翡翠和许多鸡血、田黄的图章；她说："我妈告诉我，这些东西在当铺里可以当钱的，我们慢慢地当了维持生活。"当时我对字画完全不懂，也不知道翡翠很值钱；只在先施公司里看到所标的鸡血、田黄的价钱是相当可观的，她箱子里大概有近百副左右。我告诉她："我从日本回国，不能使家庭和朋友们太失望。我到广西一找到工作，便接你去，找不到我就回来；你暂时还是找个中学教教书等我。"她送我上船后，一个人回到客栈。夜很深了，船快启碇，她又跑上船来要我上岸，或者同我一起走，那怎能答应。逼着她上岸。我站在甲板上，望着她在夜雾迷蒙中消失了的孤弱的影子。但我一到广西后，却杳无音信；再写多的信给她，也没有一个字的回音，这件事，令我怎样也不能死心塌地，非要找出一个下落来不可。于是在第三营干了三个月，又请求长假，黎营长当然不肯；我便老实把情形告诉他，并请他代为报告团长。当我请假的风声传出后,许多排附又联合起来到团长面前挽留我,团长便准假三月,并示意给我,回来后,当为我想办法。三个月中,由上海追寻至武汉,追寻的结果,对我来说是很悲惨的。这一直到两年后在北平认识了我现在的太太,才很侥幸地弥补了些创伤。追寻三个月后,再回到警卫团,升我当少校团附,这在当时的广西,便算升迁很快的,但在广西前后总共只住了一年多一点,这是因为把恋爱的事情告一段落后,便经常想到国家的问题。

我当时认为不论怎样,国家必须统一。李白当时在地方建设方面的进步,不能构成割据的理论根据,这便使我内心终是忐忑不安;所以终于又提只箱子投入到不可知的茫茫人海中去了。但我回想起当年警卫团官兵们的讲理讲是非的情形,不是今日任何大学的先生们所能企望于万一。当然,绝对多数的学生还是肯讲理,很有是非之心的。

一九七一年五月二十九日《新闻天地》

忽然想到

杭州西湖,不仅是风景多,而且每一风景,都积累了、染上了,前人所留下的古迹,这便为湖光山色,增加了深度、厚度,而这些深度、厚度的情味,又尝假文化人的妙联妙语,把它指点出来,更使人流连不已。

由秦俑的联想

一

中共取得政权后，在文化上有两种贡献，一是中医中药方面的研究、提倡，一是地下文物的大量发现、整理。逝世不久的友人唐君毅先生，对考古似乎没有什么兴趣，有次在聊天中他说"假使中共用处理中医中药的态度来处理中国整个文化，我便佩服他们是有志气的"。当时他的话引起彼此的共同感慨，我不懂医药，也不懂考古，但对考古方面的情形一直抱着浓厚兴趣。今天（四月二十二日），我陪着妻去参观了"中国出土文物香港展览"，这是和新出土文物第一次的实物接触，自然比过去仅凭图片接触所得的印象要深刻得多。九十九件（套）陈列品，都是经过精心选择、安排，富有典型性、代表性的，所以每一件都值得摩挲玩味。这里，我以外行人的没有资格的身份，写出我由秦俑所引发的联想。

据一九七五年《文物》十一期《临潼县秦俑坑试掘第一号简报》（以后只称"简报"），一九七四年三月，临潼西杨村农民，在村南约一六〇公尺辟地时发现了一个秦代秦俑坑，经过约一年的发掘，在坑东端约九百公尺内发现与真人一样高大的武士俑五百余件，拖有木车，和实马一样大的陶马二十四件及铜兵器和金铜石等七千余件，在坑西端和中间试掘四个"掘方",又发现了同样陶俑五十八件。"由此推知整个秦俑坑内埋藏的是一排列有序的大型军事长方阵。由东端试掘出土的兵马俑排列的密度推算,这一军阵的兵马俑约六千余件。"而从地理位置及用材等判断,"秦俑坑当为秦始皇陵建筑的一部分"。此次运来展出的是一将军俑,一武士立姿俑,一武士跪射姿俑共三件。听说原想运一陶马来,因体积太大,须破门而入,乃作罢。

简报顺着"军事长方阵"的观点继续解释说:"这一军阵的性质似为荀子《议兵》所说的'圜居方止'的屯居方阵,其势坚若盘石,盛如猛虎……充分显示了当年秦军无坚不摧、无攻不克的强大阵容。"此一解释,或许是对的,或许并不尽然,我的联想,是由此开始。

二

据《史记·秦始皇本纪》,"始皇初即位,穿治郦山。及并天下,天下徒(徒刑)送诣七十余万人。穿三泉,下铜而致椁。宫观百官,奇器珍怪,徙臧(藏)满之……"但我觉得《汉书·刘向传》,刘向对成帝所奏陈的,是以《史记》上面的材料为根据,但也补出《史记》所未记的。他说"秦始皇帝葬于骊山之阿,下锢三泉,上崇山坟,其高五十余丈,周回五里有余,石椁为游馆,人鱼膏为灯烛,水银为江海,黄金为凫雁。机械之变,棺椁之丽,宫馆之盛,不可胜原。又多杀宫人,生薶(埋)工匠,计以万数。天下苦其役而反之。骊山之作未成,而周章(陈涉将)百万之师至其下矣。项籍燔其宫室营宇,往者(往骊山之人)咸见发掘。其后牧儿亡羊,羊入其凿,牧者持火照求羊,失火烧其臧椁"。这里先可以解答一个问题。简报谓"秦俑坑这一宏伟建筑,经火焚而毁",焚毁的原因,引《史记·秦始皇本纪》项羽"烧其宫室"以作解释。但本纪所说"烧其宫室",连同上下文一起看，当然指的是地面上的宫室。看了刘向的话，才知道这是因牧儿持火寻羊，失火而焚毁的。同时，刘向说活埋了宫女工匠，"计以万数"，我怀疑是把陶俑也以讹传讹地一起计算在内。

我不惮烦地引了上面材料，是想提出第一个假设：始皇陵地下的"宫观百官"主要是仿照地上的"宫观百官（馆）"而建筑的。因厚葬的形成，是认为生前需要什么，死后也需要什么。假定此一假定可以成立，便可提出第二个假设。始皇陵旁的大规模俑坑，不是泛泛的"大型军阵""屯居方阵"，而是卫尉所统率警卫宫观的卫队，约略等于汉初的所谓南北军。只有这样的假定，才可以了解俑坑在整个陵制中的地位与意义。若肯接受这一观念，则对俑坑的建筑构造及许多相关联的事物，或可作进一步的更合理的解释。同时大陆考古人士，对始皇陵应否发掘的问题，应放弃目前的迟疑态度，决心加以发掘。因为不仅俑坑是陵寝的有机体的一部分，必连着陵寝的构造而其意义始能完全明了，并且可能由此而对秦始皇的野心建筑思想与其成就，有较全面而具体的了解，这在文化史上是很有意义的。

《汉书·百官公卿表》："卫尉，秦官，掌宫门，卫屯兵"，下面设有令丞。"民年二十三为卫士一岁。至京师，隶卫士令，卫候司马徼循宿卫宫中，于周垣下为区庐，各有分部。诸门部各陈屯兵夹道其旁掌兵，以示威武。卫士初到，丞相到都门迎劳。赐更士，丞相月一行。五月五日则大置酒飨卫士。岁尽，则上临飨卫卒而罢之。"（以上略引陈树镛《汉官答问》"卫尉"条下）汉代的情形，不可能与秦完全相同，但汉承秦制，不难由此推知秦时卫尉的轮廓。

卫尉以重要的宫殿为单位，例如李广曾为未央宫卫，程不识曾为长乐宫卫尉。由《史记·樗里子列传》所述樗里子死前卜葬的预言，可知汉代宫殿，并非秦代宫殿故址，宫名亦不同。但有一点值得注意，《史记·秦始皇本纪》："听事，群臣受决策，悉于咸阳宫"，是咸阳宫是秦始皇临朝听政的地方。陶俑身上发现有"宫鉴""咸令""咸阳午"等字，简报说"关于字的含义，有待考证"。若与警卫咸阳宫及他们轮班巡卫等情形联系起来，是不是可以作比较可靠的猜度呢？另一证据是始皇并不信任他的军队，他统一天下后，除边防军及卫队外，他的正规军都已解散了，所以周章将至戏时，章邯只好请赦"郦山徒"编成军队。因此在他的陵侧安置庞大军队，他的灵魂会感到不安的。但卫队一定有，所以阎乐"将吏卒千余人至望夷宫殿门"，假说里面有贼时，"卫令曰周庐设卒甚谨，安得贼敢入宫"，阎"遂斩卫令"，逼使二世自杀。

三

秦俑坑现时是否发掘完成，未见宣布。若就简报而言，则已发掘的仅约十分之一，不能仅凭此以论全般武俑的组织状况。例如东端发掘出陶马共二十四匹，拖木车六辆。但俑坑中间及两端的试掘，未再发现车马。车马的有无，在军队组织上应有一定的影响。简报认为在东边南北长约六十公尺长廊内有东向的三列南北横队，当为军阵的前锋；俑坑西端面向西的一列横队，当是军队的后卫；位于俑坑南北两边分别面向南、面向北的各一横队，当是军阵左右两侧的侧翼卫队；中间三十八路面向东方的锐士，是军阵的主体。进一步认为这军阵的性质似为《荀子·议兵》篇所说"圜居方止"的"屯居方阵"，这"充分显示了当年秦军无坚不摧，无攻不克的强大阵容"。

但第一，从俑坑的东端到西端，中间还有五千多武士俑尚未掘出，何能仅凭东端掘出的五百余武俑，和中间及西端试掘出的五十八件连接在一起，而断定其必"组织严密的大型方阵"？未免"太早计"了一点吧。第二，《荀子·议兵》篇"圜居而方止，则若盘石然，触之者角摧"，这说的是"仁人之兵"，他断乎不会以秦为仁人之兵。而所谓"圜居而（此处

'而'字作'或'字解）方止"仅指的是军阵的方圜两种基本阵形，简报引用时去掉"而"字，译为"屯居方阵"，对原文不忠实。第三，不论圆阵方阵，前后左右当然要有警卫。在屯驻时派出的警戒，当然要面向各不同的方向。但战场作战的方阵，若如简报所述，担任左右后卫的武士，分别面向北、西、南各方在前进后退时，会有的人要侧身而行，有的人要倒退而行，立刻阵容大乱，变成一团糟，若站着不动，则除了受到敌四面包围外，凡不面向敌人的，都成为无用的散兵。说这种方阵能无坚不摧，无敌不克，未免太形而上学了。若承认这是卫尉所统率的皇宫卫队，他的职务是宫殿的警卫，及出巡时车辇的警卫，并且这种警卫是带有"摆威风"的仪仗性质，便对俑坑的构造，武士俑的组织，可导向另一种整理、解释的方向，得出不同的结论。

　　以上是一个外行人参观后所引起的一点联想，没有进一步加以论定的资格。假定不是此次的展览会，便连这点联想也没有。由此可知此类展览会意义的重大，希望以后有更多的展出。由秦俑所引发的另一联想，只好用一首打油诗写出：

　　　　雄姿猛意尚如新，万世鸿图早作尘。
　　　　千古罪功谁论定，好从遗物问苍生。

一九七八年四月廿六日、廿七日《华侨日报》

风景·幽情

我平生是最好动的人。可是到了台湾以后，对于台湾的所谓风景、名胜，除了被动地去过两三个地方以外，其余的便连念头也很少动过。这固然因为各地政治性的招待所，太与我无缘，而自己的年事，正在一天一天地老去，会多少影响到自己的兴趣，但更重要的是，台湾的风景，对于我而言，总像缺少了一点什么；而这种缺少，又常于不知不觉之间，好像觉得只能以对大陆风景的回忆、想象，来加以弥补。

游风景，是艺术性的活动。据近代美学的研究，可以了解到，风景之美，不是一种存在，而是一种生起、一种展出。它的美，乃是生起、展出于人们美的观照之中。对于没有美的观照的人而言，任何风景都不是美。而美的观照的构成，包含了知觉、感情、想象三种因素。人当面对着某一风景而忘掉了一切的利害计较，并且也放下了思考分析，只是凭着自己知觉的直观，凝着于风景之上，于是风景之美，便会生起、展出于自己之前。此时也会不知不觉地向风景移入了感情，并看出了风景后面所蕴蓄的意味，而向人构成一种气氛、情调；人于此时便陶醉于自然之美里面，把自己的精神加以纯化净化了。美的观照，好像是专用而比较生疏的观念。其实，普通所说的"看得出神"，这即是美的观照最亲切的描述。所以这大概是每一个人所能体验到的美的经验。

不过，作为美的基本因素的感情，毕竟是属于人与人之间的情态。当人把自己的感情移向自然时，乃是无形之中，把自然加以有情化，加以人格化。若是在自然中看不出人的情味，自然便只是死物，而没有美的意味可言。在中国的许多神话中，一切精灵，必以能修炼成人身为其灵化的第一条件，这是很有道理的。我的看法，人是以其感情而存在。在牵引不出人的感情的地方，也一定是人所不会想到的地方。我年轻的时候，有时很思念这一个地方，有时又很思念那一个地方。有时又把思念过的地方淡淡地忘记了，有时又从淡淡的忘记中浮了上来。对于这种飘浮不定的感情上的思念，我也曾加以反省过，原来粗一看，是在思念某些地方的风景；仔细想时，却是思念某些地方和自己有感情关联的人物。风景的憧憬，实际常是凭借对某些人的感情而浮起的。某一地方的人的感情没有了，对风景的憧憬也便慢慢地消失掉。因此，将自然加以有情化，加以人格化，常常是富有艺术心灵的诗人、墨客的片时的感受。对一般人而言，还是要求风景与人情的直接融合。并且在这种融合中，可以得到厚化深化；因而也多少可以减轻"美的破坏性"，"美的幻灭感"。大家在游风景时，总希望有良好的伴侣，实际是希望"有情人"能在一起作伴，这便是出于风景与感情直接融合的要求。

假定是具有文化意识的人，便常常可以通过想象力，而扩大并加深风景与感情融合的机会，这便要谈到"发思古之幽情"的问题上来了。现在许多人把这句话当作对于他人的一种批评、打击来使用，以表示自己的进步。我想，这种人口里所说的进步，是非常可疑，或是非常可笑的。若是某一个人有了某一方面的文化意识，而某一风景，又有某种古迹是和某种文化有其关联，则当此人面对此一风景时，便自然而然地会通过自己的想象力，把古迹所象征的过去的人与事的意味，复活了起来，以与此风景融合在一起，而加强了美的意识、美的观照，实际也便加强了某风景之美。我可以断言，思古之幽情，乃是从人性中所流露出的美的冲动，艺术性的要求。若说这是不进步,那才真是蠢材、恶汉,在佛头上着粪了。但归根结底,还是在文化意识的问题上面。

一九六〇年五月,我在日本京都游了两个多星期。京都的亭园,多半是受中国文人画的影响,所以多有"清幽"或"清远"的情趣。有一天我到东本愿寺(或者是西本愿寺?记不清楚),里面有一个小庭园,日本朋友告诉我,这是仿照庐山远公送客不过虎溪的虎溪而建筑的。当时,引起我非常的怅惘。我几次到庐山,岂特没有到过虎溪,没有到过东林寺、西林寺,连所有与文化关联着的古迹,甚至对于早已闻名的白鹿洞书院,都当面错过了。自己只是莫名所以地,随着一群一群的莫名所以的人们,哄来哄去;几次到过这一座与江南文化有密切关系的名山,却从不曾引起我一点怀古的幽情来,这正说明我所看到的庐山,只是草木无情、溪山顽钝的庐山,庐山的美,并不曾向我生起、展开,因为我的心还不曾开窍。这还能算得到过庐山,享受过庐山的风景吗?我是一个俗人,文化的熏陶不够,所以一颗虚灵的艺术之心,一时显发不出来。

杭州西湖,不仅是风景多,而且每一风景,都积累了、染上了前人所留下的古迹,这便为湖光山色,增加了深度、厚度,而这些深度、厚度的情味,又尝假文化人的妙联妙语,把它指点出来,更使人流连不已。但我在杭州前后住了三年,真正引发过我的怀古幽情的,只是苏小坟和岳王墓;其余的,也不过是人云亦云地随喜一番罢了。原因很简单,当时藏在我灵魂深处的,只是一位想象中的美人,和一位"壮怀激烈"的忠臣。此外,便多是从口耳间飘过,和自己的心灵,还不曾融合过来。

因为我没有佛教方面的文化修养,所以在南京住了三年多,便不曾去过栖霞、牛首。这十多年来,对禅宗多少有了一点应当被古德所呵斥的知解,于是我常常后悔,曾经由当阳经过,坐在马上,已经望见玉泉寺了,为什么不稍稍在寺前驻马呢?曾经在韶州宿过一晚,为什么不多留一两天去瞻仰一下南华、云门呢?我是鄂东人,鄂东黄梅的东山,实创出了禅宗尔后一千多年的天下，即所谓"东山法门"，而我竟连一游的念头都不曾动过，真太抱愧作为一个鄂东人了。日本的常盘大定，曾经遍历了我国的名山古刹，写下一部厚厚的游记，这是常盘氏个人佛教文化意识的觉醒，而使他过了这一段半宗教、半艺术的文化生活，我真为他骄傲。我们实在已衰老了，已麻痹了；在悠久的历史中，少数人留下的名迹，不断地出多数人加以破坏、加以污秽。现在到台湾来了，没有实物可资破坏了，便努力从观念上加以破坏。所以这一群知识分子，是没有文化教养的知识分子，是没有人性所必不可缺的艺术心灵的知识分子。因为大家在生命内部的，只是"呕吐"，只是"黏液"，只是"欲动"，所以决发不出怀古之幽情来。而剖析了看，他们在完全不懂西化的"西化"偶像之下，彻头彻尾地是奴才的根性。奴才只当主子有情兴去趋风景区时，才跟着提壶拥帚。试稍稍留心观察吧，主子看的是客观的风景，奴才看的却是主子的颜色。小奴才们直接看不到颜色，便只好争主子的残羹冷汁了。这是今日西化运动的真实面貌。在这种风气之下，当然要把幽情当作反动、落伍的口号了。好在台湾正是有风景而缺少幽情条件的地方，这恰好是主子与奴才两相搭档的好处所。而我们这种多少免不掉有点怀古幽情的人，只好站在角落里由追悔而怀念自己的故乡故土了。

一九六四年四月《自由谈》

杰奎琳再婚的若干联想

美国故总统肯尼迪的遗孀杰奎琳，于本月二十日，在希腊斯柯匹奥岛，与比她大二十三岁的希腊船业巨富奥纳西斯结了婚，而成为世界性的社会新闻。这总算是在震荡紧张的世局中，上演了一个不喜不悲的短剧。因为是不喜不悲的，所以没有任何值得评论的意义。但我因此联想到中西文化，反映在此一角落上的影响，或者值得略加比较。

我国秦时代，女人的再嫁，在观念上和事实上，似乎比后世自由得多。从政治上提倡不再嫁的贞节，大概始于西汉，尤其是到了汉宣帝，每当赏赐天下时，常常把"贞妇"列在三老的后面，给她们一点物质和名誉上的安慰。到了东汉特重"名节"，妇人的贞节，自然构成名节中的一部分，于是社会上提倡的力量，远大过朝廷提倡的力量。尽管两汉宫廷中的荒淫，可使今日的"黄色西化论"者也会为之咋舌，但贞节妇的提倡，一直到五四运动时代为止，在社会上发生了很大的影响。

环绕此一问题，实含有三种因素交互发生作用。在西汉从政治上加以提倡时，主要是出自现实上的因素。中国平民的家族基础，是在两汉时代不断地扩大、巩固起来的。而当时的政治，也意识地要扩大并巩固平民的家族。一个壮年的丈夫死去以后，剩下的多数只是年老的父母，和幼弱的子女。此时的遗孀，假定能守而不去，则一家老小得以苟全，一个门户还可以继续存在。当然，遗孀为了尽到这番责任，其含苦茹辛，是可以想见的。所以自汉宣帝起，经常给此种遗孀以物质和精神上的鼓励，这实际是汉代的重大社会政策之一，具备有现实上的真实意义。今日有人（如林某）以为这是始于宋代的理学家，因而加以狂謷的攻击，可以说是太无知识了。

一个遗孀肯为了已死的丈夫，担当起一家老幼的生活责任，这需要一种牺牲的精神，和艰苦卓绝的意志，以抗拒各种诱惑，与忍受万般辛苦。所以在上述的现实的因素中，便含有强烈的人格因素。没有此一人格因素，便不能以强迫之力去实现此种现实的因素。所以从东汉时代的儒者开始，一直到宋明理学家，主要便从这一点上去强调贞节的意义，这是现实向理想的升华，但理想常与现实冲突。若现实上，因为穷得无以自存，便决无要求非守节不可之理。且守节不守节，应完全出自当事者的自由意志。若当事者的自由意志，选择的是改嫁一途，便非任何人所得加以干预。所以程伊川虽说过"饿死事小，失身事大"的话，但他并不曾干预他侄女（？）的改嫁。

贞节问题中所含的第三个因素，也是比较后起的因素，是有关荣誉的观念。此一观念若出于当事者的自身，则此种荣誉观念，亦常与第二因素之人格观念合在一起，不可厚非。但若仅出自她的家族，由其家族之荣誉观念而强迫当事者非守节不可，便常成为悲惨而可笑的结果。在这种情形下的所谓贞节问题，才可以反对。

五四运动时代，有人喊出"礼教吃人"的口号，"贞节"实际是形成此一口号的主要内容。客观地看，由当事者自由意志而来的贞节，任何人无权加以反对，而贞节总比不贞节好，这才是人类的正常心理。但把贞节过分加以神圣化，以至流于虚伪、残酷，则此一反对，收到实际上的效果，也绝非是偶然的。

"五四"以后，虽然守节不守节，非常的自由，但很有地位的遗孀，在上述长期文化背景之下，还会发生若干影响。黎元洪的遗孀黎本薇（侧室）

民国二十一二年的时候，同她的后夫姘居青岛，当时青岛市长，是廉洁干练，努力现代化建设的沈鸿烈先生，但他对黎本薇看不过眼，以"有伤风化"为名，请他们离开了青岛。中山先生去世时，他的遗孀宋庆龄女士，虽正在盛年玉貌，而思想又"左"倾，但并未作再嫁之想。这和杰奎琳的情形比较起来，能说没有反映出中西文化的差异吗？

杰奎琳在寡居五年中，结交了浮出社会上层的各色人物，但终于选择了一位大她二十三岁的巨富。她的这一选择，纽约的街头舆论是"都是金钱与金钱结婚"（路透社纽约的十七日报），可谓一语破的。若是中国一位自己有钱的中年妇女，在为她的再嫁而作选择时，绝对多数，便不在钱上着眼，而只是在真实人生享受上动念头，宁愿选择比他年龄小的，决不选择冒着两次寡居的危险。在这一点上，可能中国有钱的妇女，比杰奎琳更为现实。但这说明美国人的内心深处是金钱高于一切，金钱决定一切。至于中国人认为子女随母下堂而当世俗的所谓"拖油瓶"，会伤害孩子的自尊心，非万不得已，决不出此。以甘家的地位，让杰奎琳拖着相当大的油瓶去结婚，这几乎是中国人所不能想象的。此种观念上的差异，大概没有什么是非得失可言，而只成为差异而已。

一九六八年十月二十九日

不是结婚几次的问题

据最近的调查报告,美国多数的未婚少女,主张女人应当结两次婚。在变动剧烈的时代中,各个人的环境,常有意想不到的变化;各个人的心理,也常会发生非始料所及的变迁,加以道德观念,也随社会的剧烈变动而变动,结婚、离婚的拘束,可以说是越来越少。一个男人或女人,结两次以上的婚,在今日已经是司空见惯,社会上并不把它当作一个问题。但这种情形,只可称为人生历程中的临时遭遇,而非出于人生的预定要求,乃至预定计划。美国少女们主张应结两次婚,这是她们人生的预定要求、预定计划,倒真可反映出美国今日所面对的问题。

"恋爱"在西方文化中,占了相当重要的地位。由中世纪骑士的浪漫故事演变出来的许多文学艺术作品,多以恋爱为其生命,并由此发掘出人性的真纯伟大。由恋爱所结合的人与人的关系,是真正忘我的两位一体的关系。性行为,乃恋爱中的无可奈何的副产品。性行为与恋爱之间,不能划一个等号;恋爱是整个生命的投出,而性行为不过是生理一时的冲动。尽管古往今来发生过无数次的情变,但正在恋爱中的两方,总是要求天长地久,永不分离。"在天愿为比翼鸟,在地愿为连理枝",这是爱情自身的要求,也可以说这就是爱。美国的少女们,在未结婚之先,已经要求、已经计划要结两次婚,这说明美国的现代文化,已经吹散了少女心灵中所蕴蓄的爱苗，所剩下的只是赤裸裸的性的要求，性的观念。结婚不过为了性的满足，丝毫没有由爱而来的两个生命互相胶结而不可分的感觉；当然更没有由无限之情而来的，对自己、对他人在生命历程中的责任的担当。所以在未结婚以前，便已经构想了离婚、再结婚的计划。由这种心理状态推演下去，不到男女乱交不止，两次结婚能得到满足吗？

美国今日的社会，在少男少女的心灵中没有了爱，还在甚么地方可以发现出爱？通过婚姻尚且不能巩固人与人的关系，则在甚么地方可以巩固人与人的关系？美国今日真正的危机，乃在他们的精神，由堕落而解体，遂至以自暴自弃为解放、为革命。开国的清教徒精神，随行为心理学、精神分析学、实存主义哲学等的互相结合，而荡涤得干干净净了。纵有少数人在那里吹笛子，其如生命力快枯竭了的蛇睡在地下不动何。

一九七二年五月二十五日《明报·集思录》，署名王世高

书与人生——向有钱者进一言

一

一九五一年春,我在日本住了四五个月。当时日本还被盟国占领,台湾也有驻日代表团。代表团的团员们也都受到占领者所能享受的优越待遇。清水董三先生,当时似乎还没有什么正式工作,所以常常陪着我参加若干社会活动,有如座谈、讲演之类,并有时间和我聊天。他的中国话,对中国文化的常识,及对朋友的耐心、周到,使我们之间,成了很亲密的朋友。他的太太,曾亲自做和服送给我。有一次,他以太息的声调向我说:"徐先生这样地爱书,在中国人中是很特别的。贵国代表团的许多先生,也和我有来往。他们家里,各种最摩登的生活设备都有了,只是没有书架,没有书。"他的话,一直留在我脑筋里;每一回忆,他聊天时慢条斯理的神气,如在目前。尽管他夫妇两位,已去世十多年了。

前两三年,我忘记了是在日本的报纸或杂志上,看到有在香港住了很久的一位日本人士写的一篇杂感性的文章。里面说到香港有钱人的家庭设备,都值得称为豪华,只是没有书柜没有书。我把这篇文章和清水先生向我讲过的话,自然连接在一起,不知不觉地增加了我莫名其妙的叹息。

当年能参加驻日代表团的人,都是在党政中很活跃的人,他们都受过相当的教育。但对于书，却随他们进入到官场中，而不能不淡忘了，因为书与官场，在现代中国是全不相干之物，这一点，也反映出中国现代政治的本质。香港的有钱人，都是在商场上有能力的人。书对香港人所喜爱的"利市"而言，乃是不祥之物，尤其是要出门赌马玩钱时，一看到书，听到书，便立刻和输赢的"输"连在一起而神经紧张起来，怎么会让家中有书呢？除非像把"肝"称为"润"一样，把"书"称为"赢"，或者可稍减轻许多有钱人的心理障碍。

但中国旧社会则决非如此。"书香门第""诗礼传家"一直受到社会的尊敬、向往。只要不是太穷，《三字经》、《千家诗》、四书、《纲鉴易知录》这类的书，小康之家多半是有的。社会风俗中，对写得有字的纸，必须捡起来。乡下还有用石或砖做的小塔，上面刻着"爱惜字纸"四个字，是为了把不要的字纸拿到塔里烧掉。我小时常听到大人的教诫，"用脚踏字纸，会瞎眼睛的"。这种对文字近于迷信的尊重，对书的尊重，乃是数千年积累下来的对文化的尊重。这是历史上经过许多黑暗时期，而依然能保持人的基本条件，不随横流以俱泯的重要原因之一。可是，这一切随着革命的浪潮而荡涤得干干净净了。尤其是"文化大革命"，把社会中所保存的文化意识，革得远比秦始皇要彻底百千倍。中国人的生活，完全从书中解放出来了。十亿中国人民的精神，真正成了水里的萍根断梗。

二

从大的趋向说，书的出产越多，书对人生的分量似乎越减少。就香港来说，现代化特征之一，是报纸杂志取代了书的地位。除图书馆外，报纸、杂志，是翻完后就丢掉的，书在时间中有它的过去未来，报纸杂志的寿命便只有当下的片刻。真的，现代人的生活，除了银行的存折外，都是当下的片刻性的生活。房地产是不动的，时间性较久的。但房地产变为投机对象后，买房地产也没有"制业"的意味，也成为片刻性的东西。现代人，尤其是现代有钱的人，除了由银行存折表现他的生命的连续外，连一间好好的工厂，也要化为地产投机而将其片刻化了。怎能想到很难登记到存折中去的书呢？越是有钱的人，越是消耗在片刻性生活的能力越大，连有价值的杂志也不看，连报纸上与存折无关的严肃性的新闻也不看，更何况于文学作品，更何况于线装精装的古典。这便是香港有钱人所代表的现代化的趋向。

对书的态度，大概和文化传统的久暂有关系，越是暴发户，越不知道有书。我曾看到一篇文章，说英国人很爱书，并且在第一次世界大战前，英国许多人，很努力使自己有个小图书馆；但经过第一次世界大战，尤其是第二次世界大战，私人的住宅变小了，书多了便安放不下，不能不减少藏书的兴趣，当然和公立图书馆的发达也有关系。

日本人的爱书，爱读书，可能居世界第一位。我昭和三年（1928）春到日本留学，先在成城学校学日语时，有位六十岁左右的男工，是专门管烧热水炉的；一年三百六十五天，只要他坐在炉子边的破凳子上时，总是手不释卷。我留心他所看的东西，都是日本文学家的作品，尤其是菊池宽的作品。这是日本社会文化生活的共同象征。《中央公论》在卷头的画页中，有一个专题是"我的书斋"，每期刊出一位日本的学者、作家、艺术家、实业家们的书斋图片，今年八月号，已经登到一五六位了，大概还要继续刊下去。从图片上看到各种各样的书斋，真令人神往。仅就这一题材的选择来说，也够有芬郁的文化气息了。这正与香港的有钱人作出明显的对比。一般日本家庭中，没有书架书柜，没有几十册以上的书，大概是找不出来的。

假定一个人的生活，不需要从书上找知识来支持的时候，此时书对于人的生活，会有甚么意义？尤其是假定一个人在工作以后，并无暇读书，读也读得有限，则买些书存放在家里，又有甚么意义？

书，尤其是古典性的书，都包含了人类生存的另一种时间空间的世界，包含了人生在各方面所展开的生活方式、生活意境、生活价值。就是随便接触一下，使人们知道除了自己现实生存的空间时间外，还有过去、现在、未来的许多空间时间。除了自己所有的及自己所看到的生活方式、意境、价值外，还有其他很多的生活方式、意境、价值。便于不知不觉之中，使自己的生命得到拓大，得到升华，感到除了银行存折以外，人生还有些看不见，却可以感受到、享受到的东西，并且让自己的子孙看到书架或书柜里的书，使小孩子的心灵中印上"啊！还有这些东西啦"的印象，这即是对小孩子们的一种教养。而所费的不过是一次应酬费而已。

一九七九年八月二十一日《华侨日报》

在中国最成功的一个美国人——萧查礼博士

山居岑寂,忽得少夫兄自港寄来对我的命令二道:一道只有我和少夫可以清楚;另一道是"去年你答应写的文章,限你本月底以前寄到,切切凛遵勿违"。少夫分明了解我更无题目可写,但他又知道我的人生哲学是:一个人不论如何放浪,但对于内而太太,外而朋友的命令,总不能不服从,于是我只好在限定的期限内"缴令"。不过,我得预先申明两点:一、文章虽系逼出,题目则并非逼出,因为这确是我愿写的一个题目。二、这短短的一篇文章中,偷了我学生的不少材料。这是应深致歉意的。

三月二十四日

萧查礼博士(Dr.Charles N.Sheet),已经于本月二十日回美国去了。在回国前的惜别会中,主人和客人,都不知不觉地流露出真挚的感情,欢笑声中,笼罩着漠漠无端的怅惘。这是一个名副其实的惜别会。我不会说一句英语,萧博士恐怕也不会讲两句中国话。平时,彼此遇着时,各人举起只手来点头微笑;此外,谁也不能作进一步的接触,谁也不想作进一步的接触。但是,时间一久了,我也自然而然地很喜爱这位美国老人,仿佛觉得自己也很能了解这位老人一样。所以在惜别会上,我也陪着大家欢笑,陪着大家怅惘。萧博士到东海大学来，是为了要在东海大学建立一个劳作制度。关于东大的劳作制度，已掀动了台湾，而成为一条热新闻。我是一向不爱报道热新闻的。不过，我也得就自己观察所及，提出一点侧面的报道。

萧博士不是先决定一套完整计划再去实行，而是在一点一滴的实行中来决定计划。这十足地表现了美国人实用主义（Pragmatism）的精神；实用主义所蕴含的特征之一，是在不矜奇立异中，有坚韧的效率观念。因此，萧博士的工作领导，也和流行的群众运动者不同。群众运动者是要造成几个紧张镜头，煽动群众的情绪，因而来一套戏剧性的表演。萧博士则只是从早到晚背着扫帚，拿着铁锹，找着工作来做。在他的心目中，打扫一个厕所，填平一个小坑，捡去一个石子，都有同等的价值，都用同样的精神去做，因此到处都是值得他做的工作。他只是自己平凡地做，带着学生平凡地做。不仅做得实际，并且也做得快乐。他的噱头不是出在工作的惊人成绩上面，而是经常流露在工作的情绪上面。学生年轻，他比学生更年轻。他在工作中有比年轻人更多的愉快，所以年轻人在为工作而流汗的时候，和他们在为自己所喜爱的运动而流汗的时候，并无两样。东大劳作制度的真正生命，是建立在这些不由纸笔所规定的情景之上。假定抱着东大的劳作计划来找东大的劳作制度，那将会使人一无所得的。

喜欢和年轻人混在一起

但是，我称萧博士是在自由中国最成功的一个美国朋友，并不在于上述的劳动工作，而是在于他对我们学生的态度。一般地说，外国人对中国人的态度，约略可分三种：美国人是在天真中带着粗鲁，英国人是绅士气中挟着兀傲，日本人是在礼貌中藏着狡诈。三种不同的态度，却有一个共同点，即是在不知不觉中所流露出的真实的计较之心。民族的计较，眼前现实利害的计较,从一块点心、一杯红茶或咖啡计较起。这其中自然也有例外。譬如像我所认识的不会讲中国话的几位日本朋友,却都是肝胆照人,富于风义的人物。这三种态度中最可怕的是日本的"支那通",他们曾造成了中、日两国八年的战乱。最可笑的是美国人,它在世界上花了最多的钱,但也挨了最多的骂。作为一个国家看,不能不说它有气魄,但作为一个一个的美国人看,几乎没有一个不是初出茅庐的小气鬼。一群小气鬼跑到世界各地去花有气魄的钱,结果当然不会达到他们所期望的一般的友谊。中国人对于外国人的态度,也可分为三种:下流人见了外国人便捧,一般人则敬鬼神而远之,另一部分人则是在某范围内互相利用。这三种态度中,也有一个共同之点,即是不知不觉地对外国人所划的一道鸿沟,因之很不容易和外国人发展一种双方有利的合作关系。当然其中也有例外,但这种例外也是不足重轻的少数。萧博士的最大成功,与其说是表现在事上,不如说是表现在人上。他经常以天真无邪的态度,和学生们生活在一起。有时固然显得有点呆头呆脑,但决看不出半分做作。东海大学有一个唯一公用的"红头车",因为学校的经济政策的关系,它不蔽风雨的设备,和所发出的特殊噪音,从没有改善的机会。校中有地位的人士可以坐在红头车的前面,即是司机侧边,这是东海第二号的高贵位置。一般人当然只可坐在车的正常座位,据不太合乎科学的舆论,中年以上的人,坐它一次会短半年的寿命。萧博士,第一是顾问,第二是年纪大,第三是从美国远来的朋友,三者加在一起,谁也会承认他是富有坐车头的资格。但他从来不坐车头,这并非完全出自他的刻苦精神,而是为了和年轻的孩子们混在一起。有一次,风和雨从没有遮拦的前面吹打向坐在车头后面的每一个人的脸上身上,谁也没可奈何。萧博士此时自然而然地又展开了他的劳作,他从自己手提包中扯出了一块白布,和学生们左右上下地拉住布的四角。一块不够,又扯出一块来,遮住风雨的进路,这才勉强对付过去。说来也真幸运,假使这位老人不是到台中去买了这两块白布,恐怕他的劳作也是有心无力。

但他为什么凑巧地买上了这两块白布,在我的想象中至今还是一个谜。有一天夜晚,几个学生到我的寓所,站在大门前,说是向我"拜年",后面却跟着有萧博士。于是我托学生翻译一句客气话:"进来坐坐吧!"他也由学生作翻译回答我:"我随他们(学生)的意见。他们进来我也进来,他们不进来我也不进来。"他既不是要来看我,更不是要向谁拜年,而只是毫无目的地挤在学生们的后面。

没有计较之心

就我的印象来说,他似乎完全没有一毫计较之心:没有民族间的计较,没有地位的计较,没有年龄的计较。他真有点中国所说的"光风霁月""与物为春"的神气。所以学生于不知不觉之中,也以不计较之心报答他。学生对他是不厌、不捧,更说不上有什么利用,而只是彼此一体的合作。这里只有合作的观念,决没有"领导者""被领导者"那一套符策。了解到这一点,才算对于他在东大工作上的成功,获得了更深而正确的根据。人与人之间,是可以而且也应该通过工作来结合的。可是许多人确实做了不少的工作,但人与人的关系,并没有通过他们的工作而结合起来,则我称萧博士为在自由中国的一位最成功的美国朋友,应该可以得到大家首肯。

萧博士经常服务于美国贝利亚大学。据接近他的朋友说,他的年龄大约有六十九岁,但据萧博士自己确切的表示,则只有六十二岁。两说不同的共同根据,都在他有一位年轻的太太的这一事实之上。至于要进一步加以确定,则只好留待富有考据兴趣的史学家们去加以考订了。

一九五六年四月七日《新闻天地》第四二五期

刘备白帝城托孤

一九五九年元月二日一大早，便接到少夫催文章的信，信里并指定这样一个"开笔不利"的题目，使我预感到一九五九年是一个晦气年。但纳闷了几天以后，想到中国民间神秘哲学"说破了不灵"的话，觉得既已经遇着了这样的一个晦气题目，便只有把它"说破"，使它再不会灵验。

照中国读书的传统，论史即所以论今。当前我所恳切希求的是，精神上的宁静，所以决不再来"论今"的玩意儿。"托孤"恰好是专制时代的把戏，与"今"是绝不相干的；因此，我现在不仅是在为《新闻天地》写"旧闻"，而且是在《新闻天地》的一个角落中，以怀古之幽情，唱中郎的往事。这是想先交代清楚的。

我们只要想到历史上皇室里孤儿寡妇的惨剧，便知道托孤是如何的困难，是如何的一件大事。所以曾子把"可以寄百里之命，可以托六尺之孤"的人，称为"君子人也"。刘备将"阿斗"托给诸葛亮，不仅换得诸葛亮的"鞠躬尽瘁，死而后已"；并且连他的儿子诸葛瞻，也战死绵竹，真是一门忠义。而阿斗对诸葛亮，不仅推心于生前，实也置腹于死后，实践了"父事"的遗嘱。若就托孤这一事而论，实为周公旦以后唯一的历史佳话，甚至可以说是历史奇迹。但周室的托孤，主要应归功于周公旦一人；而后汉的托孤，则实由刘备及诸葛亮两人共济其美。并且有了刘备，才能发挥诸葛亮的志节。所以在政治权力的关系上，刘备更为难能可贵。难怪陈寿《三国志》称他"及其举国托孤于诸葛亮，而心神无贰，诚君臣之至公，古今之盛轨也"。这是陈氏经历过了汉魏之际、魏晋之际的孤儿寡妇的惨局，由悲悯的情怀中所发出的真诚赞叹之声。

说到托孤，当然首先要想到知人的问题。被托孤的人，必须具备三大条件，"有良心""有能力""有权柄"。大凡奸猾出身的开国之主，到了他的末年，一定把有能力的人杀个干净，有如刘邦、朱元璋，只留下毫无能力的奴才，做他的看家狗，所以他们身后都遭遇到家庭的惨变。到了守成的衰世，权力自然会落到外贼、宦官、奸雄三种人手中，孤儿寡妇，只有被玩弄在这般人的股掌之上。从整个的历史看，诸葛亮才真是自周公旦以后，俱备了上述三大条件的值得托孤的唯一人物。

但是刘备能使诸葛亮鞠躬尽瘁，并非仅靠他的知人之明，而是靠他由性情宽厚（陈寿称他是"宏毅宽厚"）中转出来的对个人权力的开明态度。因为他有由宽厚而来的开明态度，所以他之对诸葛亮，绝不同于刘邦之对张良、萧何，没有半点猜嫌意味夹在里面。张良、萧何，决不是造反型的人物，但他两人在晚年是用最大的心机来求保全自己的生命，还说得上什么作为？这非刘邦知人之明不及刘备，而是刘邦那种性情刻毒的人物，太重视私人的权力、私人的产业，自然会对人发生猜忌之心，自然会觉得一切人都不可靠；你既猜忌他人，他人便在心理上发生本能的自卫反应。韩、彭一连贯的惨案，都是因对私人权力抓得太紧而来的猜忌心理所造成的。刘备对于陶谦、对于刘表，在权力的紧要关头，颇能从容进退，表现出陈寿所称的"宽厚"，所以在私人权力上比较看得开，因而猜嫌之心也较少，使诸葛管乐志，不受到无谓的干扰。也正因他把权力比较看得开，所以他的托孤并不是完全注重在要诸葛帮自己的儿子守住自己留下的产业，而只是顺随当时的情势，要诸葛担当起这一份"讨贼"的责任。他对诸葛说：

"若嗣子可辅，辅之，如其不才，君可自取。"初看，这好像是无可奈何、情不由衷的话；但看他在《遗诏敕阿斗》中说"汝兄弟父事丞相，令卿与丞相共事而已"。这说得是如何的恳笃！把他两段说的话合起来看，便可断定"君可自取"，是他出于对私人权力的一种开明态度的由衷之言。陈寿说他托孤是"心神无贰，诚君臣之至公"，真是良史的特识。"心神无贰"，是形容他在托孤时无半毫猜忌之心。"诚君臣之至公"，是形容他们心中只有一个共同的责任，而且无私人权力的观念。因为是至公而无私人的权力观念，所以才能托得心神无贰，诸葛也便可受之不疑。诸葛的人格与事业，陈寿用"公"与"诚"两字加以概括。所以他说"公诚之心，形于文墨"，又说他的治略是"开诚心，布公道"。但任何人的公与诚，在愚昧自私、猜忌阴狠的气氛中，不仅不能发挥，并且一定要受到摧毁。可见有"君臣之至公"，才能有刘备和诸葛的鱼水结合，才能有白帝城的托孤。白帝城托孤，本是一个历史悲剧，但这却是纯洁而高贵的悲剧，这才使偏安一隅的短命政权，依然有其历史上的光辉，也使阿斗的结局较之曹氏子孙的结局似还稍胜一筹。假使刘备在托孤时，稍存疑忌，则淡泊明志的诸葛，虽然不会因此而改变他自己的公与诚，但刘备的疑忌之心，一定会给阿斗的心理以暗示，阿斗就不会那样死心塌地地"父事"诸葛，政治上的问题便多起来了。读历史的人，若没有体认到陈寿所说的"诚君臣之至公"的"至公"两字，岂但不能了解到白帝城托孤的历史价值，便也理会不到历史上祸福兴亡的契机，而一任"后之人哀后人"了。

一九五九年元月八日

工业江湖

所谓"江湖",是指我国下级社会中的一种半公开式的结社而言。他们结合的纽带,自及时雨宋公明以来,全凭"义气"二字。时代的进展,这种江湖义气,不仅可以维持旧社会里下级阶层的团结,并且更可以抢救现代工业的危机,创造经济的奇迹,成为太空时代我们中国人的伟大发现。所以我感到有综合最近报纸的材料,略加表扬的价值。

一

前几年,有一个从日本来的访问团,来到台湾。经过盛情招待,照例参观之后,在座谈会中,那些日本的产业家、经济家们,一个一个地,对于台湾工业建设进步的伟大,都倾吐出了东洋式的感佩之情;使我们主持这次招待的人,觉得这是最成功的招待之一。其中只有老经济学人高田保马,始终默默不出一语。有位朋友私下问他,他说:"你们这样发展经济,基础是不健全的。譬如,形成你们工业巨擘的唐荣铁工厂,便有不少的问题。第一,炼钢需要很高的技术,但它里面没有一个够现代技术水准的工程师。第二,我们日本炼钢用煤,你们用电。官营的电力公司,须专为它花百万美元的设备,来供给它的需要,但收回的代价,却微不足道。这实际是政府赔本去培植它。这样赔下去,日子长久了,如何吃得消?"这几个月来,拥有四千多工人的唐荣铁工厂,果然摇摇欲坠,朝不保夕,好像这位老学人的见解是证实了。但是,用常情常理来衡断我们的问题,这就说明他的研究,还未真正到家,依然相隔一间。我们的问题,不是这样简单的。

二

许多人讲,唐荣铁工厂的失败,是因为他们把工厂家庭化了。家庭经营的方式,是农业社会经营的方式,不能适用于计算精确、组织严密的工业时代。这种说法,总算触到了问题的核心;因为唐荣的财务,根本没有成本会计的。但家庭经营,常表现为两个特色:一是劳资不分,全家的劳力,无限制地投入,而不计算报酬。二是省吃俭用,没有人事费的开支,很少有交际应酬的浪费。外省人在台湾做生意所以做不过台湾人的原因,即系抵挡不住这种家庭的经营方式。假使唐荣铁工厂,真是用的家庭经营方式,这在技术上及组织管理上,固然不能与现代化的工业相适应;但其失败也决不至如此之惨,而其抢救工作,也决不会是这样的神奇。唐荣的经营方式,实际是江湖做法的经营方式。

江湖做法的特点是大斗分银,大秤分金,大块吃肉,大碗吃酒,以结交天下各路的英雄好汉,靠各路英雄好汉的大场面、大声势,以达到目的,满足野心的做法。而作为这一做法的精神力量的便是"义气"二字。唐荣的这种做法,不仅是表现在儿子婚礼的两千桌酒席上,而主要是靠他的三大法宝。第一是对政府高级官员、民意有力代表的豪华而曲尽的招待;这种招待费,大概不少于平日的人事管理费。第二是每年送三万元到五万元的顾问，大约有五十人；这些顾问，当然是从有力官员和民意代表中选择出来的亲军。第三是在约五亿元的借款中，大约六千万元的利息支出，其利息高达四分或五分，不扣所得费，并且内中还有虚数的本钱。这当然也是结纳达官贵人，及有力的民意代表的小小意思。最难得的是，借张院长道藩的话说："立法院同人就有几百万贷借给唐荣，各院会公私放款给唐荣的，大概有六千万。唐荣很有'义气'，始终不肯发表这些债权人的名单。"（见《新闻天地》六六七期）引用抗日时期的总动员法来抢救唐荣铁工厂，正是由唐荣的义气结纳下来的这群英雄好汉共同创造出来的奇迹。

三

报上早已透露过，唐荣铁工厂利用襄阳大演习，各路英雄齐集南部的时候，大肆活动。其中最突出的是张院长在工厂里打电话给行政院秘书长，催促赶快通过抢救办法。现在《新闻天地》又登出他在立法院的院会中，曾经为此而痛哭流涕，这似乎有点太难为情了吧！其实，并不一定是如此。这位张院长，较之过去的院长，在公私经济上，最为分明。他之敢于痛哭流涕，恐怕真的是出于"义气"的感召为多，出于直接利益的关联较少。他本是以慷慨、打斗而起家的人。他在政府中，大概是唯一的良心血性之士。大家只要想到三十二位立法委员，硬是抓破面皮，要政府代唐荣还他们的高利贷，相形之下，张院长岂不是在天上吗？

唐荣铁工厂，好像梁山泊。总经理唐传宗先生即是大哥宋公明。那些顾问，经常受特殊招待、取得特殊高利贷者，则是一百〇七条英雄好汉，而颁布总动员法的好像是其中的军师吴用。四千左右的小债主，大概是捐旗打伞的小喽啰。这一江湖的结构是喽啰们垫众英雄好汉的脚，从英雄好汉分唐大哥的金，唐大哥打政府的劫。打劫的数目，就现在可以知道的，台银垫付了公司债二千万元,信托局垫付原料,电厂不收电费,税局不收税金。此外则尚有三大谜底,不能揭开。一是资产到底多少?二是欠债到底多少?三是政府负担的到底多少?不过记载梁山英雄的《水浒传》,有两种本子。一百二十回本子的收场是"宋公明神聚蓼儿洼,徽宗帝梦游梁山泊"。七十四回本子的收场是"忠义堂,石碣受天文;梁山泊,英雄惊恶梦"。现在写《新水浒传》的人们,还是向哪一种本子去发展呢?

本文主要取材:《征信新闻》十一月廿九日的《一张债权人名单,支持唐荣不垮台》,十二月四日的《唐荣工厂的一糊涂账》;《联合报》十一月廿九日的《黑白集·皮漏唯大》;《自立晚报》十二月二日的《微言·唐荣的成功》;《新闻天地》六六七期《张道藩痛哭》。

一九六〇年十二月二十八日《自由报》第九十一期

东与西的心的接触

一

从八月十四日到十九日，国际心理学会，在日本东京开了第二十次会议。此次会议的最大特色，在于西方所发展出来的心理学，第一次在会议席上，和印度的瑜珈，及日本、中国的禅，乃至其他各宗教所把握的心，有了正面的接触。日本报纸上夸张这是"融合"。我想，这与融合的距离还远。

所以能得到这次接触的机会，主要是来自西方工商业竞争激烈的社会，开始发现，若使竞争的担当者，能得到"心的平安"，以中和由外面来的刺激，在生理上，在精神上，有其重要性。而心的平安，正是瑜珈和禅等的安顿之地。

据美国的一位心理学教授的报道，在他们用老鼠做的实验中，把两只老鼠关进笼子里，在它的尾巴上安上电线，与以完全相同的电的冲激，一只老鼠完全没有逃避的方法，另一只老鼠则把鼻子顶在笼子里的壁板上，以减轻这种冲激。然后加以解剖，不知道逃避的老鼠的胃溃疡伤痕，较之知道逃避冲激的老鼠，要长一倍。不是冲激使老鼠加重了胃溃疡，而是由冲激来的心理作用，加重了胃溃疡。

并且在实验中，对知道逃避冲激的老鼠，减轻它所受的冲激，于是这只老鼠,感到是否要突出鼻子顶在壁板上,迟疑不决,这便形成了这只老鼠心理上的"葛藤",把这只老鼠解剖后,它的胃溃疡的伤痕,比不知道逃避的老鼠又长了两倍。由此可知,工商业社会中的董事、总经理们,经常遇着要解决的困难问题而引起心理上的烦恼,除了性无能外还有生理上的大损害。

二

工商业的领导分子由外面的冲激而引起心理上烦恼,由心理烦恼而引起生理上的损害,当然会使心理学界发生忧虑而想加以解决;即是如何解除这些烦恼,而求得心的平安。在开会的第一天,有位日系的美国人,首先发表他所发明的电子装置以控制脑波的机器;这种机器,在美国已有出售。据这位日系美国人说,他是着眼于禅僧的脑波,平静的"阿尔发波"比较多些,他便作成一种装置,取出普通人的脑波,使其成为与禅僧相同的脑波,可以继续十多小时,完全入于禅定的状态,以解除人生的各种烦恼,获得心的平安。这是由禅导向机械,也即是以机械代替了禅的发明。

这位日系美国人报告完了之后,有位研究瑜珈术的印度人,投袂而起,他说,不用任何机械装置的瑜珈状态,增加阿尔发波,心的内部成为平衡状态,对于冲激的反应,较之普通的状态为少。"用机械装置所造成阿尔发波,不是真正的阿尔发波。"这位印度人士,是要把"心的平安"的权利,从机械夺回到人的手上。

日本有位医大的教授,报告了基于禅的思想新发明的治疗神经症的"森田疗法"。在他的英语报告中用了许多禅的有关名词,大有使会场的人们,越听越糊涂之感。但这也说明了东方的禅,与这些心理学者依然是非常缘远的。

三

会中还有各种宗教的报告，但最重要的还是禅的问题。禅由日本人士的提倡、研究，现在居然导入进实用心理的范围中去，这不能不说是一种成果。但最微弱的阿尔发波，只不过是禅的一过程，而不是禅的真际。"不曾断灭，炯炯常知"，这才是禅的真际。以半睡眠状态当作禅，这不是禅的堕落吗？尤其是禅对"贪、嗔、痴"三毒的彻底消解，以转出贪、嗔、痴以外的新人生观，由机械装置也好，由心理训练也好，得到了心的短时平安，对生理会有些好处。但经过这一短时期以后，放在现代人的心中眼里的，黄金还是黄金，股票还是股票，竞争还是竞争，成功失败还是成功失败。只不过受了机械与心理训练过的人，对于这些刺激、冲激，能作较冷静的反应，能作较冷静的处理，以发挥竞争场中的更大效能，加强此一世界结构中的演进。但对解消此一世界结构中的矛盾，乃至对于解消此一世界结构中的个人矛盾，完全是无能为力的。"橘过淮而为枳"，今天美国所流行的禅，到底会变成什么，是很难说的。

在这次会议中，关于"洗脑"的实验报告，倒也有点趣味。一个吃烟的人，严格遮断对烟的感觉二十四小时，到最后，可以从麦克风中听到此人认为"烟是有害"的声音。自此之后，在三十个人中，有十一个人烟量大大减少，也有人因此而完全戒绝。

同时，我们的头脑，在各种刺激中，有的加以接受，有的加以拒绝，但若被置于感觉遮断的状态，则会感到只要是刺激，便是好的，而迅速加以接受，此时便显出说服的效果。他们认为洗脑的工作，是在此种心理置境之下进行的，是不是太夸张了一点呢，也可引起人们的思考。

一九七二年八月廿五日《华侨日报》

沧海遗珠

一

沧海遗珠，是由唐代狄仁杰的故事所形成的一句成语。我这里借用此一成语，赋予以新的解释。沧海是指当前的世界，珠是指的智慧之珠。当前世界，因科技发展得非常迅速，物质生活非常丰富，反而把人类推向各种根源性的危机。每个人只要平静下来想想人类的前途，总会浮出面临不可测度的深渊的感觉。此无他，因为有的是科技，缺少的是智慧。然则在这诡幻浩瀚的沧海中，还有没有遗留着几颗智慧之珠？在蒙昧黑暗中，现出一点光芒，闪出一些宝气，这应当是有心人苦心探求追索的对象。日本《朝日新闻》，自今年九月起，以"思考地球的未来"的大标题，访问世界成名的人物，听取他们对这一有关问题的意见，每月一次，用全幅版面，刊登了出来；他们不惜人力物力地这样做，我想，大概是想探求出在这一沧海中的遗珠，供大家反省之用吧。我对他们的这种努力，感到兴趣，所以用摘要的方式，转介绍出来。

他们九月份第一次访问的是英国著名史学家汤恩比。他对"现代"这一时代，"应给以何种特征"的答复，举出两点。第一是"世界极端的均一化"，另一是"变化的速度特别快"。这两个特征，当然是来自科技的非常进步。他认为科技进步，在物质方面是有利的；"但对于提高人的善意、良心，及改进人与人之间关系的这一面，反成为不利"。"我们称这为道德的空隙，科技的发达，对此不仅不能加以解决，反而只有增加其矛盾。此事的自身，成了哲学的问题。我们只是议论，还没有看出解决之道。"汤恩比的话，是早已耳熟能详的老生常谈。但提到人自身的基本问题时，只能是老生常谈。越出新花头，越驱使问题的严重化。

二

关于上下两代间的"代差"问题，汤恩比的说法很有点意味。他说："在美国、日本大概也是一样，'代差'是由中产阶级达到一定的经济水准时，他的儿子们的这一世代，便失掉了经济的现实感觉所发生的。年轻的一代，对于他们上一代得到现时经济水准所凭借的规律与勤勉，轻易看过，只把上一代所得的成果，收到自己手上，世代间的相互理解，便更为困难。"许多聪明的年轻人，对于"代差"问题，编出许多理由出来，以伸张自己的一代，把上代涂上些污秽的颜色。但在汤氏的心目中，这只不过是坐享其成，不知道艰难苦涩的宠坏了的孩子们的胡闹。就我观察所得，穷苦家庭并没有甚么"代差"问题，代差问题的发生，多半出在中等以上的人家。则汤氏的看法，可能指出了真实问题的关键。

"代差"最强有力的辩护是认定年轻一代，为了获得自由，必须反抗传统，而上一代即是代表传统。在汤氏看来，"老一代的必须学习新一代的事物，新的一代必须学习老一代的经验，这即是人类的历史。佛教中，有称为'业'的概念。人都承认受'业'以与前世联系。并且此'业'还被次一世代所继承。这是不能像西洋科学样地加以明确证明的，但我觉得它暗示了人的一半是与前一世代相联系，一半是可以自由。谁也不是完全自由，谁也不是完全的历史的俘虏。恐怕被继承的'业'，是从前一世代的业，推着人类前进的"。

汤氏接着说，"年轻的一代，若注意到自己既不是完全的自由，也不完全是历史的俘虏的时候，才会对处于同一情况下的老一代发生共感"。汤氏是位历史学家，从历史之流中看问题的人，所得出的结论总是中庸之道。

三

当汤氏被问到现在最可忧虑的是什么时，他毫不迟疑地答复"是暴力的增加。公的、私的，特别是没有动机，为暴力而暴力的增加"。他在这里，特别重视电视所发生的不良影响。

问到当前有什么值得鼓舞的现象没有，他说，"为了他人而想做好事的人，还没有减少。当然这只是人类中的少数，但这说明认为人生不仅是为了赚钱的人，在此一地面上，还没有消失掉"。这是他认为值得鼓舞的现象。

他们还谈到工业化、都市化的环境污染、自然破坏等问题。他觉得"除了大家应注意到不保护自然，人会受到报复的这种事实以外，实在没有什么好办法"。

当日本记者问他，日本经济的发展，已开始引起周围诸国关系的滞碍，为保持调和的国际交往，年轻一代应注意什么时，汤氏说"日本有由责任心与爱国心而来的能源，常常是前进的国家。此种能源用向军国主义时，日本自身及近邻诸国都受到困扰。最近，则表现在使美国也闹着收支不均衡的这样大的经济伸长。年轻的世代，当然继承这个日本。若是我能以语言帮助你们，则你们前进的指针，可一句言而说尽，即是应当有取有与（give and take）"。这把日本人只揩他人的油，自己则滴水不漏的特性，完全点出来了。

日本记者在访问终结时，要求汤氏赠言给日本年轻的一代，在汤氏的答复中，表现了他的深远的智慧。他说："西历三世纪之初，有位塞伯罗斯皇帝。这位皇帝晚年想征服英国，死在约克的军营。他临死的时候说，'我到现在为止，是一个士兵，但我希望转生为一个劳动者'。我觉得这正象征了现代的日本。成为适合时代的、被世界人人所愿接受的好劳动者，这不是日本人前进之路吗？"这话说得真深刻，真巧妙，应算得是沧海中的智慧之珠吧！

一九七三年十二月十一日、十二日《华侨日报》